守书人丛书

夜书房

三集

胡洪侠 著

ZHEJIANG UNIVERSITY PRESS
浙江大学出版社

自　序

今夜处处可闻"花好月圆"祝福声。是啊，谁一生中没有几个花好月圆的时刻呢？谁又不想花好了再好，月圆了再圆呢？

就写文章而言，我认定 2015 年的 4 月，算是我的"花好月圆之月"。那年 1 月份，我写了一篇万余字长文，首次系统梳理奥威尔《1984》在中国台湾地区的出版传播小史。先是北京燕山出版社愿意把这篇文章作为"代序"，收入将于那年 4 月出版的徐立妍译本《1984》中。责任编辑有魄力又有见识。我说稿费我就不要了，给我做点精装毛边本就两清了。她爽快答应，我又惊又喜。

我又把文章发给北京的郑勇兄和台北的初安民大哥。他们对我厚爱三分，出手鼓励，都答应在新书出版当月，在他们主编的杂志上分别把我的文章同期登出。

结果就是我所说的"花好月圆之月"了：在2015年4月，我的文章不仅出现在北京燕山出版社的新版《1984》正文前，还出现在了北京《读书》杂志和台北《印刻文学生活志》上。我的文字何其荣幸，竟有如此的因缘际会。

浙江大学出版社北京启真馆前两年给我出版了《夜书房 初集》与《夜书房 二集》。前段时间，王志毅先生安排周红聪女士和我联系，表示可以给我编印《夜书房 三集》。如今纸书行情一跌再跌，书号资源日益稀缺，他们竟然还愿意帮我继续出书，这哪里仅仅是温情脉脉的一意孤行，简直是豪情万丈的两肋插刀了。

选文编集时，我将自己十分喜欢的这篇长文《台湾的〈1984〉》选了进来。今天我请黄伟钊小朋友为我珍藏的二十来种繁体字版《1984》拍照留念。有照片佐证，相信朋友们再读我那篇文章时，会更方便地代入一些时代感。

几个月前交书稿时我曾经写过一篇公众号文章，不妨抄几段在这里：

去年该做的事，终于在今年做完了。这不怪我，疫情突如其来啊！

2018年北京启真馆给我出了《夜书房 初集》，2019年又出《夜书房 二集》，做新书分享活动时我不止一次说过，2020年会出"三集"，真到了2020年，也就真没有了出新书的心思。其实疫情不是拖延的理由，真正的理由是因疫情而来的情绪：人生无常，生活骤变，太多闻所未闻的焦虑，太多意料之外的变局，阅读、写作之类的事情岂能不因变生变。我们该如何应对那无比熟悉却陆续匆匆结束的过去？如何面对莫知所向却又莫名期待的未来？

所以，我搁置了原来写作与编书的计划，却重新唤醒了沉睡两三年的"夜书房"公众号。我试图和世界重新建立力所能及的连接，试试自己能否有效地把阅读与写作分享给别人，能否把陌生的知识与视野吸引到身边。我不再担心什么碎片化不碎片化：生活已经碎成这样，阅读碎一些写作碎一些有什么了不起。我也不再为无暇完成既定写作计划苦恼。病毒难道是按计划来的吗？世界难道是按计划陷入困顿的吗？既然如此，个人的小计划有点小变化又算什么。

经历这样一番折腾，2021年的春天来了。启真馆的王志毅、周红聪诸位朋友旧话重提，说当初许下的《夜书房 三集》的"愿"也该还了。我赶在十二点前把目录和文稿传了过去，然后轻轻松松下楼吃饭。大门口的监测仪器提醒我说"请佩戴口罩"，我一惊，告诫自己说：高兴什么，连机器都知道疫情还没有过去。

不过我也不会因此不高兴。我怎么会听机器的话。我越来越坚信自己的话：读你的书，让世界去变吧。

因为有了"夜书房"公众号，我的写作终于真正转型成了"互联网生态"：随时随地把手机变成"写作现场"；以"日更频率"在相对固定的时间更新；以"有问必答"的态度在留言区和读者互动；选题既照顾自己的兴趣也考虑读者的需求；尽最大努力做到图文适配；条件成熟时尝试音频与视频……

这是我的"私人读写史"上前所未有的写作之旅：没人约稿，没有稿费，不求见诸报端，就是为写而写（也可以表述成"为了胡写而不停地胡写"），像公开的日记，又像数字草稿。因为有留言区的互动，写作变成"全链条内容生产"。将来，公众号上的这些内容可能也会编辑成书，但那不再是简单的文字归堆儿，而是有意思的重新整合，乃至重编重写。

越来越觉得，读书与写作是一件幸福的事情，我们不仅因此让自己幸福，也通过分享尝试和别人一起幸福。为什么读书写作呢？其实可以不为什么，或者也可以说，为读书而写作，为写作而读书。这是我渴望已久的理想生活，我正在"夜书房"里将其变为真实的生活。

是为序。

胡洪侠

2021 年 9 月 21 日，中秋节

元季学者吴莱博学而好遊歷每至勝跡名山必盤桓密察以吻合生平所纪睿語人曰胸中無三萬卷書眼中無天下奇山水未必能文章縱能文章亦兒女語耳洪侠能文章非只牖下囲中兒女語孟胸臆間有書與乎江山

辛丑大春書

张大春赠予"夜书房"的题词

我珍藏的二十来种繁体字版《1984》/黄伟钊　摄

目 录

卷三

卷一

沈公十日谈

2018 年 11 月 29 日

　　我来迟了。在阜成路西头定慧桥下转来绕去，才发现那家饭店的招牌。这不是北京城路灯辉煌的街区，况是冬夜，我又初来乍到。冲上二楼，推开大包房的门，一眼望见沈公，正端坐在一张大圆桌的主位上，于一片喧闹声中，独自笑着。他的左手边，当然是俞晓群；右手位空着，是给我留的。这已是近十年来的惯例：我每次来京，晓群大哥都会组一个饭局，主角永远是沈公，我则居右奉陪。因我是客，嗓门又大，挨沈公坐，容易应付对话中沈公年年减弱的听力。

87岁的老人家了,他和世界沟通的方式越来越少,多是沉默以对,四处微笑,偶尔有兴致,才提高音量,喊出几个新"创作"的笑话。几十年在书籍出版的舞台中央呼风唤雨,仿佛总是深陷作战指挥中心的吵吵嚷嚷之中,如今,生活于他而言终于慢慢安静下来。

他眼皮底下的这张饭桌则难以安静,尤其我来了,更闹。早已入席的朋友们,除了张冠生、徐时霖、顾犇几位常常自带安静而来,其他诸位,祝勇、谢其章(经常还有止庵、韦力、吴兴文、郑勇、杨小洲等等),再加上忙东忙西的朱立利,哪位是无话可说的?沉稳如东道主俞晓群,酒过三巡,也是要响遏行云的。

沈公照例喝他的啤酒。敬了几杯之后,我问他今天是坐什么车过来的。为节省老人家的脑力,照顾他的听力,也免得他多耗心力,我渐渐不再问那些20世纪80年代的风雨雷电了,不再核实《读书》杂志的"疯男疯女"掌故和《情爱论》的删减内容了,不再深究北京三联版"蔡志忠漫画"和"金庸作品集"的内幕与细节了。我们只和他谈谈今天的事。

"今天，"他说，"我应邀来参加我的大 boss 俞晓群先生的晚宴。我早早坐公共汽车出门，转车时顺便去逛了一家二手书店，那里专门卖一些打折的书。我挑了几本，带了来，送给各位。各位自己去选，书就在沙发那边。"沈公这是又要送书了。他一辈子不仅编书、读书、买书、翻书、谈书、写书，还常常自己买书或将手头存书送朋友。2004 年的一个饭局上，我问他养生之道，他说他练一门气功，叫"小周天"，练了几十年了，受益无穷。他给我介绍蒋维乔的静坐法，嘱我一定要学。回深圳后，我忽然收到北京寄来的两本书，全和"因是子静坐法"有关，竟然就是沈公寄来的。

　　一见此刻沈公"旧疾复发"，我赶紧溜过去，找到那个红色环保袋，将书一一取出，摆在茶几上。书共五本：星云大师《豁达：做人之道》，陈益民《阿 Q 永远健在》，还有《中国避讳》《闲话文人》，最后是一本《因为懂得所以慈悲——张爱玲的倾城往事》。

　　在满坑满谷的折扣书堆里，沈公为什么挑出了这五本？这是他过往做书时选题策划的微弱余响，还是他对未来读物市场的瞬时判断？抑或是挑无可挑而又不得不挑的聊胜于无？

我巡阅一遍，书心未动，欣然归座。又有几位也去看了看，翻了翻，也都空手而回。我忽然就想念上海的陈子善了。陈老师此刻若在，一定不会让张爱玲寂寞的。

酒足饭饱，转眼要道别了。沈公穿上外套，戴好帽子，围好围脖，然后走到那五本书前，喊道：

"各位如果喜欢哪一本，就拿走翻翻。我买来也是送各位的。"

大家嘻哈答应，都祝沈公多多保重、健康长寿，可是无人选书以应。

沈公只好将那包书提在手中："各位客气，我只好自己留着了。"

2002 年 12 月 6 日

沈公米寿，"草鹭文化"要出书祝寿，命我作文一篇。

若在旧时，我需以"寿序"应命，可是，我哪有铺排"寿序"的本事？忽然想到，为文编刊，交友吃饭，我追随沈公也有年头了，不妨借《十日谈》名目，写一篇《沈公十日谈》。我先写了2018年11月底在沈公饭局上的见闻，接下来就该写我第一次拜见沈公的事了。于是，电脑上输入"沈昌文"三字，搜我旧文中可资参考的段落。先就读到2004年我主编《文化广场》时所写"眉批一二三"中的一段：

　　《读书》杂志的编辑我也佩服。前年冬天，朋友替我约了《读书》的老主编沈昌文在北京韬奋图书中心二楼咖啡馆见面。我和朋友先到了，挑了中间一个位置落座，立刻就给咖啡香和书香包围了。前方咖啡馆的深处，有长桌一列，桌四周有宾客一群，众人皆以窃窃私语争辩着一个公共话题，朋友说那是《读书》杂志召集的小型学术座谈会。回头望去，则是书架琳琅，群籍安稳。正四顾间，沈公昌文风风火火地来了，脸色被门外的寒风染成了深红，像一本书话集的古朴封面。他传授了我几招编刊选书的秘诀；他说一会儿他还有约会，也是谈书的事："我每天做的就是为书做媒的事。"

嗯，写得真好。是我写的？

说是"前年冬天"，算了半天，算出是2002年冬天。这大抵可信，盖因我去北京，喜欢选冬天。离京南下深圳迄今近30年，在一个没有冬天的城市住久了，会非常想念北方的冬阳、冬夜与冬雪。《深圳商报·文化广场》周刊，世纪之交，停刊有年，2003年3月的复刊由我主持，一如1995年的创刊。如此说来，我去北京求见沈公，当是为《文化广场》谋划未来。

且看我在文档中搜出的第二段：

冠生兄领我去北京三联二楼咖啡厅拜见沈昌文先生。"这是深圳来的，"冠生说，《深圳商报·文化广场》的主编，胡洪侠，我们都叫他大侠。"沈公笑眯眯的，边听边点头，客客气气地说了几个"好"，全没有额外的热情和深谈的兴趣。

我一看大事不妙，赶紧接过话头喊道："沈公，我是 OK 先生。"

"噢！"沈公陡然转头向我，提高音调说，"你就是 OK 先生。"于是大家都笑了。

冠生"哎"了一声，笑着看了我一眼。我知道他需要解释。"OK 先生是我用过的网名。"我说，"沈公和我都在一个叫'闲闲书话'的论坛里玩儿。"

沈公连忙说："我只潜水，不发言。不过你 OK 先生的'非日记'我还是有点印象的。"

这就是了。我和冠生 20 世纪 90 年代初期即在深圳相识，后迅速升级为相知。回北京工作后他和沈公打交道多年，我想一睹真人风采，求冠生引见当然最为方便。

可是，既然是写《沈公十日谈》，所述所忆不仅应标出"年""月"，更理应精确到"日"。我第一次见到沈公，究竟是何月何日？我在自己的文字里查不到，只好再求冠生大哥。

几分钟后，答案来了："2002 年 12 月 6 日下午 14 时 30 分，三联书店二楼咖啡厅。"

片刻，冠生的日记手迹图片传到。是 17 年前的"文献"了：横格白纸，墨迹井然，笔画一丝不乱，记事繁简有致。我每每感叹冠生沉稳踏实如山，山中藏龙卧虎，可是他仍不断给人意外惊喜，让人感佩不已。

17 年前的那天晚上，他写道：

> 一上班就为大侠寻找沈昌文先生。
>
> 家里没有。工作室没有。三联书店二楼咖啡厅没有。无奈之余，拜托张琳娜代为留意，一旦见到沈先生，即请他给我电话，有要事求见。
>
> 近午时，沈先生来电话。约在今天下午 2：30—3：00，齐聚三联书店二楼咖啡厅晤谈。
>
> 届时前往，大侠已至。座谈片刻，沈先生亦至。
>
> 沈先生以前从网络上和陆灏那里知道一个"OK 先

生"，活跃于南国文化界，尤其是与书有关的事情。今天对上了号，不由开"沈式玩笑"说：原来听名字里有xia字，还以为是个漂亮小姐冒充男士，今日得见，才知是一位堂堂靓仔。

沈先生忙，言过三巡就得离座去会见好友郝明义。深表感谢之余送其赴约，继续与大侠谈。又约徐晓明日晤谈。

看看，17年前，沈公刚逾古稀，虽已退休，但精神焕发，胸有成书万卷待出版，天天又有东西南北各路饭局要主持；白日跨上自行车，一骑绝尘，凌晨潜入互联网，春风得意。虽然迟至2002年才得以与之会面半小时，可我毕竟也算亲眼见识了一星半点儿沈公巅峰状态"下半场"的风采。

1988年8月18日

沈公的巅峰状态"上半场"，当然是20世纪80年代和

90年代。那个年代他见过的人和见过他的人，领导过他的人和他领导的人，去过编辑部"阁楼"、在《读书》开专栏、参加过"读者服务日"的人，如今都成了传说。

此刻我试图经由"传说隧道"找到我的清晰图像，但找不到。只模模糊糊在当时河北省衡水地委办公楼三楼靠北一间办公室里，发现一个年轻人的身影——

时间显示是1988年8月18日的上午，刚刚上班，那位身穿破旧牛仔裤的青年，在单位订阅的新到报刊中，发现了当年第8期《读书》杂志。他连忙抢在手里，回到座位，按多年养成的习惯，开始从后往前，一路读下去。他那时也读《读者文摘》和《新华文摘》，还有这个"月刊"那个"选刊"。翻这些杂志，他是从前往后看的。唯独《读书》，他一定先读最后的"编后絮语"，然后再慢慢一篇一篇倒翻上去。万一某期竟然没有"絮语"，即若有所失，甚至胡思乱想起来。那时他已经做过几年报纸编辑，对如何写作如何编报编刊有兴趣。他也爱读书，尽管身处小城，买书不便，可是新华书店有新书订阅服务，街上有一两家书摊和书屋，他还是可以买到《第三次浪潮》《宽容》《随想录》《情爱论》《悲剧的诞生》《傅雷家书》《洗澡》等等。他也已经知道接受《读书》杂志文章和新书信息的引导，去选书、买书和谈论书。他喜欢北京三联版的书，开始搜集"文化生活译丛"、"新知文库"和"现代西方学术文库"，也零星买了几种黄裳、唐弢等人的书话集。越读书越觉得这座小城是待不下去了。他觉得莫名的孤单。这些天来他和他的一位同班同学正策划去海南看看。听说那里建了省，成了大特区，要建自由岛。他总想找人说话，可是也想不出找谁说，也说不好究竟要说什么。突然，他的眼神就停在了这期《读书》"编后絮语"开头那句话上：

朋友相处，有一种境界是"相见亦无事，不来常思君"。

他也无心再往下看，只反复琢磨引号里的这十个字："相见亦无事，不来常思君。"

好不容易回过神来，很快又读到结尾一段：

《读书》绝不一味消极地淡泊和超脱，它密切关怀文化的命运和现状。但是，它显然要有更多对文化的"终极的关怀"，使自己更加具有深度——一种明白晓畅而非深奥费解的深度。

是啊是啊，做人也一样啊。要明白晓畅的深度，不要深奥费解的深度。"相见亦无事，不来常思君"，多么明白晓畅。还有窗外隐约传来的齐秦的歌《外面的世界》——"外面的世界很精彩，外面的世界很无奈"，初听明白晓畅，听进去，也觉深奥费解……

1995 年 9 月 3 日

《深圳商报·文化广场》周刊这一天创刊。时间过得真快，都 20 多年了。

从第一期起，作为创刊主编，我努力每期写一篇"编读札记"，而且要写成"美文"，而不是普普通通的"编者的话"。其实，心里的标准，就是写成沈昌文"编后絮语"的样子，写成董桥《明月》卷首语的样子。那时我还不认识沈昌文，也不认识董桥。

写了没几期，无锡一位王先生看出了点奥妙，于是给《出版广角》写文章，推荐我的"编读札记"，题为《编辑的美文》。他文中就提到《读书》的"编后絮语"。我有人海中巧遇知音的欣喜，也有"小把戏"被人看穿的惭愧。

无独有偶，《文化广场》周刊的定位和风格惹来了一种批评，说是太像《读书》了。我一时诚惶诚恐，高呼"这个夸奖不敢当啊不敢当"。

2016 年 7 月，奉李辉之命，我把那几年的"编读札记"编成一本集子，起名为《好在共一城风雨》，加入到"副刊文丛"中印了出来。我在自序中再次认真交代了书中文字的来龙去脉：

————

本书所收文字，皆是20世纪90年代我任《深圳商报·文化广场》主编时写的"编读札记"。当时年轻气盛，不肯默默无闻为他人作嫁衣，逼着自己学董桥学沈昌文，笔下一心想练出几篇"编辑的美文"来。光阴易过。20年后，重编重读，顿觉当年虽壮志差可凌云，未免也多情复多事。部分篇目修修改改后曾编入广东人民版《微尘与暗香》中，这次结集，全复旧貌，以存其真，以曝其傻。……彼时大众传播还没网络什么事，报纸兴旺，副刊风光；编辑常常呼风唤雨，作者往往一纸风行。既打出"共同的园地，不同的声音"之旗号，"广场"上即人多嘴杂，各显神通，你可兴风作浪，他亦拨云弄雨，吵吵嚷嚷，果然热闹。谈文化、城市，谈城市文化、文化城市，许许多多现在人们还喋喋不休的话题那时我们都谈过了，许许多多当时一起读书喝酒衡文论艺的诗友如今倒成了风雨故人。那样的岁月真好啊！

1992 年 5 月 11 日

"学董桥学沈昌文"？是的，除了沈公，还有董桥。20 世纪 80 年代董桥编《明月》8 年，其间每期卷首都写"编者的话"，且写得更独特、更多姿，更具人文情怀、文化品位和文学品质。"编者文字"的传统尺子早已经无法丈量"董家文字园林"。他的此类文章，北京三联版《乡愁的理念》和《这一代的事》收了很多。而这两本小册子能在北京三联出版，沈公又是主其事者。

20 多年后沈公在给我的《非日记》写序时，将当年香港作家北上的"路线图"都勾勒了出来。他写道：

20 世纪 80 年代初，我因出版傅雷著作第一次去香港，得以结识这位文化界名人（罗孚）。不久，我在北京忽被委以重任：筹备恢复三联书店。三联书店当年被"凌迟处死"，名存实亡近 30 年，现在忽然要恢复，谈何容易。上面给了我 30 万元资金，实在不够用。我知道,"生活""读书""新知"三家书店当年最早是在香港合而为一的。现在,因为北京的崇高地位,30来年后复出的小小的北京的三联书店居然成为"总店",香港的反而成了"分店"。于是,我这总店的头子多次得以拜访香港分店,十分显赫。可惜,那时已经见不到罗孚先生了。但是,有一次我在北京意外见到他,他说,那个"罗孚"还在坐牢,他现在名叫"史林安",是个自由作家。我大喜过望,不管三七二十一,请史先生在《读书》杂志开一专栏。他用"柳苏"为名,专门为文评介海内外文事。第一篇是《你一定要看董桥》,一炮而红。从这以后,我一再去中关村罗孚的"牢房"拜见"史林安"先生,请他为我筹划出版香港和内地作家的作品。第一本当然是董桥的大作,以后源源不断。他为我张罗的篇幅最大的书是金庸的武侠小说全集。我请他写了介绍信,专门去香港拜访金庸先生,自然一谈而成。

————

我至今记得 1989 年 4 月在《读书》杂志上读柳苏《你一定要看董桥》时的明亮感。对，明亮！感觉头顶有片乌云顿时消散，心中每一篇蠢蠢欲动的文章忽然都充满生机，似乎还没问世就有了茁壮成长的未来。董桥竟然这样写文章？中文原来还可以组合出这番面貌？他竟然认为钱锺书的文字太"油"！他说好的翻译是男欢女爱，坏的翻译是同床异梦。他说中年是下午茶，"是只会感慨不会感动的年龄"，"是杂念越想越长，文章越写越短的年龄"……读柳苏这篇文章，我的眼睛和嘴巴一会儿张开忘了合上，一会儿合上忘了张开，各种念头，此起彼伏。最终才发现一阵乱读瞎忙，忘了重点：

董桥的书呢？去哪里买？

《乡愁的理念》1991 年 5 月出版，沈公的"引董入京"初战告捷，我却是一年之后才买到书，个中奥妙至今不解。前几年我拿这本小册子找董先生签名。他仔细看了我买此书的日期，是 1992 年 5 月 11 日，又见我那日还在书名页写了几句话："多次寻董桥书不得。是日去导师家修改论文，比预定时间早半小时到目的地，便趁机先去书店，心想也许能见董书。果然。"于是援笔题道：

"洪侠，我们是老朋友了，1992 年认识的。董桥。"

若如此算，我又是哪年认识沈公的？愚钝如我，很晚很晚才知道《读书》杂志的"编后絮语"原来是沈公所写，很长一段时间《读书》的执行主编也是沈公；也是很晚才弄明白，董桥、金庸、蔡志忠的书，原来都是沈公主政三联时引进的。

2003 年 7 月 19 日

我 1994 年就认识了上海的陈子善和陆灏。陈子善和陆灏早就认识沈昌文。1996 年开始，俞晓群就已开始"搭台"让沈公、陆灏他们唱戏了，我却久久没有机会和沈公与晓群相识。2002 年总算见了沈公一面，而要见晓群一面，还需再等 9 年。想起来这也是怪事一桩。

2003 年 3 月 15 日，《深圳商报·文化广场》周刊复刊，起初每周八大版，规模大胜从前。复刊号的封面专题做的是昆德拉，之后陆续又组织了桑塔格、赫拉巴尔、残雪、奥威尔、程抱一、刘家科、陈子善、杨争光、陈思和、哈耶克、《我们仨》等专题。到了7月，"非典"也闹得差不多了，我说，该派人采访沈昌文了。2003年7月19日，复刊后第18期《文化广场》面世，封面专题是"阁楼上的沈昌文"。除去一、二版的边栏，我把三个大版面全给了沈公，每个版主稿的标题也都由我操刀。北京的方绪晓（绿茶）去采访了沈公，一篇有侧记有问答的专访稿为此专题奠定了大局。那时《阁楼人语》尚未出版，可是我们已经拿到了沈公专为此书写的后记。

据我所知，就是这次接受绿茶专访时，沈公首次系统讲述了他的编辑"二十字诀"。

绿茶问："您当编辑一辈子，有什么好的编辑经验能跟我们说说吗？"

沈公立刻眉飞色舞起来："经过这么些年的积累和探索，我总结出来二十个字。"然后他就作检讨般流利地说出一串:"吃喝玩乐,谈情说爱,贪污盗窃,出卖情报,坐以待'币'。"

绿茶听至此,一时语塞,不知如何应对,心想老头真这样都该抓起来了。

沈公捂嘴而乐,一脸坏笑:听我慢慢给你解释——

先说"吃喝玩乐"。我现在可算是个美食家啦。老要请作者吃饭,老要研究如何请才能讨得作者的欢心。我们不能张口就要别人的学术研究,或者和人讨论学术问题。我一般会说,最近某某饭馆的菜不错呀!老兄我们聚一聚吧。我喜欢这样以个人身份请人吃饭。

"谈情说爱"就是指编辑要"有情有爱"地跟作者建立很好的关系。有了"谈情说爱",编辑跟作者就有了广泛的情感上的交往、知识上的交往,然后,一定能从作者身上组到最好的稿子。很多好选题都是这么发现的。你不跟作者"谈情说爱",怎么能听得懂专家讲话?怎么会发现选题线索?

和作者在"吃喝玩乐"的时候"谈情说爱",就能从作者身上"贪污盗窃"到他的最新研究成果,挖掘他们的无形资产。像钱理群先生,每次吃完饭,他会拉着你谈他最近的研究,你从中能探听出他的研究新成果,然后就可以定出版计划了。

最后两点,是针对自己说的。我多年"贪污盗窃"惯了,一点儿孤独不了。老想着把自己掌握的情报利用起来,出卖给一些同行,也因此满足了我"吃喝玩乐"的习性。我四处帮闲,不一样的是我现在不用负什么责任。

"坐以待'币'"就是说我不能赔钱帮闲,用我的单位需要给我报销应有的费用。

当初稿子上版,女编辑们读至此都哈哈大笑,极力称赞沈公"好玩儿",又说"沈公来我们这里当主编就好了"。我盯着她们问:"你们什么意思啊?"

"别紧张啊领导,没什么别的意思。"她们挥舞着大样儿边走边说，"我们的意思就是，希望领导向沈公学习，多吃喝玩乐，多谈情说爱。"

1996 年 6 月 15 日

沈公"吃喝玩乐""谈情说爱"，去过全国很多地方，知道很多重要的人与事。不过，他不会知道，20 多年前，深圳曾经有过这样一个聚会。当年我也不知道。

1996 年的时候，深圳的读书人还是很愿意"发声"的。他们知道自己栖息的城市是"经济特区"，心里却还是放不下"文化"，脑子里还装着不少他们熟悉的北方"文化符号"。深圳大学的一位老师提议说，6 月 15 日下午，咱们谈谈《读书》杂志吧，《读书》换了帅，我们应该怎么看？教学楼小会议室里讨论一番可也！

那天下午，突然有风有雨，大家还是陆续到了。据参与者后来回忆，先是一位程老师说，1979 年，他接触到《读书》，觉得生活打开了一个新窗口，非常新鲜。张老师、徐老师等几位都同意，大家说《读书》是读书人召唤出来的，众多作者是这个多难民族中的智者；《读书》又召唤出了整整一代新的读书人。

贺先生说，读高中时我知道有《读书》这么一本好杂志，1982年去北京读大学就跟着《读书》乱翻书，开始精神修炼。有《读书》这样宽容和明慧的灯塔引导，自己才不至于矫情入里，灼伤自己。他说，沈昌文先生上个月刚刚卸任，汪晖先生接手，该有另一番气象吧。

大家开始讨论：目前有没有能够取代《读书》杂志的呢？有人说出一些杂志的名字：《二十一世纪》《原道》《东方》等等。王先生说，《东方》也许会取代《读书》成为学界的旗帜。

贺先生不同意。"对我这样的平民子弟来说，我依然挚爱《读书》。"他说，"《读书》的闲适取向、贵族风格虽然会伤及平民学人的脾胃，但她那一份高明与精神实在难以被取代。"

海归博士阮先生把话题引向了"话语权"：《读书》以

润物无声的方式浸润中国读书界十几年，已握有强势"话语权"，《东方》一复刊也先声夺人，可是这都是"京派色彩"的论坛。全国学术文化擂台上有深圳的选手吗？深圳的学人和刊物在哪里？

是啊是啊，大家说，在深圳能办《读书》这样的杂志吗？深圳若有可能办类似杂志，可以少一些或没有"贵族"味，但一定要有同样的宽容、博大与精深。

诸位正说到兴头儿上，贺先生的一盆凉水伴着窗外的暴雨泼了过来：

"我来到深圳快一年了，至今仍不知何处可购得《读书》。在北京时养成的每月 15 号去邮局等候《读书》的习惯，只好戒绝了。"

20 多年后我才知道深圳有过这样一个聚会。与会的几位我也熟悉，如今他们各奔东西，天南海北，若今朝再凑一起，会如何消化当年他们制造的话题？

说起当年在深圳买《读书》，谁又没有一番独特体验。1992 年张冠生离开深圳，回北京做费孝通先生的学术助理，从此，每月上旬，我和姜威等总能收到他从北京寄来的《读书》，如此一寄就是三四年。后来深圳卖《读书》杂志的报刊亭渐渐多了，我们才恳求他万万不必再为此劳心费力。

此刻我想说的是，读《读书》者，各美其美，而深圳这帮人，他们听沈公那番"无能无为、不三不四"的高论，心里只当沈公是"故作轻松"，他们自己心里反而一点都不轻松。他们把沈公和杂志命运、《读书》和城市文化、杂志和学术话语权绑在一起考虑。沈公与《读书》杂志，通过他们创造的读者，进入过多少书房、酒桌、会议室与城市街道，渐渐地，引领时代之后隐入时代，书写历史之后凝成历史。这是多大一件事！沈公貌似嬉皮笑脸传授"二十字诀"时，心里难道不明白这一点？只可惜很多听者至今也不明白。他们只以为沈公传授的是"技艺"，总结得很好玩儿。

其实，在深圳办一份以《读书》为榜样的杂志我也试过了。当然，以失败告终。我很少对人讲此事，觉得实在汗颜。2002年，网络论坛如火如荼，我忽然兴起，要在一个论坛写"非日记"。我不知道沈公当时已是资深"潜水员",我甚至还不知道"潜水员"用在虚拟世界是什么意思。"非日记"写到第 8 篇时,我想起很多办杂志的事,想起 1999 年我和姜威接手《风尚》时,两人是何等踌躇满志,全不知杂志世界的天高地厚。那天我把自己为新一期《风尚》写的发刊词读了又读,尤其是其中引述的陈原先生的一段话:

"办杂志,办一个讲真话的杂志,办一个不讲'官话'的杂志。开垦一个破除迷信、破除偶像崇拜,有着'独立之人格'和'自由之思想'的园地。不讲大话、空话、套话、废话。不崇尚豪言壮语,不夸夸其谈,不随风倒,也不凑热闹。保持冷静客观头脑,独立思考。不把自己装扮成为人师表式的道貌岸然,而是自然、朴素、平等。完全可以发表不同意见,但是拒绝棍子!"

我于是在发刊词中高呼:

　　　说得真好,但做起来也真难。我们不是办《读书》
　　一类的杂志,但自以为《读书》的风骨、神韵还是应该有的。确定本刊方针及定位时，我们曾说过如下的话：

《风尚》是一本反时尚的时尚杂志，强调批评的文化杂志，面向生活的休闲读物。

《风尚》不做导师，不当牧师，只求做一个宽宏大量、善解人意的朋友。

《风尚》希望雅人在这里说一些俗事，关注一下身边的日常生活；学者在这里展现人文情怀，大胆输出自己的见解；各方高人在这里聊聊天，深深浅浅的都可以说，说点风花雪月、吃喝玩乐也没什么不可以，但就是不要摆出开"座谈会""研讨会""报告会"的架子。

《风尚》亦庄亦谐，亦轻亦重；长短兼容，中西并包；新旧皆宜，图文互动。一句话：只要好，那就好。

呵呵。如今再读这些话，也只能"呵呵"了。

杂志只办了一期，作者稿费也没能如约奉上。多少年之后，红遍天下的易中天先生来深圳讲演，《文化广场》记者要去采访，问我有何话交代。我说："问候易老师吧。就说我特致歉意。当年《风尚》杂志还欠他 800 元稿费呢。"晚上记者回来复命，说："易老师说了——告诉你们胡大侠，当年说好的稿费不是 800 元，是 1000 元！"

2007 年 11 月 8 日

深圳一直未能出现一份在中国思想文化界独树一帜的读书杂志，这个责任当然不能由沈公来承担，但也不能说和他一点关系没有。谁让他总是盘踞北京呢？深圳的读书人若要在书刊行业求学问道，还得跑到北京去找他，而且，还未必能找到。他总是往上海跑，往沈阳跑，往郑州跑，为什么就不能常常来深圳呢？当年在《读书》退休后，他若能毅然南下深圳，带几个徒弟（比如我），面授"二十字诀"秘诀之余，振臂一呼，哗啦啦竖起大旗，扎下营盘，招降纳叛，招财进宝，挟《读书》之余威，集特区之资财，引香港之活水，借台北之东风，何愁深圳读书杂志大业不成？教训深刻啊，沈公！

更忍无可忍者，一直到 2007 年，我竟然还没有机会在深圳接待沈公，当面聆听各路教诲。眼看深圳的小报们也等不及了，老记小编们想：既然在深圳采访不到沈公，那就找人去北京搜集点八卦吧。2004 年的 5 月，某小报上登出一篇《生错了年代的沈公》，说这老沈，平时背着双肩背包，胸口挂着 U 盘和 MP3 播放器，耳朵里听着王菲，踩着单车满北京城跑，落了个"不良老年"的雅号。又说这人活着啊，有一种悲剧是心还没老身体先老了，还有一种是身体没有老心却老了，沈公却是心没老身也没老，别人却说他老了。又说，某次沈公兴之所至，聊起了他和初恋女友不得不说的故事，因为与他签有"保密协定"，所以不便公开云云。

　　真是有些乱啊！这报纸约稿子编稿子，都没有个前后照应。5 月的文章说"不便公开"，岂不知他们报纸在 4 个月前已经登过记者专访沈公的稿子，那时沈公早已一五一十讲过自己的初恋了，哪里还用得着"保密协定"！关于初恋，沈公如是说——

———————

　　当了秘书之后，我和社里的一位女士谈朋友。她生性倔强，喜欢艺术，看重灵魂中的美和不美，她认为一个男孩子，如果参加了政治运动，就是不美了。我现在对她这种思想的来源，也没有弄清楚，也许是自幼丧母，却又聪明敏感，自学画画，身体又不好，总带着些病态。她后来调去做了美编，设计的封面好像也带着这些病态美。反右派运动的时候，我参加的活动不多，但有次是不得不参加的。党支部反对我交她这样消极的女朋友，所以我再三要求她参加。她勉强同意了，但是提出条件，她必须保持中立。我在会上发表了批判"右派"的讲话，她事后对我说，我爱你是因为你的内心美，而我发现你批判别人时候的灵魂是最丑陋的。但她说这样的话，爱情的因素多过批评的因素。

　　当时不参加阶级斗争，和单位及革命青年就有矛盾。她的性格越来越阴郁，而我却越来越受到重用。1958 年她受到了一个沉重的打击，单位给了她一个通知，要求她"退职"，就是辞退了她。她没有了生活来源，身体又特别不好。虽然我要她放心养病，说无论如何都会保障她的生活，但她性格太倔强，也不让我去看她。后来竟然郁郁而终。她对我这么好，她是对我最好的一位女士……我却……我的所作所为，在名义上是对的、道德的，实际上……在爱情方面，我不懂怎样才讲得很深刻……就不提了吧。

转眼到了2007年，沈公的故事报纸上讲了一遍又一遍，他的新书《阁楼人语》已经在深圳各大书城卖成了旧书，他的口述实录原稿未删节本也早已由姜威制作成"非卖本"在朋友间私相流传了，可是，他还是没有在深圳露面。

这一年的11月8日，我决定不等了。坐着谈何如起来行？于是，找了个理由，写电邮力邀沈公南下。

"沈公，您好！"我写道，"我是《深圳商报·文化广场》的胡洪侠，呵呵，天涯论坛'闲闲书话'的OK先生。几年前曾和冠生兄一起在三联购书中心的咖啡厅见过您一面。之后不断见到您的新书，书心大慰。上海书店版您的一本书，还上了我们的月度好书榜。"

这都是实情，不是忽悠。然而接着我写道：

　　　　每年的 11 月，是深圳的"读书月"。今年我们策划了一个活动，评选 2007 年度十大好书。我想邀一位前辈和一帮朋友来深圳给我们捧捧场。前辈就是您老人家，朋友包括陈子善、陆灏、梁文道、小宝、止庵、刘苏里。目前其他人来深行程均已确定，我才敢邀您。今天六点多打电话，可惜您不在家。现郑重邀请沈公光临深圳。说是开会，其实就是朋友同道南国一聚，聊聊天，过去叫"神仙会"，现在叫什么就不清楚了。……您老人家的书现在深圳书城有几种，如果愿意，也可以和读者见见面，签售一番。一切都听您安排。

然后再交代来深圳的任务：

────────

来深圳之前，我们会发给您一份候选书目，您只要在其中勾出自己认为的五十种好书即可。到开会时，我们会集中讨论每个人的推选书目，最后决出十大好书和二十种入围好书。不知沈公意下如何？希望得到您的回复，而且是肯定的回复。

两天之后，是星期六。晚上，沈公的答复来了：

来信收到，谢谢！我很想来深圳，见见老朋友，不过近来健康情况不佳，无法远行，不克前往，为歉！

2008 年 9 月 29 日

沈昌文，一个如此热爱书籍的出版家。

深圳，一个如此热爱阅读的城市。

此二者的相遇与知遇虽然迟了些，但让二者不相遇、不相知也是不可能的事。

2008年9月29日下午，深圳百花路的"物质生活"书吧，迎来了沈昌文和"知道分子说《知道》"新书签售会。

沈公终于出了新书，叫《知道》，由他口述，张冠生整理。出了新书当然就要到处做活动，对此自称"书商"的沈公比谁都擅长。深圳不仅是"全民阅读大本营"，各大书城的新书销量也十分可观。所以，冠生陪沈公来深圳推销自己的新书显得顺理成章，一点不让人意外。

最让人意外的是：那几天我竟然不在深圳。为深圳"申都"事，我去了美国南部一座名叫圣达菲的城市。

据说，沈公那天的讲座，读者很踊跃，问答很热烈。深圳人终于可以当面向传说中的沈昌文请教读书问题。大家争着问："沈公，您平时读什么书？"

沈公的回答自然是"沈式幽默"："我是一个整天读书却又不怎么读书的人，我并不是知识分子，而是一名知道分子。"

我猜此刻现场很多人应该可以默默诵出"二十字诀"吧：吃喝玩乐，谈情说爱，贪污盗窃，出卖情报，坐以待"币"。

据说,那天沈公应读者要求又把自己50多年来在出版界的见闻与成长口述一遍,史实偶尔沉重,语气常常轻松,忽而一本正经,忽而童心四射。其中细节,还要等冠生日记整理出来方可弥补。

在与城市的交往史上,2008年应该称得上是沈公的"深圳年"。首先,他的《知道》一书入选了2008年"深圳读书月"年度十大好书。在此之前,没有哪座城市曾经给过他的书如此这般的荣耀。

说起此事,还有一个插曲。11月26日下午,我继续主持十大好书评选。13位终审评委已然唇枪舌剑了一天半,如今迎来水落石出的时刻。最后一轮投票即将开始,经过千挑万选,20本参与终选投票的书目,终于艰难产生。可是,大家突然发现,沈昌文《知道》一书赫然进入决选书目,而整理者张冠生却又身担终审评委之职。为公平公正起见,张冠生必须循例回避,让出投票表决权,独自在围观席上"隔岸观火"。13位评委立刻变成12位,大家又发现问题了:评委数量为偶数，票数相等时如何抉择。于是众评委吵嚷半天后提议：终审评委增补一人。增补谁呢？不知谁灵机一动，高喊：胡洪侠！你暂时别当主持人了，当"临时评委"！大家哄然同意，拍手拍桌通过。

2008年，沈公还应邀加入了我们的"30年30本书"计划，为深圳读书人呈上一份他自己的"改革开放30年30本书"书单。但沈公毕竟是沈公，凡事喜欢按自己的思路玩，不愿意让人牵着走。我们记者说，按活动要求您需要推荐30年间自己认为的好书。他说：我很少给人家推荐书；就是推荐，也是推荐我自己经手的书，像"拣金（金庸）"啊、"卖蔡（蔡志忠）"啊、《宽容》啊、《情爱论》啊之类的。我们说，那您得推荐30本。他说，哪有那么多，18本就够了。

下面是沈公贡献给"深圳读书月""30年30本书"活动的"私家书单"：

1.《围城》(修订本)，钱锺书著，人民文学出版社1980年版

2.《傅雷家书》，北京三联书店1982年初版

3.《古拉格群岛》，索尔仁尼琴著，田大畏等译，群众出版社1982年版

4.《第三次浪潮》，阿尔温·托夫勒著，朱志焱等译，北京三联书店1983年版

5.《情爱论》，基·瓦西列夫著，赵永穆译，北京三联书店1984年版

6.《宽容》，亨德里克·房龙著，迮卫等译，北京三联书店1985年9月第1版

7.《异端的权利》，斯·茨威格著，赵台安、赵振尧译，北京三联书店1986年版

8.《随想录》，巴金著，北京三联书店1987年初版

9.《洗澡》，杨绛著，北京三联书店1988年初版

10.《蔡志忠漫画》，北京三联书店1991年版

11.《这一代的事》（读书文丛），董桥著，北京三联书店1992年版

12.《爱默生集》（美国文库），赵一凡等译，北京

三联书店 1993 年初版

13.《金庸全集》，北京三联书店 1994 年版

14.《我永远年轻：唐文标纪念集》，唐文标著，关博文编，北京三联书店 1995 年 12 月初版

15.《布哈林论稿》，郑异凡著，中央编译出版社 1997 年初版

16.《潜规则》，吴思著，云南人民出版社 2001 年 1 月

17.《辩论》（新世纪万有文库），詹姆斯·麦迪逊著，尹宣译，辽宁教育出版社 2003 年第 1 版

18.《民主社会主义论》，殷叙彝著，中央编译出版社 2007 年版

荐书 18 种，北京三联版高达 12 种，占比为 66.667%。原来，"举贤不避亲"之类的话，就是给沈公这类大智大勇的人准备的。有什么办法呢？我们谈论 20 世纪 80—90 年代中国的出版物，怎么可能绕开北京三联出版的书呢？

沈公推荐这些书时，已经从北京三联总经理位子上退休十几年了。对自己经手的那些刷新过大时代知识面貌与格局的书，他依然念念不忘。我们让他推荐"30年30本书"，他亮出的书目堪称他自己的一份做书成绩单。数十年间，出版人多矣，有几人能有这样的底气、资本与骄傲。

2011年，"深圳读书月"又要决选"致敬中国年度出版人"。评委一致同意：今年，我们向沈昌文致敬！

2015年9月27日

晚上7时许，沈昌文先生85岁生日宴在一片欢声笑语中开张。简直"太欢声笑语"，我都无法维持出一个安静场子让俞晓群宣布生日宴开幕。

是在深圳，时为中秋，恰逢沈公生日刚过（才仅仅过了20多个小时），我们以为沈公庆生的名义（其实也如此），在距中心书城几百米之遥的一家淮扬风味酒楼摆下了夜宴。最大的那间厅房里，安一张大大的圆桌，椅座环绕，挤来挤去，点点算算，宾客们还是需要左挤右挤才能坐得下。

沈公安坐主位，左顾右盼，不住点头，一直微笑。

沈公女儿沈懿，紧挨沈公坐下，奉母亲之命，用女儿之权，以照顾父亲饮食之名，行监督沈公喝酒之实，确保深圳之行一路平安。

特地从北京、上海、台北、杭州、东莞赶来的师友们，深圳本地的朋友们，待沈公坐稳之后，乱哄哄纷纷落座。他们是：陈子善、俞晓群、吴兴文、王志毅、沈胜衣、梁由之、李忠孝、朱立利、周青丰、陈新建、夏和顺……当然，还有我。

刚进2015年门槛，借北京图书订货会之机，晓群大哥和我就开始策划，说今年秋天要在深圳给沈公过生日。大家分头筹备，如今终于在月圆之夜，众师友相聚在沈公生日宴的烛光之中。

大家开始敬酒。

陈子善起身敬酒，祝沈公生日快乐。他们二位酒杯一碰，大家立刻想起，下午的书城新书分享会现场，沈公如何开子善老师的玩笑。沈公在上海长大，自然喜欢读张爱玲、胡兰成的书。"我老了，记忆力不行了。"沈公说，"前不久读一本子善先生编的张爱玲的书，有人指着一幅照片问是谁，我看了半天说是胡兰成。那人说不对，这明明是陈子善，你怎么能说是胡兰成呢？我又仔细看了看，发现那照片上的先生确实是陈子善，所以我有点对不起陈子善，这么多年的老朋友居然错认为胡兰成……"沈公在那里一本正经，娓娓道来，台上台下早已笑成一片。

俞晓群起身敬酒，祝沈公生日快乐。他此刻特地又改口，不称"沈公"称"师父"。两人结交20年，在中国出版界弄出多少大动静："书趣文丛"、"新世纪万有文库"、《万象》杂志、"海豚文库"等等。和晓群大哥聊中国出版，不出三句，就会出现"沈昌文"，再聊两句，一定出现"王云五"。沈公曾说他退休后的20年是他的"黄金二十年"，其间几乎所有出版大手笔，都由俞晓群呼朋唤友，鼎力合作，联袂完成。晓群称沈公为"师父"，沈公戏称晓群是他的"大 boss"，局外人完全不懂他们两人究竟是何关系。

吴兴文起身敬酒，祝沈公生日快乐。说起吴兴文，沈公滔滔不绝，一堆故事；反之亦如是。下午在中心书城，当着几百位深圳书友的面，沈公又开讲他和吴兴文的"段子"："当年听说吴兴文对一种票很有兴趣，起初我以为是钞票，谁帮我赚钞票我就很高兴。我就想，他是不是要给我'票'？后来我等了很久，我的天啊，他给我的竟然是藏书票！我才知道竟然有人对文化艺术品比对钞票还感兴趣，这让我产生了敬仰之情……"吴兴文也大讲一通20年前他如何经常去沈公办公室"搜刮"签名本，听得我们又羡又恨。

该我起身敬酒了。那时我还没有戒酒，满满斟上一大杯，祝沈公生日快乐。我一饮而尽，晓群大哥还批评我喝得太少。当然当然，今晚我有太多理由多多敬酒。我是东道主，策划已久的沈公生日宴终于实现，干杯干杯。我也自认是沈公的未经拜师的"徒弟"，20世纪80—90年代，每次拿到新一期《读书》，先细细研读"编后絮语"是我必做的功课。干杯干杯。我更是沈公引领出版风尚的受益者，尤其他和罗孚先生联合推介出版董桥散文，让我至今受惠无穷，干杯干杯。我尤其应该痛饮致敬的，是2015年4月沈公竟然应我所求给我的《非日记》写了序。他在序中透露了当年得罗孚先生之助签约董桥和金庸著作的内幕，鼓励我多关注港台文化，多多传递业内消息。最后一段他说他很遗憾："胡大兄没有如同罗老当年那样'有幸'在北京'坐牢'十年，让我可以常去'牢房'探视他。"又说："我现在同胡大兄彼此暌违两地，难以经常见面畅谈。但能读到他的'非日记'，同这位大兄一起享受书情书色的愉悦，亦为快哉！"我又倒满一杯酒，走到沈公面前说："沈公啊，您的遗憾可能真得继续是遗憾了。我到现在也没想出办法能像罗孚先生那样在北京'坐牢'十年啊。我真是笨啊，连这事也办不成，我先干为敬吧！"

各位师友一一敬酒，沈公频频起立坐下，又高兴又辛苦，程序未过半，他每餐最多啤酒一瓶的指标已经用完了。他手持空杯，无可奈何，不再指望能够抢到眼前转来转去的啤酒。纷乱之中，他趁沈懿和人聊天，悄悄起身，沿酒桌绕了个大圈子，然后迅速冲向远处服务员工作的吧台。待女儿杀到身边，他已给自己满满倒上一大杯。他一边说"没事没事"，一边踏上通往自己座位的归程，途中还得意地和座中年轻人碰杯致意。

灯光忽然变暗。一辆小推车自走廊深处慢慢游移而来。车上赫然满载花团锦簇之生日蛋糕，蛋糕上插满点亮的蜡烛。烛光摇曳，愈来愈明亮，大家纷纷起身，拍手相和，高唱《生日歌》。沈公玩兴又起，兴致勃勃，将一顶纸制彩色王冠顶在头上，满脸通红，双目含笑，先向大家一一作揖致意，然后以摧枯拉朽之势将所有蜡烛尽数扫灭。

此刻窗外圆月高悬，有一盏盏孔明灯冉冉升起。

2019 年 4 月，深圳

沈昌文先生的最后一天

2021 年 1 月 10 日，是沈公昌文先生在此世间的最后一天。他平生喜欢做的那些事，比如组稿编书、呼朋唤友、召集饭局、逛店买书之类，这天他一件也没做。他只从从容容地做了一件事——黎明时刻，沉陷梦中，不愿再醒，一言不发，走了。

他开启了他自己的最后一天，却只是开了个头，给我们留下了多少惊诧，多少慌乱，多少悲伤，多少怀念。在他的这最后一天，只有他自己的黑甜乡是完整的，而天亮后其他人的一切都是破碎的。

我在这里随手记下 2021 年 1 月 10 日的所见所闻所写，

然后集碎片而成一篇特殊的"非日记"。将来我那本《非日记》万一有重印之日，我要把这篇附在书中序言的后面，因为那篇序言，是沈公给我写的。

1

凌晨三点多才一头睡倒。十点醒来时见北京冠生大哥九时许发来微信："沈公昌文先生方才辞世往生（在家中无疾而终）。"乃大惊，不敢信，又不能不信。张冠生不是道听途说、以讹传讹之辈，出自他口中的消息几无求证之必要。可是搜索网络，却并无消息。遂发微信给俞晓群："大哥，需要我帮什么忙？什么时间正式公布？"他回："刚才知道中国出版集团在安排。"又发微信给郑勇，他回："早晨接到沈懿消息，沈公夜间平静辞世。昨天尚在商量入住医院事，不料走得如此突然。今天三联在和沈懿商量后事。余情待续告。"

至此方渐渐相信，沈公真的走了。

————

2

在微信公众号中翻出 2019 年给《八八沈公》一书写的《沈公十日谈》，加了几句按语，于 11 时 12 分发出。

按语：一个多小时前，接北京朋友微信："沈公昌文先生辞世往生（在家中无疾而终）。"一时惊住。一时再问北京朋友，说"沈公夜间平静辞世。昨天尚在商量入住医院事，不料走得如此突然"。一时去网上找消息。一时不知做什么。翻出前年写的《沈公十日谈》。我这篇长文本是 2019 年春应《八八沈公》编者之约而写。今天再发一次，送沈公远行。

此时微信朋友圈沈公去世的消息渐多。

3

11时21分，安排小谢在《晶报》手机客户端编发沈公去世消息，并转发我那篇《说不完的沈公读不完的书》。半小时后，稿子在新媒体发出。小谢感慨道：与沈公告别，像是与一个时代作了告别。我答：是啊！我们这一代成长的那个年代，明白无误地沉入了历史。

4

把《说不完的沈公说不完的书》转到微博，加如下按语：

二零二一，一月十日，沈公昌文，与世长辞。《读书》遗音，顿成绝响；"京华饭局"，从此难觅。"吃喝玩乐，坐以待'币'"——唯有沈公，授此秘籍。斯人一去，"阁楼"沉寂；书海茫茫，"编者"几稀！《八八沈公》，横空出世；沪上欢聚，宛如昨日。微斯人也，何处请益？
天寒地冻，沈公安息。

最后两句超字数了，放不下。我觉得也可能是天气太冷
的缘故。

5

11 时 52 分，收到"澎湃"微信：

> 胡老师好！冒昧打扰。我是《澎湃新闻》"翻书党"
> 的臧继贤，想问问您可否授权我们转发您刚发布的纪念
> 沈公的文章？

我当然同意！

半小时后，"澎湃"转发了我那篇《说不完的沈公读不
完的书》。我随即转发到朋友圈，加按语如下：

当年我给《八八沈公》写《沈公十日谈》，因有许多话要说，竟然写了万余字。我原是要表达我悠长的敬意，今天却成了漫长的告别。

6

南京大学、浙江大学教授杜骏飞在微信上发布挽沈昌文先生联，这是今天我在朋友圈见到的第一副挽联。杜教授联语如下：

万殊开万有，十方婆娑思问道

三鉴复三联，四谛圆满证读书

联中可见沈公恢复三联、主持《读书》、编印《万有文库》诸事，重在阐扬"20世纪80年代以来读书人靡不拜受沈公之德"。

绍培发微信说:"沈昌文先生走了。当年在北京说到养生,沈先生说他年轻时就开始练'因是子静坐法'。沈先生说你们一定要练,非常好、非常好。"

不知沈公曾向多少朋友推荐过"因是子静坐法"。当年他也鼓励我练,还专门给我买了教材寄来,可恨我一直没练。我在回绍培的微信里提起此事,绍培说:"现在开始也来得及。"

2010年之后,我开始在晓群组织的北京饭局上频频拜见沈公。彼时沈公"下半场"的巅峰状态也已过去,耳朵也渐渐地背了。有次我们俩都早到,我问他是否还是骑自行车到处跑,他说他现在更愿意坐公共汽车。"我在公共汽车上正襟危坐,双眼微闭,别人都以为我在睡觉,"他诡秘一笑,"其实我在练功。"

这倒新鲜,我忙问是什么功。

"小周天。"他慢慢说出这三字,然后问我是否知道"小周天"和蒋维乔。

我说"小周天"我不知道,"蒋维乔"这个名字好像听说过。

"蒋维乔是我的偶像。"之后他开始细细道来,我听得似懂非懂,但不妨碍我频频点头。后来读到沈公一篇文章,才详细了解了沈公与蒋维乔其人其书之因缘。

原来20世纪50年代有几年沈公身体很坏,他趁出差上海的机会求医疗治,有人介绍他认识了一位老先生,叫蒋维乔(字竹庄,道号"因是子"),他当过江苏省教育厅厅长,当时已经80岁了。沈公开始跟他学气功。"他的功法非常简单,"沈公说,"不讲什么外功内功等等,乱七八糟的更是没有,起首只有一条,就是意守丹田……把注意力集中在肚脐之下一寸三分,老是想着那儿,那儿就会发热,一旦发热了,就是所谓'得气'了。然后,你就按着书上讲的经络路线,把得的气引导到一定的穴位上。需要治哪个部位,就让气走到哪个地方。慢慢地,你的病就会好了。"

沈公说,"因是子静坐法"是1910年到1930年之前广泛流行的养生功法，蒋先生将此功写成了一本书，出版后购者络绎不绝，近则各省，远至南洋，无处不有学习之人。某年沈公到台湾，把蒋维乔的著作又搜集了一遍，各种版本都有。"主要就是'因是子静坐法'。"沈公说，"他算得上气功领域里的一个大家，我受他影响太深了。"

"我今天向你推荐'因是子静坐法'。"那天沈公聊蒋维乔聊得十分畅快，"你写给我一个地址，我寄给你一本。"我连忙说"不用不用"，他点头不语。

回深圳后我上网搜蒋维乔的书，发现"因是子静坐法"相关版本甚多，其中长安出版社 2009 年版的腰封上赫然印有"沈昌文大力推荐"的字眼，同列推荐人名单的还有"弘一法师、南怀瑾、饶宗颐"，真是一个奇怪的组合。我看在推荐人的分儿上，选了这个版本。

谁知没过多久，沈公寄来了《因是子静坐养生法》，且和我网购的是同一版本。我于是知道腰封上列他为推荐人应该是经过他同意的，抑或这本书的出版就是他策划的也未可知。

既然是沈公推荐，我岂有不读之理！只是可能是我修为不到，读了几章就有些读不下去。在深圳这样一座城市，欲闲下身、沉下心练静坐，不大容易。不过，今日沈公归去，我既然在他生前答应过他，那静坐之功还是要练的，万一练成了呢！

如今，沈公再也不用练"小周天"了。在另一个世界他或许能够与蒋维乔重逢吧。沈公学"因是子"功法大半生，得寿90岁。蒋维乔1958年去世，享年85岁。可叹这位蒋先生一生倡导养生，惠及千万人，最终自己选择了以"弃世"了此一生。

网上有文章说：

> 1958年，学者蒋维乔已80多岁。一天，他儿子回家告诉他，他已成了"右派"。他当即说"我不想活了"，转身上了练功的小楼。待他儿子醒悟上楼，他已安静地死去了。

————

8

杨锦麟先生转发沈昌文逝世消息时说了八个字："老兵不死，唯有凋零。"稍后又说："对于我们这一代人来说，沈昌文和《读书》就是我们的点灯人。"

他还在评论区转了罗点点的一篇网文。此文叙述沈公去世过程甚详甚细。如下：

20世纪80年代，沈昌文公在许多读书人和喜欢《读书》刊物的人眼里是神一般的存在。虽然我也自认为是喜欢《读书》的读书人，可我算不上是特别喜欢他的人。

不管喜不喜欢，各种场合都有见面。他是个永远背着一个硕大的双肩包，脚蹬一双不怎么讲究的运动鞋的随和老头。回想起来，每次见他都没怎么谈过《读书》和读书，谈得最多的是什么好吃和到哪儿去找这些好吃的东西。沈公永远是一副好脾气的样子，对座中女士无论大小都在获知姓氏之后用一个颇老式的尊称"×小姐"。记得有一次他给我讲自己在上海学徒的时候怎么伺候老板娘的麻将牌局。孤陋寡闻没有见识如我，对这类陌生话题完全不能驾驭，不仅不知如何搭话，还把沈公这副做派贴上了"从旧社会来的"标签。这可能也是所谓"不特别喜欢"的一个原因。

今晨得知他去世，享年90岁。朋友说："早上6点，女儿发现其过世。"我大惊，速速询问朋友，遂得知他精彩到无人可比的离世全过程：沈公10月下旬出现腹水和下肢水肿，去协和住了一星期。他知道自己是老肝病，没做进一步检查和诊断就闹着要出院。出院后如常生活。也吃了点温和的小药，但平日里喝点小酒，去馆子打包好菜啥的都没耽误，总之是照着自己喜欢的方式来。大女儿沈懿是个医生，对父亲的照顾也从容淡定。沈公一贯不要人陪，昨晚说头疼，沈懿给他吃了片药，有点不放心就留下来。女儿早上6点去看父亲，身体温热，但生命体征已经十分微弱。医生到场时确定人已经大去。

我真的被沈公的离世深深震撼！一个人一生要修多少好事！要多潇洒！多通透！多幸运！才能得到自然母亲这么周全的眷顾，才能有这么一个大大的福报啊！

谢谢沈公，让我们这些留在日益变得陌生和危险的世界里的人，茫然四顾之余，亲眼见到了什么是好死和善终。

点点 2021 年 1 月 10 日星期日下午 1 点

朱立利中午在电话里和我讲述的沈公睡梦中往生情形，和上面网文叙述大致相同。

9

有记者希望三联前总编辑李昕谈谈三联前前总经理沈昌文的贡献，李昕有问必答，且把答案分享在朋友圈。张曼菱老师读了，表扬她的这位师弟说："你的总结也很棒。"我马上跟评："同意曼菱老师的表扬。"

李总的答案是：

> 沈昌文先生的一生是"为了书籍的一生"。三联品牌的开创，沈公功不可没。1986 年中央决定恢复三联书店作为独立出版机构，沈公是第一任总经理。他带领着 29 个年轻的同事，白手起家，以"新锐"和"一流"作为出版质量标准，在范用先生倡导的"文化人写，给文化人读"的基础上，大胆引进西方思想文化的新观念，"领先一步"出版了《宽容》《第三次浪潮》《情爱论》和"现代西方学术文库"中的一大批著作，在学术文化界引起巨大反响，对促进中国当代社会思想启蒙发挥了重要作用。三联作为"知识分子的精神家园"的品牌，正是在这一时期形成的。可以说，沈公"领先一步"的出版理念，形成了三联的重要传统，直到今天，一直为有社会责任感的三联人所坚持。

10

毛尖和沈昌文是宁波同乡。得知沈公去世消息，毛尖接受采访时谈到，她第一次见到沈公时吃了一惊，觉得"他看上去太不像知识分子了，不儒雅不清高，整个人暖乎乎兴冲冲，散发着我们宁波汤团似的热气"。毛尖常听沈公用宁波话给她讲往事，比如多次说过他当年在金店做学徒，遇到美国兵来扫货，他"狡诈地"把对方称为"罗斯福先生"，美国兵一秒上头，立马成交。毛尖说："这个当初对付'美国鬼子'的方法论，颇有点地道战诱敌深入的意思，后来却多少成了沈公工作语法。他很鼓励我们后进，偶尔也把我们说得飘飘然，搞得我们从此献身写作，回头看看，已经离岸远矣。"

沈公也不止一次当我面讲过"美国大兵罗斯福"的故事，可见人臻老境最先涌到嘴边的话题往往都是少年心事。沈公曾给我的《非日记》一书写序，把我也说得"飘飘然"，从此总自认为加强华语文化联系是自己的责任。让毛尖这么一说，我就懂了：原来这是沈公"诱敌深入的工作语法"。

11

下午近 5 时，脑中突然蹦出一副挽联：

知道者读书通万象

阁楼人情爱唤宽容

联语中罗列了《知道》《读书》《万象》《阁楼人语》《情爱论》《宽容》诸书刊，窃以为这差不多足以概括沈公"为书籍的一生"了，只是不知沈公以为然否。（补记：总觉下联中的"唤"不好，应该换，一时拿不准换何字。和郑勇商量，良久，他回复：就换个"论"字吧。"论"既能和"通"相对，还顺便成全了《情爱论》书名。绝佳。）

郑勇在微信中和我分享了李长声先生的挽联：

几番风雨，几多情怀，知道百年天下事

一代名编，一本杂志，启蒙全国读书人

长声大哥给郑勇发微信说："惊悉沈公遽归道山，哀恸不已。去年未能应邀回京拜晤，竟成此生之憾。遥祭心香！因疫灾肆虐，不能赴京吊唁，如果可以的话，请兄帮我写这副挽联献上。"

12

10日晚8点10分，三联书店的正式讣告终于出来了——

中国共产党优秀党员，杰出出版家，生活·读书·新知三联书店原总经理、《读书》杂志原主编沈昌文同志，因病医治无效，于2021年1月10日6时在北京逝世，享年90岁。

沈昌文遗体告别仪式定于2021年1月14日上午10时在八宝山殡仪馆兰厅举行。

13

晚 8 点 40 分左右，道群又发微信，怀念沈公。他说："有一段时间几乎每个星期都得沈公赐函教导，有事说事想到什么说什么，后来不寄信写传真，不传真写电邮，前年俞晓群编《八八沈公》我选了三封发表，看过的都说好看。沈公有两集《师承集》，他这样的信札相信更多，晓群会编起来吧。"

沈公善写信，也善保存朋友寄来的信。已经出版的书中，我们见别人给他的信多，读他给别人的信少。道群手中藏有沈公函札不少，相信以后一定有机会读到。

附上道群在微博公布的沈公信札一通：

元月卅一日示悉。二月四日曾奉秀玉命寄上一 Fax，谅达。秀玉因公赴美，二月二十日返。我以为金先生的书可以列入"读书文丛"，问题是他要允许我们对文章进行选择，有时文中还要作些删节。我出董桥之书，即

为这一办法。你不妨将金书寄下，让我先做起来。我会
用最大的 tolerance 来做这事。我相信，我的 tolerance
在国内言，是无与伦比的。当然会有人比我更 tolerant，
但按国内尺度而言，怕已属"胆大妄为"了。我做编辑
四十年，学识日少，而这类分寸感却日多，此所以我辈
难以在海外讨生活也。

信上说得已经很明白：三联出版海外名家的书，虽然有
选择，有删节，但已经是"最 tolerant"的了。"学识日少，
而这类分寸感却日多"，此语一则自嘲调侃，一则正体现出
沈公知难而上的韧性与进取精神。

14

北京的朋友们今天很辛苦。郑勇晚间说："沈公生前让
我们如沐春风，他这一走，累死人。到现在只喝水抽烟，人
快昏倒了。"

朱立利又来电话，说遗体告别的日期定了，主办方被要求仪式要控制规模，以利防疫抗疫。我说深圳严控人员离深外出，北京我也去不了了。立利说陆灏也来不了北京，他们会在上海搞个追思会。

焕萍说，万圣是沈公逛的次数最多的书店，我们需要找个时间安静地聊聊沈公。我说，只能采用"线下＋视频会议"的形式了。

15

在这"沈昌文先生的最后一天"即将结束之际，"草鹭文化"诸君终于在他们的公众号上说话了。

陆灏：

几年前老沈来上海，我和他吃了饭，陪他走回宾馆。到宾馆门口时，老沈说："我们就此别过，也许下个月见，也许明年见，也许再也见不到了。"虽然老沈经常胡说八道，但那次我听了有点伤感。1990 年认识老沈，几十年交往，忽然意识到老沈八十好几了，总会有真的见不到的时候。但不久又见到了，依然勃勃生气，依然胡说八道。去年 10 月后知道他病了，就想要去看他，但一直没去成，客观原因确实一个接一个，但在潜意识里，是不敢面对"最后一面"。现在回想，去年一年未见，前年秋天在北京见的，那是快乐的相聚，并不知道是最后一面。想想老沈虽然患病，但起居如常，一觉而去，没有弥留的惨状，没有辞别的伤心，走得洒脱，也好。老沈走好！

王强：

上个月在上海时还跟晓群兄说最近一起去看看沈公。今早却得知沈公一个人走了，据说是在睡梦里，走得安详。沈公行前会梦到博尔赫斯的"天堂图书馆"吗？那里一定会是他一个"知道分子""也无风雨也无晴"的"读书无禁区"吧。一个"思想的邮差"就这样在我们丝毫没有提防的时候背着他沉甸甸的双肩包悄无声息地走入了那永恒的无限……沈公一路走好！

俞晓群：

虽然一个月前那次聚会，我看到沈公的状态，心已经悬了起来，但依然希望一切都会峰回路转，沈公一定能够好起来，在以后的年月里，我们每月还会围坐在他的身边，轻轻松松地说着闲话，饮酒、调侃，平平淡淡，岁月无痕。活着多好啊，即使去日苦多，来年多舛，我们还是希望伴着春夏秋冬，风霜雨雪，日月星辰，天荒地老，呷一口淡酒，聊几句闲话，慢慢地走下去……

晓群大哥还发了微博："从沈家出来，天太冷了。来到郊外一家小酒馆，端起酒杯，泪水流下来……"

我深知，为什么他在端起酒杯这一刻，泪水会流下来。

因为此刻，我忍了一天的泪水，也终于流下来……

2021 年 1 月 10 日

色香味居书影录

关于"色香味居"

色香味居，乃深圳读书人、藏书家、出版人姜威书房之名号。大家都说，这斋名起得响亮、巧妙，有名实相符之功，收雅俗共赏之效。姜威也大为得意，不仅一再为之治印，到处踏雪留痕，连起个网名，也径以此自称。2002 年 8 月 25 日，他始以此名混迹"闲闲书话"；2010 年 12 月 6 日，他仍以此名开玩儿微博。可惜微信问世太迟，没让他赶上，不然，他微信朋友圈之昵称必定还是"色香味居"。

自 1998 年迁入新闻路景苑大厦，色香味居开始名动深圳内外。此前姜威每居一处，当然也必有书房，但何时何地开始唤作"色香味居"，我已经说不清楚。此人像风一样忽而狂飙，忽而轻舞；他的书房也随着楼层时而高攀，时而低就。果真就是一场场流动的飨宴。我出入过的他之书房，起初是黄木岗，然后是莲花二村、莲花三村、莲花一村，之后是莲花北。再往后才迎来了景苑"色香味居"的黄金时代。搬到坂田第五园后，一来地僻巷深，二来病榻缠绵，此时之色香味居，虽然屋广地阔，画稠书丰，格局别具，气象一新，开张后也有许多日夜的繁华与热闹，可是，毕竟书房主人一年后身染沉疴，疼痛万状，竟至惶惶不治，匆匆离世，这遐迩闻名的色香味居也就渐渐成了绝响。思至此，昔日朋辈无不悲从中来。

"这一辈子就喜欢看看书"

我常常想起当初送姜威去医院的场景。他走出二楼书房，下楼，出家门，走到六合院的公共庭园里。庭园里有公用的木桌木椅。我问他要不要坐这里休息一下。他说不用，强撑着，走向停在胡同里的汽车。这一路之上，没有回头。我原以为他会回头看一眼，我原以为他心里清楚可能再也回不来了。但是他没有回头。路上他说："现在不让喝酒，好，不喝了。不让吸烟，好，也不吸了。但千万不能让我的眼睛看不见啊。这一辈子就喜欢看看书，眼睛要再看不见了，真生不如死。"

很快，他的眼睛就无法看书了。他于是改为听书，让朋友搞来很多有声书，记得有《红楼梦》《水浒传》《西游记》等等，好像还有《金瓶梅》。但是很快，他连听书的力气也没有了。

他去世后一年间，有很多次，深夜一两点钟，我下夜班回来，独坐在庭园里的木椅上发呆。瞥一眼他二楼黑黢黢的书房，再望一眼中天寂寞的月亮，我常常想，其实，他去医院时是想着还要回来的，他怎么舍得离开那些书？他很清楚那些书多么需要他，他又多么需要它们。我也常常想问他，这几十年，读书、买书、藏书、写书、编书、做书、出书，花钱无数，耗心力无数，交书友无数，书籍在他生命中是如此重要，那他现在的灵魂安放之所，是不是真的会有万卷藏书环绕呢？

《前尘书事成云烟》

2021 年 3 月 5 日，深圳报业集团新媒体大厦正式开张办公，"深新智媒"系统随之启用。中有全媒资料检索，某日下午我先在对话框中输入"胡洪侠"，点搜索，但见数千条目应声而出。嗯，嗯嗯，我不免在虚荣中频频点头，自我满足了一会儿。再输入我的几个笔名，嗯，也都在。我忽然想到什么，对着对话框发了片刻呆，然后输入"姜威"二字。

那些熟悉的标题，那些才气乱冒、妙语横飞的文字，都在。

我记得很早他就开始呼吁深圳应该建设大书店了。1992 年 1 月 6 日，姜威在《深圳商报》发一短文，题为《书店与酒楼》。骈文句式，成语连珠，如此华丽，如此用力，当年不知几人欣赏。文曰——

深圳大酒楼如海，大抵黄袍紫蟒；购物城如林，无不凤冠霞帔。而书店不唯荟萃高品位书刊的坊肆凤毛麟角，且数量上寥若晨星，规模上亦无地自容，或楼衰室陋，或市窄门狭。购书者塞满窄仅容人的架间，抵臂摩肩，上下求索，书既购得而人几虚脱，个中人应知此言并非过分吧！

两个文明建设的辩证关系我们早已耳熟能详。深圳不唯要当好物质文明建设的"排头兵"，更应成为社会主义精神文明的"窗口"。雄州雾列必配以俊采星驰，第一流的"硬件"必充实以最文明优秀的"软件"，否则就会导致整体建设时轻时重的后果而无益于后人。书店与酒楼相形不彰的现象已向我们的决策者发出呼吁：

不仅是读书人，而且是整个特区呼唤大型购书中心早日诞生！

———————

所谓"大型购书中心"，不就是后来的"书城"吗？如此，姜威有可能是第一个呼吁深圳应建大书城的深圳读书人。

又在目录中发现《前尘书事成云烟》一文，发在 2005 年 5 月 19 日的《深圳晚报》上。我对此篇印象不深，于是点开慢读。

我 1991 年春节后来深圳……

对啊，姜威是 1991 年春节后来的深圳，比我早了一年半。这个时间点很重要，深圳第一代藏书家，那时开始聚集了。接着看——

……提一个大帆布箱子和两个小提包，里面除了生活必备用品外，最有分量的是一套商务印书馆 1979 年版的《辞源》修订本（四卷本），一本上海辞书 1979 年版的《辞海》缩印本，以及八九本岳麓版的《周作人文集》。我从哈尔滨乘火车到天津转车，一路到深圳花了近60个小时，连个硬座也没有，硬是把这一堆书扛到了目的地。

多么精彩的一段文字：平实，节奏感甚佳，充满细节，信息量饱满。千万南下闯深圳的人中，一个从哈尔滨出发的爱书人，60个小时的火车，一路站着，扛着《辞源》《辞海》、"周作人"，在1991年的春天，来到深圳。这将是深圳移民史上的一个经典画面。我认为是。

文章接下来就回忆他在深圳逛过的书店。先从在杂货店里买《金瓶梅》说起，然后依次提到位于老街、红岭路、华强南路等处的新华书店，接着再说特色书店——深圳书店、博雅艺术公司、图书馆书店、黄金书屋、愚仁书社，最后又怀念了一番时已消逝的深圳古籍书店和《深圳商报》读者服务部。

这篇文章勾起我无数回忆。读到"图书馆书店"一节时，更有一团乌云刹那间消散。我似乎都听到云散的欢快声音。姜威写道：

> 深圳图书馆书店，设在图书馆的大厅里，空气流通不大好，每次淘书都弄得一身臭汗。不过图书馆书店总是有些让人惊喜的好书。后来这家书店扩大了规模，在院子里搞了一个长廊，摆了好长好长一溜书，逛起来别有一番风味。我在这里买了一套盗印台湾版的诺贝尔文学奖获得者文集，还有台湾远景出版事业公司从1978年到1986年陆续出版的"世界文学全集"丛书中的几十本。

是了是了！"读者长廊"！远景版"世界文学全集"，我就是在那个长廊买的！姜威买了几十本？我没有买那么多，十几册而已。

本节开头我提到的新媒体大厦，建在《深圳商报》院内西南角，原址曾是商报七层公寓楼。我1994年搬进这栋公寓楼的六楼，一个崭新的"夜书房"随之建起。北墙一面窗，另三面墙均是顶天（天花板）立地（地板）的书架，一扫黄木岗又一村临时安置区那间宿舍兼书房的简陋与仓促。公寓面积还算宽敞，里间终于可以摆开标准的双人床，外间则可以放下大班台级别的书桌。独坐桌前，万卷环绕，左顾右盼，豪情顿生。

说到"万卷"，想起一事：某夜酒后我说我已藏书万卷，同桌几位"朋友＋酒友＋书友"死活不信，嚷嚷着说："快喝快喝，喝完大家去你书房数数，一个书架一个书架地数。"一帮人呼啸而来，分好书架，一声令下——开数！

现在已经记不清"巡检夜书房"的结果了，印象中确实不够一万册，但也足有八九千。"不少了不少了。"姜威颓然坐在皮椅上，"不过数量不说明问题，再说，我的书房何止万卷，谁不服气，自己去点数。"就是在这一片喧闹声中，他暗度陈仓，"顺"走了我一本书。我本来毫无察觉，谁知后来去姜威书房，偶然发现我那本书竟然在他书架上。人赃俱获啊！我高声质问："这是怎么回事？"姜威微微一笑，处变不惊。"别嚷嚷别嚷嚷，"他指着那本书说，"你拿回去吧。什么破书！我偷错了，啊，偷错了还不行啊！还你还你，认栽认栽。"

多少书酒官司，几度诗酒年华，俱往矣！

《"请到寒斋吃苦茶"》

爱书人姜威 1991 年从哈尔滨闯到深圳，辗转进了《深圳商报》社做了一名记者。他文字功底好，写稿子做标题常常华丽典雅乃至花里胡哨。他写过一篇"市领导慰问执勤交通干警"的稿子，引题即是"十字街头沐风雨，红绿灯下写春秋"，虽然对仗有谱，难免空洞无物。写篇报道深圳企业在哈尔滨经营业绩的稿子，他也忍不住要对仗工稳，下笔就是"打入苏东，特区驻外诸侯祭出法宝；优势互补，深圳在哈企业站稳脚跟"。

所谓"技痒难耐"，大概可用来解释姜威编采新闻稿件时华词丽句时时溢出之弊。绝技在身却派不上用场，一时技痒，忍它不住，只好在标题导语上恣意涂抹。到了 1992 年开年，他终于忍不下去了，一脚踏入他最熟悉的文化领域，先写文章批评深圳没有大书城；到了2月15日，读书随笔又开始亮相，且一出手即是谈论周作人。

20世纪90年代，出版或者阅读周作人仍然是一个有争议的话题，哪里像现在，"周作人散文全集""周作人译文全集""周作人散文类编""知堂自编文集"到处都是，更不用说各类选本各种纪念版了。据我查阅资料库所得，在深圳报纸上专文谈论周作人及周作人研究者，姜威算得上是第一人。

他的这篇文章题为《"请到寒斋吃苦茶"》。他说，周作人曾长期尘封于历史之外，如今终于重新在当代文化视野中独树高标，形成了一个言人人殊的学术焦点，一个聚讼纷纭的热门话题，"这种现象及涵纳其间的现实历史意味，是颇值得深长思之的"。

然后他就开始自曝"私人阅读史"了——

首开其端的是岳麓书社，由钟叔河先生主持，于80

年代中期起陆续推出"知堂全集",标志着苦雨斋在当代中国知识分子意识中的复活。继之,舒芜的《周作人概观》张大其势,显示了周作人研究的辉煌实绩。……真正把知堂研究推向高潮的,是钱理群的《周作人传》和《周作人论》。前者偏重叙述,后者侧重评论,互补生发,诗情理趣相得益彰。

但是,他对这些著作并不满意,觉得它们都"留下不少的遗憾"。他倒也谦虚,称自己是"欲窥苦雨斋堂奥而尚未得门径者"。他说他愿意"遵从这位文豪的招请:旁人若问其中意,请到寒斋吃苦茶。"

他对周作人的推崇,后来不仅体现在他读书随笔的句式章法上,也体现在他毛笔练字的风格上,更体现在他对出版"周作人文集"厥功至伟的钟叔河先生的推崇上。他很早就和钟先生联系,1995年还专门去长沙登门拜访。记得那个晚上,他从长沙打来电话,说正在钟叔河先生家聊天,我叹声不绝,言谈间一派"羡慕嫉妒恨"风光。我也自20世纪

80年代起陆续买了不少岳麓版"周作人文集";更奇妙者，1991年我竟然在石家庄买到十卷本钟叔河编精装"走向世界丛书"。记得有次姜威轻描淡写地说，你那套"走向世界"，有位朋友想要，多少钱卖？我立刻识破他的诡计。"是你想要吧？"我哈哈大笑，"不卖！"他终于演不下去，只好嘿嘿两声，自嘲几句"演砸了演砸了"收场了事。电话里他竟然说他就在钟家，明摆着是"复仇"来了。

更有一事：他当晚给我设下一个小骗局，一两年之后真相才大白。

那夜他在电话里继续报告消息。"你猜猜，"他笑着说，"还有谁在这里？"

我表示懒得猜。

"不猜算了，猜也猜不着。对不对！"他这"对不对"一出口，我就知道他又喝高了。

"余秋雨！"他压低嗓音却又用力地说。

这又把我惊了一下。当时我正迷《文化苦旅》，天天"文化散文"不离口，还写了一篇《天上飘着余秋雨》，表达我对《文化苦旅》的赞美之情。

"你等着！"姜威说，"我把余老师叫过来，你和他说几句话。"

我哪里敢啊！"别别别！"我心情紧张，连忙阻止。无奈电话那头没有了讲话声，脚步声倒清晰。我这里手握听筒，不知该马上挂，还是该继续等。

姜威的声音终于又出现了。"余老师正和钟先生聊天呢，不和你说话了。"姜威边说边嘻嘻笑个不停，"余老师让我转告你，你那篇天上飘啊飘啊飘着余秋雨，写得不错。"

放下电话，我惊魂难定："不会吧！余秋雨会表扬我文章写得不错？"半信半疑间，免不了一番辗转反侧。

过了一段时间，我即有机会认识了余老师。我很想让余老师说说我的那篇文章还有什么需要改进的地方。余老师微笑着问我："什么天上飘着余秋雨？我没看过！"

我一惊，又说："前些日子你们在长沙钟叔河先生家聊得很开心吧。"

"大侠，这是谁告诉你的？"余秋雨说，"我从来没有去钟叔河先生家里拜访过啊。"

我后来也没兴趣再去姜威那里求证什么了，他一定是又喝多了。当然，我也想太多了。

姜威去世一晃十年。现在想再有人和我开几次这样的玩笑，岂可得哉！岂可得哉！

《一枕书声》

1998 年，姜威终于要出书，命我写序。机会难得，我当然不会推脱；高谊重托，我自然也不会应付。那时我们在一起"鬼混"已经五年多，彼此脾性好恶已然熟知，我因此得以在序中谈谈我对他"书酒之爱"的了解与理解。交稿后他自己嘿嘿一笑没说什么，他的母亲见了我后倒是赞不绝口，说："你是小威的好朋友，你了解他，写的是这么回事。"

我在那篇名为《姜书威酒》的序文中说：

姜威此人，认识他容易，因他交际甚广；与他相熟也不难，因他是酒中豪杰，三巡过后，关系就由"泥"变"铁"；然与他相知，却很难。很有一些人，读了姜威之文，又见了姜威其人，然后不解：这样的人怎么会写出这样的文？原因其实再正常不过：你根本不知其人。你所见"这样的人"，不过是其表象或侧面而已。

我与姜威相交始于书和酒，继之于书和酒，书和酒正可代表姜威性格的两面：书性与酒性。姜威爱书、读书、藏书，其情怀之深，渊源之独特，非一般爱书人所能解。姜威小时候的性格，似乎"酒性"偏多，调皮捣蛋的事情一定不少，不然怎么会从楼梯上滚下来？这一滚，滚成颈椎骨坏死性结核，颈以下高位截瘫，缠绵于病床达六年之久。人常说"如花少年"，如果少年之花竟然是开放在病床上，情何以堪，青春何以堪！窗外嬉戏喧哗，远处书声琅琅，而姜威仰卧在床，除了眼珠，全身几无能动之处。慈母本为教师，此时一面延医求药，一面教书育子，个中艰辛，难以备述。

也正因此，书，扮作一个特殊角色，进入了姜威的生活。对与他同龄的少年而言，书是课本，是考试的依据，是升学的阶梯；然而对姜威来说，书是良药，是挚友，是病床生活的一部分，是驱除孤独寂寞的希望。姜威比一般人更早地触摸到了书的本性，他没有经过把书当作求学求职工具的阶段，他一步迈入了书的趣味之中，直接领悟了纯粹意义上的读书真味。我们这些人，要等把一串的毕业证都拿到手后，才会渐渐懂得读书是怎么回事。《唐诗三百首》《古文观止》之类，姜威是在病床上倒背如流的，这就是他今天如此喜欢古典文学的原因，也是他文章中"文白并美"风格的源头。

从此，书成了姜威生活中内在的东西：他爱书，不为时髦；读书，不为谋生；藏书，不为获利；写书，不为职称。书对于他，是生命一样的存在；而他之爱书，实在是爱生活，爱生命，爱自己。

大概快到二十岁，名医治好了他的病。他又和常人一样了，只是脖子转起来不如别人灵便。离开病床离开药，可他注定再也离不开书。他几乎是先在书的世界沉潜数年，才又回到人的世界中来。了解这一点，对知其人与文至关重要。

姜威藏书近万，最难得的是多而不滥。求学期间，他幸而结识懂书藏书的方家（如陶诚、杨庆辰、吴黛英、李庆西），见识大涨，聚书起点甚高。对此，我深有感触。我与姜威同龄，虽也性喜聚书，但论懂书之早、知趣之深，远不及他。记得他第一次到我书房，口衔香烟沿"书墙"巡视一遍，久不作声，最后点点头，像医生诊断病情似的，说："书品还可以。"我心不服，认为评价可再高些；日后到他书房，才知道他真有资格说这句话。认识姜威，是我聚书生涯中一大快事，我连问带偷，从他那儿学得东西不少。

姜威爱书，趣闻多多，难以胜记。在哈尔滨时，他一时兴起，为每一本书穿上自制的衣服，结果书墙变成牛皮纸墙，有些书还伤了皮肤，以致后来难以复原，令他后悔不迭。他不大能容忍别人有的好书他没有，有时就忍不住施展身手，"顺走"一本；一旦被发现而"失手",他倒能让书物归原主,还遗憾地承认"窃错"了。他喜欢自己动手修补书籍,一些古旧书在他手中竟能旧貌换新颜。他平日在家不理家务,"横草不拿,竖草不拈","做"起书来,却手脚灵便,乐此不疲。他还喜欢赠书,自己看中的书一买数本,分赠好友;闻别人欲求某书而不得,他肯多加留意,一旦撞上,必买回相赠——并不白白送你,扉页上必"雁过留声",让你捧腹还嫌不够热闹,又在右下方加盖一篆章,印文为"未能免俗"。

说到"未能免俗",就说到姜威"酒性"的一面。倘若他的"书性"是爱,是痴,是追忆,是珍惜,是深藏的自己,是挡不住的趣味,是正才加歪才加文才,那么,他的"酒性"便是美,是迷,是梦幻,是率真,是外露的性情,是躲不掉的醉意,是豪放加粗放加狂放。酒徒未必爱书,书虫却多爱酒。书虫吃书吃得闷了,须有酒来消解;读书读得悟了,更须有酒来助兴。这几句话算不算至理名言,我不知道,但用在姜威和我身上大致不差。

"酒性"的姜威，挣扎在生活的另一个空间。这个空间很大、很杂、很乱，姜威周旋其间，往往心非所愿，力不能任，但又势不能已，无可奈何。其实他交际的能力并不高，耐性也不强，但偏偏要交际，要忍耐；其实他的酒量也不大，但往往非得喝，非得醉；其实他不缺钱花，但又得去奔波，去拼打。在姜威的生活中，书是一个巨大的稳定因素。在书房里，他貌似君王，雄踞城中，神游古今，指点江山；时而笔润墨池，写打油诗数首；时而心有所感，撰读后感几篇。"书性"的姜威过这种生活游刃有余。然"酒性"的姜威则必须手握手机，走出书房，游出书海，潜回人海。有些有趣的朋友需要见面，更有些无聊的事情需要处理。他像一个一天打几份工的人，兼的差事很重，生活常常是反客为主。他的"酒性"，把他生存中的种种硬本事和生活中的种种不适应都照得透明透亮，且东倒西歪。

　　姜威性情之率真，异乎常人，这是他做人的本色，也是他为文的初衷。他尊敬谁，就真的尊敬，情出内心，发而为文；看不惯的事，也直抒胸臆，决不躲躲闪闪、含糊其辞。他心仪近现代史上的诸位大师（陈寅恪、钱锺书等），读书朝那方向走者居多；为文多有狂浪放肆之处，嬉笑怒骂，自嘲嘲人。这也与他做人的率真与自嘲风格有关。率真很难，自嘲也不易，没点大气的自信与健全的心智，率真很容易成为矫情，自嘲也往往沦为蹩脚的"自我表扬"。

1997 年 8 月 12 日，深圳

"书情书色"

2002 年 9 月 8 日，我和姜威在当时的"万科论坛"开了个新版块，我取名叫"书情书色"。姜威说，既然名字是你取的，版主声明"见面话"之类的你也写了吧。喝了十几小瓶喜力啤酒之后，我敲出了如下文字：

———

嘘，小声点……今天是什么日子？

托尔斯泰今天生日……

噢，还行，就它了！"书情书色"论坛今天就开张了。

越来越烦了！万科各大坛子找不着我们哥俩说话的地方了："谈情说爱"咱不会了；"忧国忧民"那太累了；去"风花雪月"找不着北了；过"物质生活"太容易醉了。倾听"读书者说"？咱脑子早进水了。消磨"雕刻时光"？咱身体太惭愧了。跟王石大哥爬山，还没出门就掉队了。和经济学家喝咖啡，价格也太贵了。

丁苏帅哥说：你们歇歇吧也谢谢你们了，你哥俩早废了。我们说：呸！现在都是新社会了，给咱弄个"书情书色"，那就、那就、那就对了。帅哥说，什么呀什么呀书情书色色情情色都什么味儿啊，上别犯上苍，下别犯众怒，中间别犯那个罪，其他的倒也无所谓了。"哪里哪里""当然当然"，咱贼心没了贼胆没了贼也快没了，也就谈谈书情品品书色，而且然后不过差不多总而言之洗洗就睡了。

书当然有情。书当然有色。说"情"，那是以书为中心的"情"；说"色"，那也是以书为中心的"色"。天下书多，读书人也多：读得有理有据，那叫书生；读得有板有眼，那叫书呆；读得有滋有味，那叫书迷；读得有笑有泪，那叫书痴；什么时候读得有情有色了，这书也就读得差不多了，就快成书鬼书仙了。书，读书，就是这么一路走下来的。

买新书需要情报（不然去了书店也是白闹），读旧书需要情怀（怪不得旧书店都没人来）；千里访善本靠的是情真（人民币不真也是瞎操心），偶尔得缥缃凭的是情缘（要是偷的人家可跟你没完）；雪夜闭门读禁书，皆因情动（情动不如行动，警察今天没空）；红袖添香夜读书，全仗情分（没有情分，那是你笨）；本来素不相识，读书读成了朋友，那是古今都有的情义（情义归情义，有时也生气）；爱书、读书、买书，进而聚书、藏书、说书，那是中西一理的情深（情深不情深，有书一家亲）。诸如此类，岂不都是"书情"？

再说"书色"：以"书眼"看书，"书色"绝对缤纷。那是与装帧有关的品位，与字体有关的韵律，与插图有关的格局，与触觉有关的感受。还有，纸色发黄了，那是岁月；封面颜色太亮了，那是滥情；书脊的金色像眯起来的眼睛，那是挑逗；线装书函套的深蓝色越来越沉稳了，那是信任。这些，就是"书色"了罢。

读书读出女人来，那不是"情"？读女人读成了书，那不是"色"？中外那么多写爱情色情悲情土洋情敌我情善恶情人鬼情的书不都是"书情"？书里书外那么多的仕女图春宫图亚当夏娃图待月西厢图不都是"书色"？

细说书中"情色"，那叫"学术"；纠缠书中"色情"，那叫"诲淫"。全看咱怎么说了。

我们二人，有时闲，有时忙：我们闲的时候，靠大家帮忙；我们忙的时候，靠大家帮闲。以书会"情友"，咱们都情深意切；以书交"色友"，咱们就妙趣横生。所谓版主，就是陪大家看闲书、说闲话、聊闲情、喝闲酒的人，做的不是什么惊天动地的大事业，这里也不是什么你好我好的小圈子。咱们不必虚伪客套，更不必一本正经。

转眼沧海桑田了好几个回合了。"万科论坛"早灰飞烟灭了，那帮不醉不归的朋友，都不好说是"天各一方"了，因为有些人根本不知流落何方，不过，"书情书色"还在。这个名号，当年是网络论坛名，后来是我的报纸专栏名，又做过两回中华书局版我的笔记体书话小册子的书名，再后来我又打算"提拔"它担任我的公众号名。考虑再三，觉得公众号不宜太"情色"，于是定名"夜书房"。

《我是一个小爬虫》

姜威曾自编文集《我是一个小爬虫》，命我写序。彼时我还在互联网外徘徊，完全想不到数年后整个世界因此天翻地覆。《小爬虫》一书可惜未能出版，不然大可作为一份"文人转型文献"留存于世。如今书稿渺无踪迹，只好靠这篇序，做一个姜威当年沉浸网络、勇于"过河"的证明。序曰——

　　1998 年到 1999 年那两年有一段时间，姜威突然消失了。他不再频繁来电话约我去喝酒，而他家中的一个电话永远是忙音。打通手机问他怎么回事，他说："我上网了。"

　　许多朋友都上网了。几个月前，好不容易和外地一个朋友联系上。我知她是爱书如命的人，文章也写得满纸书卷气。可是她在电话里说："我现在不怎么买书了，我现在迷上了软件，难道你还没有上网吗？"我花了近万元买了一套《大美百科全书》，自以为物超所值。一位当教师的朋友大不以为然，说我这是在信息时代犯了农业文明的错误，"买一套百科全书的光碟不过几百块

钱，你大花冤枉钱，与傻帽区别不大。再说，网上什么
没有？不比百科全书强百倍？”

姜威真的上网了。不仅是一般地上，而是上迷了，
迷上了。他多年的生活规律是晚睡晚起，那段时间他竟
然鬼使神差地吃了晚饭就睡，凌晨四五点即起，理由
是凌晨网上人少，速度快（不过后来他终于又"复辟"
了，互联网在生活习惯面前败下阵来）。有一天他宣布
要找个学校去进修英语，说是光会说 Yes、No 和 I love
you 应付不了网上的英语指令，不会英语永远只是个小
爬虫，连网虫都当不上。他从来不在乎职称、级别一类
东西，可对网上的"辈分"倒挺看重（不过后来他终于
没学成英语，因此至今还是个小爬虫）。

姜威古文功底好，以前写文章，常常文白夹杂，仿
佛正房老太太和偏房小妾口生龃龉，纠缠不清，旁人虽
然不知就里，毕竟也能听个差不多。上网之后姜威写的
那些"网文"，让我们这些"网外人"看，就不大容易
读得明白：他这一次仿佛是亲自出马，和一个说外国话

的洋妞一味地死缠烂打，我们不知他们为什么打，也不知他们出手的招数，听不清唇枪之声，看不见舌剑之光。但姜威以他擅长的幽默兼滑稽的文笔，进军稀奇古怪的网络世界，不断在魔幻之地挖掘猛料，将人间烟火引入荒诞之境，每建绝处逢生之功，收无中生有之效，文章虽然难懂，但却好看，这真是一件奇怪的事情。

我的电脑也上网了，我却很少上网。我过不惯网上生活，不知道要去网上寻找什么。我宁愿承受面对面交流的痛苦，也不想享受网上聊天室里虚拟的幸福。我喜欢纸墨做成的书籍，不喜欢用信息挤压的光盘。我曾经连续几年抵制电脑，固执地认为用笔在稿纸上书写是文人正路，而键盘上敲不出似水年华。不过我终于未能守住书写的"童贞"，此刻正端坐在电脑前，"敲打"姜威新书的序言。年华似水！但生态环境越来越恶化，地球上的水越来越少了；信息时代狂飙突进，冰冷的软盘光盘漫天飞舞——年华不再似水，年华似"盘"！

《深圳读本》

2020 年 7—8 月间，应深圳坪山区委宣传部、坪山图书馆邀请，我用 4 个星期六的下午，在"明新大课堂"开讲"深圳阅读史话"，前后计约 10 个课时。我不想用什么"史论＋史例"的套路正儿八经讲历史，而想借"40 年 40 本书"这一媒体策划惯用的打法为"壳"，来达成"以书籍证史""以阅读解史"的初衷。

打开一座城市的历史，激活市民的往日记忆，可以有多种方式，最常见的是梳理政治史、经济史、社会史乃至时尚史、风俗史、建筑史等等。经由梳理相关书籍的生产与传播，从阅读史角度重新走进深圳特区的 40 年，则是我的初衷。一座城市的阅读史，其实就是这座城市的心灵发育史与精神成长史。发掘和梳理城市阅读史，可以发现平日较为沉寂的历史侧面，唤醒曾经深刻影响过我们的文化场景，再次清晰地听到储藏在历史深处的声音。我从自己的阅读视角，选择了 40 种和深圳历史产生过"重度连接"的书，讲述书里书外、书前书后的故事。我希望以书为路标，铺一条穿越时空的"书路"，让我们有机会可以再次贴近这片土地，辨认深圳成长的年轮与细节，重温那一次次的披荆斩棘，一次次的波澜壮阔。

动手筛选"深圳40年40本书"时，第一批涌入脑海的，就有姜威编选的《深圳读本》。当年是时任深圳市委常委、宣传部长王京生倡议并策划，邀请姜威出马编选的这本书。那时姜威身体健康、豪气干云，叱咤酒桌之余，到处"寻章摘句"，博览穷搜；更请各方好友帮忙，撷英采华，推选举荐。深圳有《深圳读本》，是深圳的恩赐，是"读本"的荣耀，是姜威的奉献。定稿之际，姜威让我想几句"推荐语"印在封底上，我写的是："中国的改革开放，是一本划时代的大书，深圳是其中开天辟地的序言和光彩夺目的华章。而《深圳读本》，向您打开文学世界中的深圳大门。"一转眼，姜威病逝已经十年。

"色香味居文丛"

姜威2009年春节前搬到第五园和我成了邻居。两家前院相通，来往十分自由。年底的某天凌晨，我下夜班回家，见我家餐桌上放着一摞线装书。瞥了一眼函套书签上的书名与作者，我就知道这是姜威干的好事。计四种：陈公博《上海的市长》，一函上下两册；汪兆铭《双照楼词稿》，一函上下两册；梁众异《爱居阁脞谈》，一函一册；周佛海《往矣集》，一函上下两册。四种书有一个统一的名称：色香味居文丛。每种正文前都有"牌记"，红框红字，说明是"二〇〇九年十月大道出版社刊行汲古山房制作"。

姜威专为此"文丛"写过一则《缘起》：

色香味居只是一间私人书房的雅号，其间既无宋版元椠，亦鲜珍本秘籍。然而，无数奇妙美文，星罗棋布，散落于万卷，默存于一隅，仿佛一粒粒孤独的珍珠，有待知音叩响。若稍加理董，贯而穿之，或可成为荧炳灿然之项链，获得全新价值。因此乃有编印本文丛之意愿。大抵少数人有需要而坊间难觅其踪迹复深投编者兴趣的文字，即是入选文章之标准。版本形态，或线装，或精装，乃视文章品格决定。至于印数，线装上限三百，精装不过五百，意在提示有缘度藏此套文丛之同道，对于存世无多之字纸，稍存敬惜之心耳。色香味居主人识于己丑初秋。

当年写这些文字时，姜威正赋闲在家，满脑子做书计划，一项一项，次第展开。他想汇编《红楼梦》《金瓶梅》各种抄本、刻本、印本；他想出齐整套高伯雨《听雨楼随笔》最新校订本；他甚至和我商量要成立个公司自己搞发行；他说他在扬州已经有了定点线装印刷厂，深圳一家技术先进的小厂也答应帮忙，什么书都能印出来。我有时难免听得云里雾里，但深知他心中自有一种对"云上的日子"之向往，不达目标，即不停折腾。

忽然，天地不仁，降大痛于斯人，"云上的日子"终于烟消云散。

《千秋绝艳图》

姜威生前，颇热衷于自己做书，这多半是因为他想印的书，循正常渠道绝印不出来，无奈之下只好自己折腾。

某夜酒后，他呼朋唤友去色香味居看他新得的《千秋绝艳图》。是绢本长卷，书桌无法展观，需在地板上徐徐展开。大家或弯腰或下蹲，细细辨认那几十位长相差不多的古典美人，听姜威如数家珍——呼出她们的姓名与别称，熟悉得好像都是他堂姐表妹似的。

这套书似乎出品较晚，记得运回色香味居时，姜威的病已经很重了。大家当时心急如焚，没人有心翻看什么"房事养生术"之类。他去世后，为了给《威风》纪念册拍图，我们曾开盒观赏过，然而也无暇细观。之后风尘碌碌，没人再提起这盒宝贝。

姜威未及赠我此书。他去世后，他的一位朋友认为我应该存一套，留个念想。我当然乐意。某夜偶观此书，大开眼界之余，发现书上印有他的题跋。这是他的遗墨了，未及收入任何集子。"集成"书前的编序为电脑排印，极易赏读，唯《千秋绝艳图》卷尾他的题笺文字乃是用电脑里一种莫名其妙的篆体排印，我认了半天也认不全，多亏"夜书房"公众号上几位朋友帮忙，才勉强释出全文。如下：

色香味居藏千秋绝艳图赞两卷精刻本金镶玉装题文徵明仇十洲先生诗图合璧并抱残书坊乙酉新刊字样此盖书估吊诡也按此即明人千秋绝艳图也现藏中国历史博物馆乃抱残书坊据此复制品摹刻者明朝文人生活之飘逸洒脱滋润荣丽风流绝畅堪称空前绝后每心向往之而不能之制此绢本长卷既与拙编中国房事养生术集成互相想象生发亦可独成艳国把玩回味今人既无可恋吊古人膀子慰情聊胜知我罪我悉听其便

姜威自己也写得一手好篆书，他不该图省事用电脑字库

"翻译"转写，估计彼时他身体每况愈下，已难以执笔书写了。悲夫！

《色香味居梦影录》

百多年来，中国报纸副刊召唤出一代又一代"副刊分子"。这些人或身在媒体，或栖身校园，或散落各界。有话想说时，他们首先投书副刊；接到副刊稿约时，则踌躇满志，欣然命笔，悉应所请，毫不含糊；收到当日报纸后，急忙直奔副刊而去，仿佛去得迟了，版面里的悦目图文会变成恼人的时事消息；心眼既到副刊，先找自己的大作是否登载，再瞧哪位文友又写了什么妙文，然后一一看去，点头复摇头，乃至心潮澎湃，又提笔撰文，要争它个是非高下……

我的朋友姜威，即是这浩荡"副刊分子"队伍中的一员。他生于1963年，20世纪80年代在哈尔滨生活时即开始和副刊缠绵，90年代南下深圳，先是在《深圳特区报》《深圳商报》副刊上随谈书人书事，后扎根《深圳商报·文化广场》，风中扯旗，开疆拓土，赫然一员猛将。其文长短不拘，庄谐并出，说男道女，指桑骂槐，忽而为老先生护驾，忽而为新城市代言，常出惊人之语，铸成自家面目。其人交游广阔，南北通吃，尤喜和文化老人交接，与风流才子为伍，随兴开席，呼朋唤友，吟诗诵文，每每通宵达旦。时至2011年，姜威忽染恶疾，一病不起，遐迩惊悼，满城惜别，叹惋哀痛之声，迄今不绝。

姜威很看重自己的副刊文字，2000年之前所作诸文，皆编入《一枕书声》问世流传，之后陆续有作，却未及编集公开出版。病中他倒是自编自印了一本《情欲色香味》，收文90篇，但也颇有遗漏。如今我替他编这本《色香味居梦影录》，即是把他2000年之后的文字，稍加整理，分为三卷。其中二、三两卷皆为专栏。昔日这两个专栏开张时，他都写过简短序跋，袒露为文初衷。关于"前尘梦影"，他说：

　　　　民国有太多个性鲜明的奇女子，虽然来如春梦，去如朝云，但她们用姿彩曼丽的人生情节氤氲出来的万种风情，却总是剪不断，理还乱。对 1960 年后出生如我者，那一种风情是真正的前尘梦影，今生今世，绝无亲身雅遇的可能。这种遗憾的况味实在有些悲凉：寻寻觅觅的执着，轰轰烈烈的爱恋，蓬蓬勃勃的激情，都哪里去了呢？人到中年，六根沉寂矣。逝者如斯，唯于故纸堆中倩取红巾翠袖，揾傻子泪耳。

至于"色香味居"专栏，经由各类男女话题，终归于"赞美女人"一途：

男女关系，这四个染着绮思艳想的字眼，包含了太多苦涩的社会内容和凄凉的个体情感经验，像个咬一口倒三天牙的柠檬。……人人有本难念的经啊，甚至家家有本血泪账呢。前台是风花雪月，幕后是血色浪漫；醉去是衣香鬓影，醒来是无边空虚。无羁的感官享受，彻底的人性舒展，至善至美的灵肉合一，对大多数人来说，只是不着边际的一帘春梦而已。既然没有本事治愈别人的内伤，那就不该去碰人家的疤痕；至于自己的隐痛，就更不能拿出来折磨别人。那么，我说什么呢？只好走取巧一路：赞美女人。

世事果然自有因缘。姜威的第一本书当年即由大象出版社出版，而今李辉兄编"副刊文丛"，慨允姜威文字加盟其中，而出版者依然是大象出版社，姜威有灵，当左手拍案右手举杯高呼："缘分呐！"李辉2010年来深圳讲学，姜威和我与他小聚，当时姜威已时时疼痛在胸，却人人不明缘由。那天我们高谈阔论，忘乎所以，白酒喝尽，红酒接踵，直喝得黑夜更黑，快乐更快。李辉回酒店呼呼大睡入梦乡，浑不知自己的手机正遗落他乡，以致众人星夜万呼不应，只好上演一场凌晨寻人大接力。种种情状，此刻想来，犹如梦影。这本《色香味居梦影录》，自是姜威痴恋书人情事之梦影，而今我们重读重温，则又在姜威梦影中复见挚友亲朋相与相知之梦影。写至此处，惊觉笔下已成白日说梦之局，欲举杯一醉，惜对面无人，起身望窗外：山海朦胧，天将黄昏。

《威风》

2012 年我请台北的吴兴文先生来深圳给"四方沙龙"讲一次藏书票。在情色藏书票方面，他比姜威出道既早，搜罗尤富。于喝酒一途，他也是酒风浩荡、酒肠坦荡、酒量晃荡。他们俩肯定能成为好朋友，可惜一直无缘相见。2011年 11 月我们为追思姜威连夜赶制出纪念册《威风》，我送给吴兴文一册。他看了册子里姜威写的文章和收藏的情色藏书票，赞叹不止，复痛惜不已，终后悔不迭，竟埋怨起陆灏，说陆灏早该把他介绍给姜威。这次他从北京出发来深圳之前，给我发一短信："刚复览姜威纪念册，叹老天无眼，为何性情中人不多寿！如能与其论道，必得更上一层楼。霜降前二日感怀。"

《情欲色香味》

《情欲色香味》，硬精装，平脊，纸面，非卖品，大开本。收短文 90 篇，皆姜威多年前旧作。书之编辑、设计、印制、插图编配等等都由他一手包办。关于编印此书的缘起，他在书后跋语中已说得很明白：

吾挚友胡洪侠主《深圳商报·文化广场》笔政期间，余以近水楼台，举凡扯淡文字，亦得混迹于"万象"诸大爷之列，俨然亦一爷也。实则余之为文，以玩世始，亦将以不恭终。若无好友徇私，盖难彰乎公器也。上世纪经大侠经手刊发之文字，复由北京彭程兄收入"绿阶诗话文丛"（侠按：应为"绿阶读书文丛"，姜威那本叫作《一枕书声》），由大象出版社出版，只印五千，卖了十多年，固为友人脸上抹灰也。唯近两年复又经大侠关照，开辟"色香味居"专栏，再扯十多万字咸淡。敝帚自珍，然已无当年死乞白赖之发表欲矣，理为一集，即以自办之"色香味居"（侠按：应为"色香味居书局"）名义，向香港康乐文化署申请统一书号，自印五十部以飨好友。今岁余恶疾缠胸，痛苦不堪，禁酒戒色，更觉生趣枯竭，制作是集，乃稍起佳兴，亦兼得药饵之效也。色香味居主人庚寅秋识于深圳第五园，时骤雨方歇，黑云蔽日，而后天中秋节矣。

这段话是他 2010 年中秋节前写的。一年以后，也是中秋，他已缠绵病榻，形销骨立，腿不能疾行，口不能畅言，眼不能明视，每每自叹"痛不欲生"。他的小舅到医院接他去和老母亲一起过节时，把我拉到一边，轻声说："这可能是他的最后一个中秋节了，我接他走，到老人那里坐坐也好。"他哽咽了一下，说："不管怎么说，总是个团圆啊。"

他跋语中所说"扯淡文字"，实则是他给我当时供职的报纸写的专栏文章。他本是率真之人，写文章也是率性而为，百无禁忌，七荤八素，全上台面。他谈女性，谈女人，谈女权，谈女友，谈女色，谈女字，谈女体，谈女图，也谈桑拿，谈灌肠，谈接吻，谈选美，谈春药。记得当年每逢"色香味居"专栏文字传到编辑部，男女编辑们争相传看，笑声不绝于耳。不过，抹字删句甚至整篇撤掉的时候也是有的，姜威倒洒脱："我写我的，登不登是你们的事。"

那些当年被删掉的句子和撤掉的稿子，都在《情欲色香味》里活蹦乱跳地恢复了原貌。嫌白纸黑字不过瘾，姜威设计了彩色插页，遍布书中。那插页有个共同的名目，叫"色香味居色情收藏选粹"，你猜都猜得到那图中究竟是何等春色了。也正因此，这本书不仅成了编号印刷的限量本，也达到了少儿不宜的"限制级"。

我曾设想如此这番问姜威："你跋语所说'今岁余恶疾缠胸，痛苦不堪，禁酒戒色，更觉生趣枯竭，制作是集，乃稍起佳兴，亦兼得药饵之效也'，虽是当时的实情，却非后来大家都明了的真相。如果当时不纠结于什么'恶疾缠胸'，而是知道问题出在肺部，你还会编这么一本书吗？此书还称得上是有'药饵之效'吗？或者说，那是对症的药饵吗？"

或许，你不会急着编这本书。当时病情不明，诊断无果，既无对症之药，又无止痛之方。症状虽凶猛，但是你，还有我们大家，都觉得，病，终究是能看明白的，痛，也一定是能止住的，反正日子还长着呢……假若你遇见的不是一群庸医，假如你半年前就去了香港那家医院就诊，假如因此你早对自己的病情一清二楚，在那样一个"骤雨方歇，黑云蔽日"的秋天，你就不会把编印《情欲色香味》当作什么"药饵"。你还有更重要的文字要写，有更重要的书要编，有更重要的事情要想。

"书籍恋曲"终成绝响

编印《情欲色香味》，确实费了姜威很大心力。他把五十册编号本中的第一号给了我，并在扉页题道：

本书尝拟试装布面圆脊，终于试验失败，因为圆脊装订必上印刷机印大印张折叠后乃可锁线。后与装订工人再做实验，以A3纸双面打印，每面两页A4版面，如此则终于成功。然此书固已以A4幅面打印完毕，只能装为平脊，乃拟以《书情书色》为试验，如布面圆脊装订成功，则皮面亦不在话下矣。此书效果并不理想，是因为设定为快速省墨模式，如以标准模式列印，则精美必不下印刷机所印。俟所有实验环节都成功，则制作小量精品书即不在话下矣。关于此书内容，已在跋中道及，兹不赘述。此为五十套中编号之第一号，自当赠予首席大编辑，即奉大侠兄赐览。庚寅暮秋色香味居主人书于第五园寓所。

姜威爱书成痴，不仅买书、读书、写书、藏书，还热衷编书、印书。拜数字技术与设备所赐，他的书房装备齐全，俨然一条写作、编辑、设计、印刷、装订生产线。他先是满足于在书房里折腾各种文图、各种字体、各种字号，后来干脆跑去印刷厂，和师傅一起，试了平装试精装。到后来，玩洋装书不过瘾了，他开始玩线装，联系了扬州的古籍印刷厂，成批印制"色香味居丛书"，那已是另一个让人动容的故事。直到确诊前，他都在为自编自制各色奇书妙籍而奔忙。他甚至还想着以此赚钱养家养书，以稍解他那几年无职无薪的窘境。

平时鉴赏藏书时，我们都喜欢圆脊精装，都嫌平脊精装既欠美观，又不便翻阅。无奈他先前自制的书，因工艺和经验所限，皆是平脊硬精，难免生硬呆板，多了档案味道，少了书香神韵。他喜欢我写的《书情书色》，一直都劝我选出一两百则给他，让他做几本真皮精装本玩玩儿。所以他赠书题词中有"拟以《书情书色》为试验，如布面圆脊装订成功，则皮面亦不在话下矣"之句。

姜威不仅有伶牙俐齿之才，也是心灵手巧之人。他愿意为书而折腾，不计得失，不惜工本。他这一匆匆归去，许多的出书计划顿成废墟，迷人的"书籍恋曲"终成绝响。

梁启超集宋词联

姜威熟知唐诗宋词，对梁启超的集宋词联更喜爱有加。《情欲色香味》收入一组"色香味居师友题赠"，其中邓云乡先生给他写的两副对子就全是梁启超于宋词中东采西撷而缀成的联语。一副是："呼酒上琴台，把吴钩看了，阑干拍遍；

明朝又寒食，正海棠开后，燕子来时。"另一副是："西子湖边遥山向晚更碧；清明时节骤雨才过还晴。"

他最喜欢的，其实是梁集宋词联的另一副："更能消几番风雨，最可惜一片江山。"2011年4月，我去长沙出差，姜威说：若去见钟叔河先生，就拜托他老人家给写一副对联，我都病成这个样子了，干脆就写"更能消……"那两句。钟老答应了，说过些日子一定写。谁知，姜威没能等到钟老动笔题写就走了。我电话中通报噩耗时，八十高龄的钟叔河先生在听筒那头久久不语。后来编印《威风》追念小册子时，钟老将对联格式与"更能消……"等词句用铅笔写清画好，嘱我找书法家替他写，以表哀思。我于是去求了侯军兄，此联终于写成。

2013年清明前后，一帮朋友聚会讨论姜威墓地的设计稿，都为墓碑联语冥思苦想，举棋不定。此时有人提议，就"更能消……"那两句吧，现成的，他又喜欢。

是年盛夏某日，墓地建成，姜威入土。读着刻印在石碑上的对联，我想，他如此喜欢"更能消几番风雨，最可惜一片江山"，可见他对自己于知天命之年遭遇的这场结局，是多么不情愿，又多么不甘心。

此联梁启超先生集过好几个版本，另一种版本是："燕子来时，更能消几番风雨；夕阳无语，最可惜一片江山。"第三种是："春已堪怜，更能消几番风雨；树犹如此，最可惜一片江山。"

《情欲色香味》"卷首打油"

姜威毕竟旷达、自由地活了这许多年，仅此就已胜过人间无数蝇营狗苟的生命。他知人亦自知，嘲人也自嘲，率性中尽显天性，纵情中常存真情。《情欲色香味》中有"卷首打油"一则，如下——

俺的书房，多元崇尚。

玉体横陈，纸籍纵放。

曾拟精读，脑壳肿胀。

偶写小文，三流品相。

主要兴趣，偏于淫荡。

老婆经常，夸吾混账。

未满十八，切莫学样。

已满八十，注意心脏。

随心所欲，图个舒畅。

不管咋的，思想解放。

阿门！

庚寅初，余病，胸疼痛无已，中西医遍投，迄无显效，日唯以自制盗版书为乐。日前忽发兴，将自家未结集之文编为一集，自印飨友，弁诗于前。色香味居主人并识。

《张中行选集》

姜威不仅喜读书藏书，也爱自己做书，这是他与许多读书人之大不同处。色香味居也因此半是书房，半是书之作坊。与姜威订交之初，我就听他说起他在为张中行先生做一本书，名为《张中行选集》。我大为讶异。那是 1992 年的事了。行翁当时老年走红，文名正炽，《负暄琐话》种种到处流行，我辈都视其为天人，个个抬头仰慕、低头读书，而姜威，竟然和行翁有交往，且将为他出书，真万想不到。后来姜威就不怎么提此事，书当然也印出来了。多年以后，翻阅张中行先生的信，我才确知姜威是自己出钱替行翁印书。

张中行先生 1992 年 4 月 30 日给姜威来信说："书号及排印经费，最好选编前都能落实。""初次只印非卖本，如为不过于开支大，印 400 本或 300 本均可，我要一半，另一半我签名，为你赠人。""封面豪华为是，不然，与非卖品不称。"

一年之后，张先生来信说，问出版社的人开支事宜，"他说一万五都汇与印刷厂，他们社须搭一些。我说姜君有话，差多少，他可以补。徐兄说，如姜君手头不紧，能（再）汇出版社五千也好"。

钱，姜威都照付了。书，一再延宕，拖到 1995 年 4 月才印出来。

姜威张罗为张中行出书一事，张先生在《流年碎影》中亦有记述，如下：

我也编过一本自选集，名《张中行选集》，来由则不是通行的一路。那是90年代初期，有个在深圳工作的年轻读者，说我的作品可读，可是印装都不佳，于是他发愿，在香港给我印一本豪华的，少数，不卖，算作笔耕多年的纪念。主意已定，让我供稿。我想，既然作为纪念，而且豪华，内容的分量就宜于重，于是稍微想想就决定编选集。工程较大，得范锦荣女士的帮助，终于编成。……想不到排校完毕，到香港去"豪华"有了波折，考虑一下，改变计划，即由内蒙古教育出版社印装，不豪华，发卖，于1995年出版。

姜威曾说："此所谓'在深圳工作的年轻读者'，即区区在下也。此书策划出版经过，一言难尽，宜具文别述。"

他没有来得及"具文别述"。这一老一少先后远去，我们终于不能知道"一言难尽"的"波折"都是些什么。

《张中行故事》

我于2012年1月2日夜为靳飞兄《张中行故事》写序，完稿已是凌晨，忽想起姜威与靳飞和我之交往，不胜唏嘘，遂在序后附入一段文字，今一并收入在此。

序：

都说老北大、老清华师生们的故事多，都说西南联大师生们的故事多，都说民国年代走过来的学者、文人的故事多，都说如今大多数教授学者文人活之无味、写之无趣、言之无物，没什么故事。有人分析个中缘故，说那是因为现在世风不古，学风浮躁，忙着著书立说的人学养太差，所以故事眼见得越来越少。有学问当然容易有故事，但远远不够。有故事的人，首先要有人格、有品格、有自由、有胸怀、有底气与志气。换句话说，有"独立之精神，自由之思想"，才容易有后人津津乐道的佳话和传之久远的故事。否则，佳话可能就是假话，而故事往往都是事故。明乎此，可知读《张中行故事》之前从何处入手。

世上原没有故事。妙人说妙语之际，旧人述旧闻之时，美人成美事之刻，一旁幸有一人，倾耳以听，倾心以记，倾神以会，然后简笔勾勒，淡笔描画，妙笔生花，方有故事横空出世。约翰逊旁无包斯威尔，即无妙趣丛生之《约翰逊传》；张中行旁有靳飞，其风华风采风流风致，才得以借靳飞之才思才华才情，成一种《张中行故事》。明乎此，可知读《张中行故事》之时从何处得手。

行翁所著《负暄琐话》最受欢迎，自此一发难收，刮起"文坛老旋风"。行翁写《顺生论》最用力，所以乐意接受靳飞"近代社会《论语》"之评价。行翁最偏爱《留梦集》，遂请范用、张守义两位高人设计封面与版式，还专门制作毛边本。行翁集一生喜怒哀乐之情注入《流年碎影》，自称此书是"大胆的书"。行翁于词人中最喜贺铸，于贺词中最喜《青玉案》，所以要专门以此词每句为题作文章……明乎此，可知读完《张中行故事》之后从何处下手。

附记：

此文草成，言犹未尽，遗憾多多。最可憾者，是挚友姜威不及亲睹此书出版。我与靳飞订交，始于姜威绍介，掐指一算，十五年矣。先是靳飞南下，深圳众文友欢聚于冬瓜岭安置区一饭店。之后，文稿常常泉涌"广场"，相逢每每酒酣四座。其间几乎无时无姜威之身影，无时无姜威之张罗，无时无姜威之豪情，无时无姜威之书香墨香与茶香酒香。如今，昔日冬瓜岭名实俱已不存，而姜威也已经辞世近两月。得知姜威患恶疾，靳飞曾专程飞深圳探望，彼时三人尚能于色香味居强颜欢笑，相互宽解。再次相聚，已在殡仪馆遗体告别大厅中，靳飞与我尚偷生，而姜威已弃世。拍摄遗物时，在色香味居又见当年行翁赠姜威之数通友朋书札，其中多有周汝昌、叶圣陶诸先生墨迹，可证行翁对"姜威小友"之高谊。《张中行故事》稿成，靳飞命我作序，时值姜威远行之前；几经延宕，我勉强写此非序非跋文字，已在斯人长逝之后。原想以洋洋之万言，写尽行翁与靳飞、行翁靳飞与姜威、靳飞姜威与我相交相知之故事，无奈笔力心力均不济，只好以"短小轻薄"之"《张中行故事》读法"塞责。自知词不达意，略续数语以求诸友宽恕。

《博尔赫斯文集》等等

姜威生活多"波折"，这些"波折"多是他自找自造。他做书，也"做"自己。他真的把自己做成了一本章节繁多、插图丰富、故事花样百出的书，只可惜这本难得一见的书"绝版"了。

1994 年，他忽然辞了职去编杂志。不多久忽然又辞了职，去龙电文化公司做总经理。所谓总经理，在他而言就是做书。那些年他呼朋唤友，啸聚京沪，游走江南，闯荡巴蜀，找选题、拉作者、抢书稿、寻书号，一心想把自己喜欢的书印出来，卖出去。他们策划出版了《博尔赫斯文集》，还有《复活的圣火》和《彼得堡》，更有那本惹起轩然大波的《心香泪酒祭吴宓》。

出版家范用那年元旦给姜威写信说：

　　三联书店在北京开设了门市部，我每星期都去看新书。上个月在新书柜见到龙电的五本新书，当即选购了两本——《复活的圣火》《博尔赫斯文集·文论自述卷》，并且介绍给邵燕祥等书友，他们也去买了。今天收到您寄赠的一套，十分感谢。据了解这套书销路不错，所以一直陈列在进口处。

这位三联书店前总经理在信中忍不住向姜威传授出版

经验：

希望您在选稿方面谨慎又谨慎，不要亏本，出书不在多，而在于精。林海音在台湾办纯文学出版社，开始每年只出版几本，但都要能够再版的；不是畅销的，而要长销的，十年后积有二三百本，有一些可以经常重印。现在成本很高，稍有不慎，就会亏损。

究竟姜威给范用信中写了些什么内容，让这位出版业前辈说出了"谨慎又谨慎"的话？我不知道。不过，借助另外一封朋友给他的信，我回忆起他曾经有一个构想：要影印《永乐大典》。记得是要和北京一个大出版社合作，投资数百万乃至上千万。他在酒桌上为此滔滔不绝，我们都高兴他有了做大事的机会，可是这大事能否成功，终究谁也说不清楚。

但有一位朋友在当年给他的信中说清楚了：

至于你正筹资刊印《永乐大典》的事，我劝你要慎重考虑。因为此书投资巨大，而文化方面的投资，不像卖蔬菜水果那样瞬息销售一空，也不像期货股票那样容易牟取暴利。有时书是好书，但因价钱巨大，非一般人所能购买，销售总要有好几年的工夫，假如要三五年才能全部卖出去，一算账，钱是赚了，但盈余利润都交给借款利息了，实际没有赚，反而是赔了，此类事常有，故希你充分做好市场调查，切勿偏听偏信，匆忙投资。

姜威的痛苦常常就来源于此：他想做书，想做事，想做大事。他一次又一次走在时代前面，可是他走得太靠前了，不得不经常停下来等一等"时代"。等得不耐烦了，他就辞职，就换一条路。可是，换来换去，总是又回到做书的方向。而在这条路上，他一不小心就又走得太靠前了。

钟叔河先生听闻姜威做书遇到些波折，也曾来信劝他说：

如今出版太难做，兄若身在界中，还有办法一点；

在界外操作，又想于文化思想有所贡献，则困难颇多。

然正可见勇者的志行，弥可敬也。

《范用存牍》

此书一套四册，收范用先生存友人来信1800多封。全书按通信人姓名拼音首字母排序，书后附通信人简介。"H—L"册中收姜威致范用先生书信10封，排在188—193页。"通信人简介"中对姜威的介绍是："曾任深圳报社编辑，因酷爱书，改行出版。"言简而欠准确，改为如下表述或更好些：

"姜威（1963—2011年），黑龙江省哈尔滨市人，20世纪90年代南下深圳，曾任《深圳晚报》副总编辑。酷爱读书、藏书，出版图书多种。"

姜威进京拜见范用、张中行诸老且和他们保持通信往来之事，深圳这帮朋友都是知道的。90年代，每次朋友小聚，几杯酒下肚，满桌即开始听他细数名家掌故以及他又收到谁的来信，领略了谁的风采。虽然如此，我读《范用存牍》中姜威的信，仍然有意外收获和未明之事。

他在 1993 年 4 月 10 日的信中说，日前在京得以拜见范用，"此间友人都对晚辈表示羡慕"，这"表示羡慕"的"友人"中就有我。

他在另一封信中代"此间友人"毕敏求范用先生《我爱穆源》的签名本，我记得姜威也曾赠我一册，可见当年范用寄到深圳的《我爱穆源》并非只有一册。

他还曾求范用先生把他自己"胡诌的一首打油诗"写成条幅，"以使晚辈永久珍藏"。他的书房里名家墨迹甚多，其中有没有范用先生的墨宝我印象不深了。他那首打油诗我倒是熟悉得很。诗云：

文章憎命达，鸳鸯不羡仙。

一身狂懒病，三字书酒烟。

宁吐十斤血，不存半分钱。

濯足万里流，振衣千仞山。

他十分珍爱自己的这首打油之作，除恳请名家书写外，他自己也以"色香味体"书法一写再写，送人存念。"一身狂懒病，三字书酒烟"一联，可谓道尽他一生喜怒哀乐之来龙去脉。

他有一款自制名片，上印丁聪先生为他画的漫画肖像，人人见了都说神似、有趣、别致，慕名索求收藏者不在少数。我初不以为意，觉得随时都可轻易得手，故一张不曾保留。此刻想找一张拍图都茫不可得。读他给范用的信可知，此漫像是他央求范用转求丁聪先生而得的。他在信中说：

听晓东女士说，范老与丁聪老先生有深交，故晚辈颇想通过范老代求丁老一幅漫画……以制我个人信笺、信封、藏书票及名片之用。

过了3个月，愿望实现了：

惠寄丁老的画宝收到，真是非常感谢。我已致信丁老，请他老人家谅解我这个人难以克服的名人崇拜心理。

范用先生车祸伤腿后，姜威特致信力邀范老来深圳疗养，说：

深圳现在已入凉爽季节，海滨气候尤其宜人修养，此信诚邀先生来深小住月余，或视具体情况住半月亦可。晚辈拟在距市区 30 公里外的溪冲海滨度假村安排一套清静舒适的房间供您疗养……

此事我也多次听他说起，可惜范用先生未能成行。

1995 年前后，他曾出任龙电文化公司总经理，和朋友一起策划选题、组织书稿，热热闹闹搞了一回民营出版。他曾就出版之事求教范用，范老也曾给过他具体指导。这是另一个故事了。

————

周劭与金雄白

"60后"友朋善结交老一辈文人者，北京当是靳飞，上海则数陆灏，深圳要算姜威了。不过，姜威做此事要比靳陆二位辛苦，因深圳年轻，老一辈文化人告缺；而移民来的人还未及变老，更别提变老之后，也未必能吸引姜威去认识。色香味居主人只好仰仗京沪，一表高山仰止之情。

我之认识邓云乡先生，是姜威介绍的。姜威则经由邓老并子善、陆灏等人，得以结交上海如王元化、黄裳等星辰级人物。他听邓老说上海的周劭先生喜抽雪茄多年而时常青黄不接，当即筹得三十支上好雪茄拜托邓老捎去。彼时他与周劭并不相识，但他知道这位周黎庵民国年间即编过《宇宙风》《古今》等杂志，出版过《吴钩集》《清明集》等书，学问与文笔都十分了得，于是油然而生雪中送炭之心。周老先生万想不到自己日思夜想的雪茄竟自千里之外的深圳飞来，即给姜威写信说：

云天高谊，感何可言。弟嗜雪茄已六十多年，虽时有断续，至今恐已非被迫戒烟不可。前天施蛰存打电话托我替他搞些雪茄，也只好报以苦笑……

信是 1996 年写的，我于是知道至迟在那年，姜威已经对金雄白大感兴趣，因周劭接下来在信中述说了自己和金雄白的交往：

弟与雄白自四十年代一起挂牌做律师，所以非常之熟悉。此人聪明绝顶，文笔也好，我极为钦佩……所著汪伪内幕，乃唯一真实之笔，但在上海未能买到。

金雄白（1904—1985 年）是位名记者，做过南京《中央日报》采访主任，也做过律师。1939 年在汪伪政权内任法制与财经方面职务，1945 年以汉奸罪被捕，1948 年获释，后移居香港。其名著《汪政权的开场与收场》，为研究汪伪政权重要史料。最早把郑苹如谋刺丁默邨事件公之于世的，也正是此书。酒过三巡后，姜威常常说书一般绘声绘色铺排此事，说到沉痛处，即转述金雄白书中的话说："汪政权的一幕，是时代的悲剧。而重庆与汪方的特工战，非但是悲剧中之悲剧，且是悲剧中的滑稽剧。"

金雄白的这套书先是在杂志连载，后结集出版，风行一时。书中多政坛八卦、文坛秘闻、女星艳史，似很对姜威杂览旁收的阅读口味。他找这套书找了很多年；到手之后，又想印出来；知道出版无望后，就自己复印，找人装订，制成别无分店的"色香味版"，分赠好友。陆灏收到书后，写信连连称赞：

> 金著两种之"色香味版"奉接，至为感谢！书做得很考究，内文也清晰可读。影印扫描能印成这样，很不容易……

《远去的书店远去的人》

我之前写过一篇《远去的书店远去的人》，怀念的也是东门一带的书店。今天翻出来再读，颇觉伤感。

深圳竟然有古籍书店，之前真是闻所未闻。毕业前师兄来深圳探寻南下之路时，曾写信感叹说，深圳自然有无边的繁华，可惜报刊亭中买不到《读书》杂志。这耳听为虚的话，我来深圳后轻易就眼见为实了。可是一个连《读书》杂志都不容易买到的城市，怎么可能会有一间古籍书店？

然而当年国贸大厦对面海丰苑大厦裙楼，真的有过一间非常靠谱的古籍书店。那是和北京一些古籍书店相比也绝不逊色的书店。营业面积不大，书却非常多，书架纵纵横横、高高低低，拥挤不堪。各大古籍出版社新整理、新影印的古籍，这里都有。"洋装"的、线装的、单本的、成套的古籍，这里都有。民国年间石印的、20世纪80年代据今藏旧版新刷印的古籍，这里也有。更神奇者，这里竟然有两架明清版的线装旧籍。

也就是在那里，我常常遇见姜威。我初来报社，做的是跑线记者，他则是夜班编辑。我虽然也常听人说起他，但因为他过的是"黑白颠倒"的生活，所以我们并无多少见面聊天的机会，只是偶尔在办公室说笑几句而已。记得是在某个周末，我们第一次于古籍书店相遇。他嘿嘿一笑："嗨，你也在这里啊。"我略表惊讶："你常来？"他点点头，然后开始书架前的"巡阅"。"听说你带过来十几箱书？"他貌似不经意地边翻书边问，"哪天去看看？聊聊。"我客气几句，连忙答应。当时怎么能想象得到，这即是我们长达近二十年密切交往的开始。他比我懂书，书店里闲聊之间，我获益良多。他当时买书的气魄真大，足令我目瞪口呆。"这一套，搬过去。"他用"大哥大"一指，服务员即将书搬到收款台。用不了一会儿，收款台上的书就堆成小山了。

深圳古籍书店早在 1996 年底就不复存在了，而姜威，也早抛下万卷藏书，走了。

———

《书和影》

姜威生前曾送我一名号——"书中书收藏狂人"，实则我并无多少"狂"处，哪里比得上他收藏情色图书之如痴如狂。且我曾热衷集藏的亦非"书中书"，乃"书之书"是也。一字之异，所指不同。2010 年秋，他在网上买到一本台湾王文兴的《书和影》，收到书后转手送给了我。什么缘故？

王文兴《书和影》扉页有姜威当年的跋语手迹，所说正是订购且转送此书的经过。

姜威写道：

书估于此书简介中云为台湾早期书话合集、今已孤绝、识者宝之云云。予受其蛊惑，乃购之，稍一翻阅，殊觉上当。然毕竟亦书中书也，仍识其来源，并以赠书中书收藏狂人 OK 先生聊备一格。此书作者为何方神圣，余固一概不知也。

庚寅霜降前十日色香味居主人于第五园

———

　　"OK 先生"是我和姜威混迹万科或天涯论坛时大家替我起的网名，今已废弃多时。他说他不知道王文兴为何方神圣，其时我也所知不多，隐约知道他写过一本《家变》，也没有读过。2014 年杨照、家辉和我策划在《读书》杂志开一专栏，每期三人同谈一本书。我们每个人先列出对自己成长有深刻影响的 50 本书，然后三份书单合一，按得票多少取前 50 本。我记得杨照的书单中有王文兴的《家变》，认为此书非常重要，我因此才明确知道王文兴在台湾文坛的位置。杨照说 1960 年王文兴就和白先勇、欧阳子、陈若曦等人创办了《现代文学》杂志，还说其长篇小说《家变》1999 年荣登"台湾当代文学经典三十"及"20 世纪中文小说 100 强"榜单。我们聊得热火朝天，可是专栏的事最终却不了了之。

　　《书和影》是王文兴的一本文集，分三辑，一辑谈名著，一辑谈电影，一辑谈"其他"。此书虽不是所谓"书话"，但谈书谈影多有真知灼见，值得好好拜读。集中有一篇《统一与矛盾：〈美丽新世界〉与〈一九八四〉政治立场的比较》，我读了就大受启发，从此知道写"政治小说"最大的难处不在作者的虚构能力，而在作者能否在作品中保持政治立场的统一。

"庚寅霜降前十日"是 2010 年 10 月 13 日。他和我一起买了第五园的房子，说是在"择邻时代"朋友要争取做邻居。我于 2008 年装修完毕，搬到此处。他也赶在 2009 年尾，把"色香味居"的牌匾高悬墙上，所有的书也都运了过来，正式开始"五园时代"。谁知他买王文兴这本《书和影》的时候，身体已感不适，肋下疼痛难忍，人人莫名其妙，但医生和朋友谁也没有想到他体内其实绝症已成。到了 2011 年春节，香港的医院总算给了一个肯定的说法，只是一切都太迟了。

"色香味居"人去楼空已经十年。多少书，多少影，都如梦幻泡影。

卷二

一段旅程：追踪贺孔才

自 2000 年起，我开始搜集贺孔才及贺锡璜、贺涛、贺葆真等故城贺家四代人文献，迄今 20 年矣。虽不能说蔚为大观，但能找到的大致已齐备。除了贺孔才的个人档案尚存查阅可能外，贺家诸人生平、著述中的"空白点""疑点"我基本不抱填补和解惑的希望了。若说有希望，那就是等待：等待奇迹出现。

一

2000 年之前，我完全不知道，有一家姓贺的人，于晚清民国间，曾在故城县郑口镇生活过。

1999年吧，我给时在辽宁人民出版社工作的前《深圳商报》同事策划过一套"个性百年丛书"，初定三种：百年百词、百年百日和百年百事。我趁策划之便，自己选了"百词"，把"百日"分给了张清，"百事"分给郭红飞。在规律写作、按期交稿方面，我们三个人虽然都不甚靠谱，但我比张清靠谱，我和张清又都比郭红飞靠谱。结果，我先交稿，张清次之。两本书也陆续印了出来。估计当时卖得不好，我刚查了一下，现在孔夫子旧书网上还有很多"打折款"。本想一怒之下把自己的书都买回来，又一想，我不需要再次证明自己傻吧，于是住了手。郭红飞到现在还没交书稿，不过，20年已过，似乎也没人需要他交稿了。

我写《百年百词》，是按我个人之喜好，每年找一个词，写这词里词外的人和事。写到1949年，因此年改天换地，大事太多，新词如海，我左挑右选，毫无头绪，总逃不出大家写滥了的套路。某日翻《20世纪中国全纪录》，在1949年章节发现一则旧闻，说是这年的3月25日，有个叫贺孔才的北平市民向新政权捐献了一批私家藏书。我大喜，觉得此人此事完全符合我的选词趣味，于是打定主意，1949 这一年，就写贺孔才了。

但是，贺孔才是谁？

于是满书房上蹿下跳翻书找资料，没想到竟然让我惊喜万分。

下面是《百年百词》中的"贺孔才"词条：

1949 年 1 月，北平和平解放；3 月 25 日，毛泽东等自石家庄乘火车进京。天津《进步日报》的报道说：北平各党各派及文化界民主人士 1500 余人于下午三时齐集北平西郊机场，列队欢迎；"其时春日明煦，和风荡漾，西郊机场四面人民解放军成队排列，坦克大炮行列整齐，无数大小红旗迎风招展，与太阳争光，欢迎人士无不欢声赞叹，人人笑容满面……"

这一天，一个叫贺孔才的北平市民不在这个"人人笑容满面"的欢迎行列中，他带着家藏 200 多年的十万卷图书，去了北平图书馆；他要把这批无价之宝捐赠给国家，作为对新中国的献礼。当时和以后，向北京图书馆捐献藏书的还有很多，如傅增湘、瞿济仓、周叔弢、翁之憙、刘少山、邢之襄、赵世暹、赵元方、高君箴、许广平、郭沫若、吴梅、张芝联、齐如山、徐祖正、闻家驷诸先生。李致忠先生提到上述藏书家捐赠事迹时说：党和政府对文物图书的重视，赢得许多藏书家拥戴，他们纷纷以深切的爱国热忱，慨然捐赠珍本善本图书、手稿，"有的是几代家藏，保存了百年以上；有的是瘁一生精力所聚，什袭珍藏"；这使得北京图书馆善本藏书不但在数量上大大增加，在质量上也大大提高。但李致忠先生的文章中却没有提到贺孔才捐书事，这勾起我的好奇：贺孔才何许人也？怎么没听说过有这么一位藏书家？

翻遍手头几本藏书家辞典，查不到贺孔才的消息。后又查新购《文献家通考》（郑伟章著，中华书局1999年6月版），总算有了一点眉目。《通考》中有贺涛一条，说："贺涛，直隶武强人，居段家庄，移居北代，其父官故城训导，移居郑家口，实为故城人。"故城人！竟然是我同乡（武强与故城今均属衡水市）。故乡有先贤，藏书卓然成家，吾辈竟一无所知，不该不该。书中还说："贺氏为望族，其藏书名甲畿南。尝于光绪十九年六月自云：'吾曾王父购书七万余卷，其后岁有所增，今几百年，书固无恙。'至贺涛益精研典籍，大聚古人之书……于光绪初年得宋本《诗人玉屑》及明刻精椠甚多……"

然而，这贺孔才又是贺涛的什么人？郑伟章说，他检读北京图书馆所藏《畿辅艺文》抄稿本八册及《叶遐庵先生年谱》，见书上均有"一九四九年武强贺孔才捐赠北平图书馆之图书"长方朱楷文木记；他说"该馆有此印记之书不知凡几"（当时的报纸上说有十万卷，伟章先生也确实难知"凡几"）。郑伟章说，贺孔才可能是贺涛的裔孙。

"实为故城人"的贺涛是个大藏书家，他的孙辈贺孔才把贺家藏书于1949年捐献给国家。如果结论真的是这样，我就感到太满意了：此事虽与我绝无干系，然而，它毕竟是我不经意间寻访到的故乡消息。

此文写于2000年1月28日。《百年百词》出版后，我却无法停止对故城贺家的兴趣，从此抱定"上穷碧落下黄泉，动手动脚找东西"的宗旨，尽各种途径搜寻贺家四代人文献。这真是一条漫长的旅途，其间有太多意外的惊喜和迷人的故事。且听我慢慢道来。

二

我的老家，河北省衡水市故城县，新建了一座大运河博物馆。2020年10月25日，县里在大运河文化中心广场热热闹闹举行了开馆仪式。

报道这则消息的新闻说，故城有深厚的运河文化底蕴，人文血脉代代传承，生生不息。大运河博物馆设"御驾亲临"大明遗韵""清代遗风""儒学文脉""水韵文华""故城故事""丹青钜迹""名噪东瀛"等26个专题展厅，展陈1600余件珍贵文物与艺术作品。我尚无缘参观此馆。若有机会还乡，必前往一观。

按现在的说法，流经故城县的运河属南运河德州段，其北接南运河沧州段，南接会通河临清段。2014年6月22日下午，包括上述河段在内的中国大运河项目成功入选世界文化遗产名录。

当初听闻此消息，心情振奋良久。

我们村在运河西七八公里处，而我大姑姑家就在河西桥头一带，距那座方圆百里内无人不知的运河大桥，不过数百米之遥。小时候逢年过节走亲戚，我最愿来这里。一来大姑姑全家都对我很好，二来就是可以去大桥上看大河。

桥真长。河真宽。站在高高的桥上，凭栏南望，河道在不远处缓缓弯向东南，苍苍茫茫，不知何往。再三步并作两步横穿桥面，扶栏俯首桥下，看浊水缓缓而过。偶尔定睛时间长些，便觉头晕目眩，身体不由自主后撤，仿佛流水中有股力量要拉你下去。

那时候只知道河宽水深，桥高风急。登高望远，只图新奇震撼，并不清楚这大运河乃是世界上建造时间最早、使用最久、规模最大、距离最长的人工运河。隋朝时以洛阳为中心，南起杭州，北到涿郡（今北京），全长2700公里，是中国古代南北交通大动脉。

倒是记得当年的运河里时常有船队经过，船行很慢，长长一串，有的运煤，有的装沙。小火轮冒着黑烟远远而来，发动机声音由远及近，再渐渐由近到远。后来，河里的水就渐渐少了，渐渐黑了，船更是不常见到。如今大运河都成了世界文化遗产，河里河外不知又是一番什么景象。

肯定会有一番新景象！且说这大运河博物馆，我不知现有26个专题展厅都有些什么内容，我很想贡献一个创意，那就是做一个"故城贺家"展厅。谈论故城的运河文化，怎么能缺了这一家人呢？

又某月，家乡隆而重之来深圳招商。不管是我老家所在的故城县，还是故城县所在的衡水市，他们的招商会我都愿意去现场见识见识。我无力去投资，甚至也没有投资商介绍给他们，我只是"愿意"去看看而已："愿"，是满足了解故乡变化之愿；"意"，则是有在变化中打捞记忆之意。

现在明白了：参加这样的会你得准备好眩晕。我在故城长到16岁，然后在衡水市上学和工作、生活过10年，之后开始北上与南下。我自信对家乡是熟悉的。可是来到招商会现场，听故乡人历数惊人变化，看电视片展示沧海桑田，再跟着县长、市长们的演讲想象未来胜景，我就开始眩晕。

变化自然是好的、应该的、必须的，乃至是令人庆幸和期盼的，我十分乐意分享故乡日益繁华兴盛的喜悦。可是，我也是来找熟悉的味道和记忆中的画面的，然而却找不到。变化和变化的喜悦覆盖了我所有的记忆，于是眩晕。

有点像在十字路口驻足，等待红绿灯之际，突然不知身在何处，也不知欲往何方。四周是崭新的都市，你熟悉得不能再熟悉，因为到处都是这样的都市。你又觉得无比陌生，因为其中没有你熟悉的人与记忆。于是眩晕。

故乡人需要故乡变化，我也不希望故乡一成不变。对故乡人而言，变化本身就是记忆，所以他们不觉眩晕。对我而言，变化不是记忆，记忆却在变化中消失了，于是眩晕。

其实我们都可能生活在眩晕之中，只是各自的眩晕各不相同而已。世界变化太大太快，天天险象环生，不眩晕才怪。

不说眩晕了，还是说记忆。前几天读到一篇文章，题为《故城"贺学"其人其事》。文章如此开头：老郑口人都知道过去郑口有个"贺学"……

好吧，我不是老郑口人，所以我真不知道过去郑口有个"贺学"。不过，我很想知道，因为这其中有"贺"字。

文章说，"贺学"在郑口镇大街（今一道街）北端，与"山西会馆"（现已毁）相邻，是清光绪年间故城教谕贺锡璜的宅邸，也称"贺家大院"……

看看，"贺学"果然与贺孔才有关！贺锡璜是贺孔才的曾祖父。接着读——

清光绪二十七年（1901 年），贺锡璜之子贺涛在郑口创办一所新式学堂，取名"导群小学堂"。民国成立后改称"导群小学校"。学校占地约6亩，大门坐东朝西，办公室、教室、教师宿舍、学生宿舍、储藏室、图书室、教具室、文体器材室、操场和园艺场一应俱全，其学制、管理模式、课程设置等均照新规办理，完全抛弃过去私塾教学方式。课程设国文（后改称"国语"）、算术、史地、格致（后改称"理科"）、手工、修身（后改称"公民"）、读经、音乐、美术、体育等科目，教师从北京、天津聘任，在故城县影响很大，一时成为故城最高学府，人称"贺学"。天长日久，"贺学"竟成郑口贺家之代称。……20世纪20年代贺家迁往北平，贺家大院遂成为一处空宅。抗日战争时期，"贺学"先是国民党杂牌军司令部，日军占领郑口后，又成鬼子"红部"（司令部）驻所。郑口解放后，"贺学"成为中共故城县委和人民政府机关驻地。之后，财政局、检察院、药监局曾先后在此办公……

如此说来，20 世纪 80 年代初，我已经去过贺家大院了！那时我初做记者，去故城采访，曾多次出入县委县政府大院，在那一排排青砖瓦房中东游西逛。那时没人告诉我这是"贺学"或贺家大院。告诉我也没有意义，因为那时我根本不知世上有"故城贺家"这回事。要到近 20 年后，经由对贺孔才捐书传奇的偶然发现，贺家四代人在故城的生活才慢慢在我面前铺展开来。

现在呢？现在贺家大院还在吗？

三

文献中谈到这贺家的几位先贤——贺锡璜、贺涛、贺葆真、贺孔才等四代，一般都说他们是"武强贺家"，他们自己也是如此自称。那自然没有问题。明永乐年间，贺家自山西洪洞移民至武强北代，几百年间，蔚成大族，历代颇出了不少进士、举人，史料于此记载得明明白白，毫无争议。

但是，我还是要说，如今有必要另立"故城贺家"。

1864 年，贺锡璜中举后，来故城做教谕。老先生自己恐也未料到，他这一族从此移居郑家口（运河边一重镇，现为故城县政府所在地），扎根故城 80 余年。贺家不仅在郑口建大宅、办学校，还把自己支脉的祖坟迁到故城境内的尹里村。几年前我初访尹里，村中老人说，你问的贺家俺们不知道，俺们从小就听说那叫"霍家坟"。我说，没错，那就是"贺家坟"了，时间一长，"贺""霍"念混了。据《贺葆真日记》，贺锡璜、贺涛、贺沅去世后都葬于此。

在故城生活七八十年，大宅在此建，祖坟在此圆，这还不算"故城贺家"吗？

贺锡璜是"故城贺家"的"开户始祖"，他勤勤恳恳做教谕，参与编修《故城县志》，和当地官民相处日久，谊重情深。他的两个儿子，贺涛与贺沅，也来故城跟他们一起，读书生活。1886 年，贺涛、贺沅同年中进士，轰动一时。他们的"同年"，还有徐世昌、范当世、柯劭忞等，堪称"大年"，极一时之盛。那时他们进京，陆路走保定，水路即是行船大运河，经沧州，过天津，抵通州，达京城。范当世自运河乘船北上，行经故城县治，会停船派人上岸向贺老先生致意。贺锡璜知道这是儿子的同学顺致问候，心中大慰。这是多么温暖的运河文化人文图景！

贺涛无疑是故城贺家这一文化族群的卓越代表。岂止故城贺家，他也是晚清北方文坛的卓越代表。他是吴汝纶的高足，是晚期桐城派领军人物，曾执掌保定莲池书院和冀州信都书院，弟子中多有名动京津冀者（比如赵衡）。1912年贺涛病逝于郑家口。

贺沆曾任福建上杭知县，在任期间颇有德政，抓捕盗贼方面尤受时人称赏。陈寅恪的父亲、叔叔曾和他有书札往来，我去社科院近代史所图书馆查资料时曾抄录过几封。他因病还乡，在郑家口度过了最后时光。

贺涛在故城生有三子，其中贺葆真不仅能求学聚书，还能经商从政，和徐世昌一家打交道多年，为这位下野大总统整理藏书，编印书目，刊刻诗文，可谓将世交传统发扬光大。

贺葆真的众多子侄辈，就是生于郑家口、长于故城县的地道故城人了。这其中，贺翊新做过民国时河北省的教育厅厅长，1949年后更做过两任台湾中学校长。马英九写文章回忆学生时代，总会说到"我们贺校长"。

这时就该压轴人物上场了。贺翊新的弟弟贺培新，字孔才，生于郑家口，幼年随曾祖父和祖父学习，十几岁上进京，拜入吴北江（闿生）门下。又考入北京大学学艺术，还以齐白石为师学篆刻。他是书法家，是篆刻家，是古文家，是京剧票友，是报人，是集邮先驱，是大学教授。1949年3月25日，他成了"向新政权捐献家藏文物藏书第一人"。后来，他是南下工作团成员，是武汉大学接收者之一，是新中国第一个考察龙门石窟的专家，是文物局办公室主任，是新中国成立两周年天安门看台上的观礼者之一，是观礼后两个多月因受冤屈而自杀者，是几十年后成千上万的被改正错划"右派"者之一……

故城贺家20世纪30年代因战乱迁居京城，郑家口大宅先是荒废，后来成了"公共舞台"，如今恐怕早已踪迹全无了吧。

现在，也许到了开始专题、深度、系统讲述贺家四代人故事的时候。那肯定是卓越的文化故事，多彩的运河故事，满载乡愁的郑口故事、故城故事。

其实，我最想说的是：如果可能，故城县专门建一个"故城贺家纪念馆"是再好不过的事了。这几年我在北京、上海先后采访过贺孔才的后人，他们都知道自己的原籍属于河北故城，但他们都没有踏足过郑口一步。他们一定会支持县里建一个"故城贺家纪念馆"的。

四

准备了20年，我现在终于开始写"故城贺家"的故事。有老家的朋友在我的公众号"夜书房"留言说：你是故城人，是应该好好写写故城故事。

我写"故城贺家"，有多重原因，其中重要一端，当然是因为这是我的故乡故事。不过，这不是原因的全部。贺家故事绝不仅仅是一个故城故事。

贺家四代人，他们有的在郑口终老，有的在郑口出生，但他们的故事舞台要广大深远得多。自郑口出发后，他们的故事长得太快太大，枝叶繁茂、章节繁复、头绪繁多。郑口镇一道街的贺家大院，尹里的贺家坟，他们曾常常登岸系舟的码头、登台讲道的学堂，早已经容不下六七十年间他们家道兴衰、文海沉浮的故事。

是的，这是一个乡愁悠长、魂兮何归的故城故事，更是一个时运更替、家国相连的国族故事。故事中有莲池风华，有津门潮声，更有旧都烟雨蒙蒙，新京红旗猎猎。故事中的人物，除了贺家四代贺锡璜、贺涛、贺沅、贺葆真、贺翊新、贺培新等人外，尚有不知多少高官名将、诗家文豪、教授生徒、才子佳人。这一会儿就我能想起的，罗列于下：

吴汝纶、范当世、张裕钊、徐世昌、袁世凯、黎元洪、吴闿生、柯劭忞、秦树声、陈三立、劳乃宣、马其昶、王树枏、齐白石、陈师曾、王雪涛、柴德赓、何其巩、顾随、王北岳、赵衡、刘淑度、马衡、齐燕铭、王冶秋、郑振铎、潘伯鹰、曾克耑、于省吾、谢国桢、俞大西……

所以，我正在讲述的"故城贺家"，是故城故事，也是故人故事，更是故国故事。

五

2020年12月6日晚主持上海陈克希先生在深圳南山书城的讲座，出发前我在书房找他的书带去签名，结果只找到一本《海上旧书鬼琐话》，那本更有名的《旧书鬼闲话》没有找到，留下小小遗憾。

今晚忽然想起了《旧书鬼闲话》的样貌，遂直奔二楼书房，扑向最西南角书堆，用手机手电筒一照：果然就在那里。

虽然未及签名，但因昨天听他一堂课，对他"旧书鬼"系列更加感兴趣，于是翻目录看看有否谈近代洋装书的篇目。没想到随便一找，便发现有一篇《〈造型美术〉好风骨》。真是意外之大喜！

我几年前即已查到，贺孔才1924年曾在北京大学《造型美术》杂志上发表过书法和篆刻作品，还在同期登载了文章《篆刻学》。那年他不过二十出头，其名字竟然在名家如林的杂志上出现三次，让人称奇。

但那是一本什么杂志？多年来我东搜西找，没有眉目。有一次北京谢其章在一个饭局上对我说他藏有一册，但他笑得那样神神鬼鬼，我没敢相信。

不成想今晚随手一翻，巧遇陈克希先生介绍此杂志的文章。

他描述说："该刊为16开本，白色封皮，上方深蓝双线粗框的中央有细红线条勾勒的维纳斯，左右各对称两朵浅蓝细线条喇叭花图案，下方为红色空心字刊名，封面仅用红蓝两种原色设计，简洁明快，朴实无华。"

我赶紧给已在广州的克希兄发微信：《造型美术》这本杂志现在何处收藏？"他回复道："洪侠兄啊，《造型美术》这本杂志呢，我过眼以后，我们书店给卖掉了，卖给了一个美术单位，好像是其他省市的，具体名称我也忘了。以前这些书，我们收进来，还要卖掉，做这个买卖，靠这个谋生。无论是古籍线装还是民国书，或者新中国成立以后的书，都是这样过过手，挣点钱就卖了转手。我就是给国企打工的书商啊！"

烛光一摇，又灭了。好在有陈克希先生这篇文章，我对《造型美术》多了一点了解。

和贺孔才同期发布作品的还有：陈师曾、贺履之、齐白石、林琴南、徐世昌、沈尹默、吴闿生、陈半丁、郭志云等。贺孔才真是无意中应了那句话——"出名要趁早啊"，只不过他出名却比这句"名言"还早了十几年。

六

偶在辛德勇教授论文中，发现他藏有一套1903年北京刻版《贺先生文集》。他是在论说"京式方体字"时提到这套书的。他写道：

在北方，清代中期北京城内的民间版刻，形成了另外一种风格的方体字。其主要特征是笔画平直而体态显著方扁，不仅字距紧密，行距也排列狭促，视觉效果不甚雅观，在这里姑且名之曰"京式"。……黄裳尝蓄有黄钺《泛浆录》二卷，版式、行款、字体与此《壹斋集》都完全相同，谓乃乾隆末年刻本，"狭行密字，刊刻殊精"，实际上也应该是北京刻工的产品。这种"京式"字形，也一直持续使用至清末，比如民国三年（1914年）刊印的《贺先生文集》等贺涛著述，就几乎原封不动地保持着这种样式。

（辛德勇《简论清代中期刻本中"方体字"字形的地域差异》，见《祭獭食蹠》，中华书局，2016年）

研究故城贺家，贺涛的这部文集是案头必备书目和必读著作。此书由徐世昌出资刊刻，由贺葆真编订印行。雕版线装，四卷四册，开本阔大。十几年前我偶得此版本，视为珍贵贺家文献，藏之书柜，不忍轻易翻动。多亏辛德勇老师，今天知道当年雕工所用字体，乃是"京式方体字"。

上海华东师大一位教授，本衡水深州人士。他得知贺涛为乡先贤，遂将《贺先生文集》点校整理，由华东师范大学出版社以《贺涛文集》为名印了出来，时为2011年。这是贺涛著作行世近百年之后，首次有排印本流传。前几年翻来覆去我读的都是这个本子。

《贺先生文集》在台湾早就以影印版流传，我在网上购得此版时，不禁猜想，此书在台湾岛面世，贺翊新先生知道吗？读到过吗？这毕竟是他祖父一生著述之大成啊！贺翊新是贺孔才胞兄，1949年去台湾，曾两度出任"建国中学"校长，后移居美国。

贺涛是吴汝纶高足，亦是张裕钊弟子，与范当世亦师亦友，晚清民初，文名极盛，公推为桐城派晚期扛鼎人物。前些年国家清史编纂委员会编印"文献丛刊"，其中有"桐城派名家文集"之设，特地将吴汝纶选集、贺涛选集、范当世选集汇为一编。这是贺涛文字第二次整理出版。厚厚一本，初版墨绿精装；师生三人，终在书中团聚。我买了一本，自觉不够敬重，立刻再买一本，以表故乡人寸心。范大诗人当年乘船沿运河入京，行至故城界内，知道贺涛父亲居住于此，即派家人上岸行礼问候。他也曾应吴汝纶之邀，在衡水的武邑县主持书院。吴先生与衡水更是渊源深广，他先后执掌深州、冀州，政声和文名至今流传。如此，这本精装大册堪称"衡水三贤集"了。

现在原创书稿虽多，有流行复流传价值者甚少，大小出版机构于是纷纷朝公版书下手。内容既靠得住，又不用付版税，也不乏读者，何乐而不为？竟然也有慧眼者，于茫茫书海中，再次发现《贺先生文集》，于是贺涛著述在大陆首次有了影印本。

有此影印本，我就可以直接从"京式方体字"中探访一百多年前的故乡文豪了。虽开本大大缩小，好在原版字形既方且大，只需花镜一副，霎时入目半行，岂不快哉！

七

衡水的朋友转来一则微信，说的是河北省省会变迁史。话说石家庄做河北省省会已经 50 多年了，而在 1968 年前的

50 多年间，省会像个无家可归的游魂，在北京落脚三次，在天津安营三次，在保定扎寨五次。也可以说，所谓河北省会，常常像个皮球，在三城之间踢来踢去；又或者说，这省会像个精于算计、挑三拣四的女人，在三座城市中转来跳去，最终筋疲力尽、偃旗息鼓，心不甘情不愿地在石家庄含辛茹苦到如今。

我从小自课本上知道，河北省会是石家庄，之后很多年，从没有机会了解"河北省会变迁史"，也从没有想过首都北京和直辖市天津竟然做过河北省会，而且一而再、再而三。20 世纪 80 年代，我已经知道保定曾经是河北省会，但也绝没有想到竟然有迁进搬出、花开五度的事。

2000 年起，我开始搜集研读故城贺家文献，渐渐发现贺家四代人的命运和北京、天津、保定这三座城市息息相关，而和石家庄毫无关系。《贺葆真日记》中还出现过故城、郑口、冀州、深州、沧州、德州、正定、南宫、饶阳、河间、献县等等地名，但从没有提到过石家庄。

现在想来，贺家生活重心的变化，也是和河北省会的迁移有关联的。1911 年之前，对他们而言，北京是皇城，保定是直隶总督府，天津是直隶大本营，是他们进京必经之地，也是他们开拓生活空间的首选地。民国年间，忽而首都是北京，忽而省会是北平，但大部分时间河北的"首善之区"是天津，他们的生活也在京津间往来穿梭。

徐世昌卸任大总统职务后，闲居天津，在他的藏书楼读书编书写书，贺葆真家住北京，因要帮徐世昌打理藏书编目、刻印编校诸事，常常要奔忙于京津之间。日本投降后，何其巩办《天津民国日报》，贺孔才出任董事，大力协助，荐人荐文，俨然报人。他的生活因此与天津联系更密。

2010 年夏天，我出差到天津，入住五大道附近一家酒店。闲望窗外，发现楼下不远处即是耀华中学。这就是贺孔才女弟子俞大酉当过校长的耀华中学？我已经无意中踏入"贺家生活圈"了。

不久后我重返天津。这次是为寻找《天津民国日报》旧址而来，也是为查阅《天津民国日报》旧纸而来。

"旧址"寻找并不顺利，但"旧纸"不仅得以一见，而且大有斩获。

因有天津籍的《晶报》同事帮忙，天津图书馆的馆员破例搬出了几本《天津民国日报》合订本。馆员说，这份报纸天图收藏量全国第一，但也不全。北京图书馆曾将天图所藏调往北京，和北图自己的藏品凑齐了一套完整报纸，然后数字化。大功告成后，报纸发还天图，只是早已发黄变脆、墨迹常常模糊难辨的旧报变得更加破破烂烂了。馆员说，按规定我们不能拿出原报纸给你们看的。你们不是找那个谁打了招呼吗？你们翻翻吧。小心点儿，不经翻了。

我问："可以照相吧？"

"按说不行，"馆员说，"你们不是找人了吗，别多照。拍几张就行了，按说要收费的。"

我小心翼翼地翻了几天的报纸，发现这差不多就是一张《河北日报》。

我主要是翻看副刊，不出所料而又大出所料的是：不仅有贺孔才的文字，而且很多。

———

八

不知什么时候买过一册《凡将斋金石丛稿》，略翻了翻，就放下了，作者是谁也未理会。

后来每次理书，和"凡将斋"重逢，我都纳闷：我从不懂金石之学，也无心从头学起，当年为何买这么一本书？一定是某年某日逛某书店，巧遇打折，书价甚廉，于是贪心顿起，"见好就收"，顺手牵羊般就把这"凡将斋"也裹挟回书房了。

到了2000年之后，我开始收集故城贺家文献，有关北平古都、古文、古物、古迹、篆刻乃至故宫博物院的书都乱读一气，幻想着自书海中打捞出贺孔才的蛛丝马迹。说"马迹"，还真是在一位马先生的书中寻到了贺孔才的踪迹，是书名为《马衡日记：一九四九年前后的故宫》。

马衡先生在日记中不止一次提到贺孔才，这当然让我惊喜。另一层意外之喜是：原来"凡将斋主人"就是马衡，原来《凡将斋金石丛稿》是马衡先生的大作。难道一个人应该和谁的书相遇真是命中注定？

我已经有过许多次类似体验：平平常常一册书，无心插柳得之，原是既非必读，亦非必有，谁知多少年之后，此书竟然大有用处，简直在书房大放光芒。人常说"你在找书，书也在找你"，岂不知还有更加令人称叹的情形：有些书，一直在等你，甚至就在你的书房等你，等你如梦方醒，而你却浑然不知，犹在梦中。所谓书缘，常常就是不容易说清楚的人书遇合。

据《马衡日记》书中介绍，马衡先生（1881—1955年）是浙江鄞县（今宁波鄞州区）人，字叔平，别署无咎、凡将斋主人。他是著名的金石考古学家、书法篆刻家。曾任北京大学研究所国学门考古学研究室主任、故宫博物院院长、北京文物整理委员会主任委员等职。1924年11月他受聘担任清室善后委员会顾问，参与清宫物品点查，筹设故宫博物院。自1925年10月至1952年11月，他在故宫博物院工作长达27年，其间任故宫博物院第二任院长19年。著有《中国金石学概论》《凡将斋金石丛稿》《汉石经集存》等。

《马衡日记》始自 1948 年 12 月 13 日，当时正是北平城外炮声隆隆、故宫命运晦暗未明时期。我先读到的是 2005 年版《马衡日记附诗钞：一九四九年前后的故宫》，所收日记截至 1951 年底。这对我已经足够了，因贺孔才 1951 年 12 月 18 日自沉北海，马衡先生之后的生活中已不可能再有"北平市民"贺孔才或文物局办公室主任贺泳的身影。对了，贺孔才参加南下工作团后改名贺泳。原来他只想在天上游，故起斋名"天游室"。参军后他大概觉得从此要在地上游泳了，于是更名"贺泳"。

2005 版《马衡日记》有一大奇怪之处：1951 年 12 月 18 日那天，马衡先生略记贺泳自杀一事，但却避而不提"贺泳"二字，而代之以"××"。这又是为何？一位金石学家，一代文博大家，在写给自己看的日记里，都不提及刚刚"非正常死亡"的同事名字？是不敢，还是不愿？抑或不屑？

我断定，马衡先生一定是写了"贺泳"名字的。日记里提到午门上的捐献文物展时，他直录"贺孔才"之名。他们成为文物局同事后，他每每称"贺泳主任"。"贺泳主任"出了事，他怎么可能写"××"？一定是出版社的想法，唯恐提"贺泳"大有违碍之处。果如此，这也是十分荒唐百分荒诞的事：国家文物局1991年已经给贺孔才一案改正了，15年后出书竟然还噤若寒蝉？

事情愈出愈奇。初版不久，《马衡日记》的手稿本出版了。我大喜，"××"一案终于可以水落石出。我迅速买回手稿本，急急翻到1951年12月18日。我猜想我肯定看不到"××"，我一定能看到"贺泳"二字。

我确实没看到"××"，但是我也没有看见"贺泳"。

我看见的是"●●"！

是毛笔涂抹的两摊墨迹。

2018年7月，北京三联出新版《马衡日记》，内容比初版多出不少，所收日记补足了初版未收部分，截止日期已到1955年。

1951 年 12 月 18 日的日记，"●●"不见了，"××"也不见了，"贺泳"终于出现了。当日日记全文如下：

十二月十八日（星期二）。二十。晴。

到院。刘耀山告余局方办公室贺泳主任昨夜投北海自杀，原因不明。赴古物馆看铜器，选商器先行洗涤。下午赴文物局晤裴文中，询知贺泳之交代问题本已欠坦白，部中处理为登记而免予管制，已属宽大。昨公安部门派人来了解，仍欠忠实。当晚即自裁，知前所交代者尚有未尽也。邱文奎今夜返沪。

看来马衡先生确实写了"贺泳"二字，也写了对贺泳之死所能知道的内情。同一时期其他人所知也大抵如此。许多事情的真相是随时光流逝渐渐水落石出的。为还原历史，新版《马衡日记》的编者还特意附上了《国家文物局关于贺泳同志平反的决定》（〔91〕文物字 131 号），这比"××"和"●●"进步太多了。

不过，事到如今仍有一事不明：马衡先生起初明明写了"贺泳"，手稿本上的那两个墨点，究竟是谁涂抹的？是日记作者后来幡然悔悟，还是整理者噤若寒蝉？手稿本都不能"原貌呈现"，那又何必出影印版！

初版《马衡日记》代替原稿"贺泳"二字的"××"，无关历史之考题的对错。而手稿本里的"●●"，虽然很像一双眼睛，但那不是历史的眼睛，而是历史的眼罩！

九

贺孔才 1949 年把自己的家藏、自己的儿女和自己全部捐给革命之后，似乎就没有再写过他最擅长的古诗文，迄今我知道的只有河南古迹调查报告而已。另外还有一联诗，说是与董必武的唱和之作，但一直未能揭晓全诗面貌。他的无私捐献，也有点"自我删除"的味道。他是抱定不再"青史留痕"的念头了？抑或从此想用"空白"自证"清白"、以"无我"投入"大我"？

多亏有《马衡日记》，我们多少知道一点儿"贺泳同志"在国家文物局的工作情形。

下面摘抄几条新版《马衡日记》中和贺孔才有关的文字。贺孔才1949年之后的人生细节，目前确知能精准定位到"日"的，差不多就这些了。少得可怜，所以也十分珍贵。

一九四九年四月三十日（星期六）。风霾。

市民贺孔才以其累代藏书捐献北平图书馆，又以所藏文玩等捐献历史博物馆，将于明日陈列展览。二时开预展会，到者数十人，由韩寿萱、王冶秋及贺孔才说明动机及其经过，贺君可谓看清时代，大彻大悟，牺牲一己，公诸大众，虽文物无甚精品而忘我之精神令人钦佩。席间冶秋报告《赵城藏经》在敌伪时期为日人所觊觎，解放军与之争夺，死伤十人，终获保全，移藏太行山中。今日运到，即送北平图书馆。又有霍明志者，于庚子乱时以打鼓收旧货起家，设达古斋古玩铺，专售洋庄。今已七十一岁，拟将其残余藏品捐献国家。冶秋约定期同往一观。霍为天主教徒，余于三十年前识之，北大所藏殷墟甲骨四匣即其所赠也。

一九五〇年五月十日（星期三）。廿四。晴。燠。

开会商讨宝恒木厂修缮乾隆花园停工事。文整会参加者为俞星枢、赵正之，文物局为王冶秋、贺孔才，金以宝恒停工十日仍不复工，已通知保家限三日内来会，昨又满期，不能不诉诸法律；在涉讼期间，应招商继续完成此项工程；花园北部前以牵（迁）就经费，改变工程做法，不如不修，应重行设计。议决此三项办法后又交换意见，改进工程办法，至一时散会。

一九五〇年五月十一日（星期四）。廿五。晴。

赴文献馆而张德泽、单士魁已往太和殿，遂追踪而去，至则不遇，询之守卫员，则已北去。见文献馆有组在东庑冠服库，因往观焉。张、单等亦来，偕之再赴太和殿相度明岐阳王李氏文物展览地点。杨学文来，言星枢有电话，遂返办公室电询之，据云宝恒请求复工，谓款已筹得。约星枢同至文物局晤冶秋、孔才商洽，佥以为厂商狡猾不足信，仍主执行昨日决议案。

一九五〇年五月十七日（星期三）。四月初一。晴。风。

　　颐和园分配文物开始清点。王雷一变其昨日态度，谓我院欲留者彼亦非争回不可，颟顸殆不可以理喻。因往文物局晤西谛、冶秋，请孔才前去仲裁。下午复清点，孔才前去参加，即行退出，谓王雷无可说服，返局报告。散值前冶秋来电话，谓与市府薛秘书长联系，将撤换王雷，盖王雷已调往西郊公园，本不应参加也。

一九五一年十月一日（星期一）。九月初一。国庆节。晴。

　　五时起床。六时赴文物局。路上尚能通行。七时冶秋始起。七时半王有三来。八时贺孔才来。四人同乘局中车赴文化宫。见有少数民族戴雉尾者二人，雉尾分插于冠之左右，冠后尚有一白羽，略向下垂。因悟旧剧中表示番邦或非正统人物必以雉尾饰之，以示区别，其来源或即本此，唯不知所见者是何民族耳。余等四人皆登左台。十时毛主席莅场，鸣礼炮，奏国歌。朱总司令乘吉普车巡视全场一周，登天安门主席台，致简短庄严之开会辞后开始检阅军队。首为陆军，次海军，次空军。陆海军入东三座门，出西三座门，空军亦自东往西。炮车、坦克及机械化部队无虑；廿余队，其中为骑兵队。机械化武器中最新式者为无筒之炮，有轨道八条，每一轨道上下皆有一弹，每发十六弹，闻为苏联新出之武器。飞机十队，每队九架。又有喷气式飞机十四队，每队三架，为超音速机，过后才闻其声如雷。我国有此强大之武力，国防不足忧矣。部队过后则为少年先锋队，继之以工农等队，又继之以机关学校及文工团。至三时半始毕。晚间天安门前放焰火，在平台上即可望见，煞是好看。

一九五一年十月十九日（星期五）。十九。雨。

　　徐森玉自沪来，令王畅安迓之。下午赴首都电影院参加鲁迅逝世十五周年纪念会。郭沫若致开会辞，陈毅、陈伯达、沈钧儒等相继致辞，四时半散会。访森玉于三时学会，未晤。文物局定七时开会，由贺泳主任传达关于明年度预算之报告。余以近四五日来心脏不佳，辞未赴。

　　故宫博物院由国家文物局直接领导。由以上日记内容可知，身为院长的马衡先生，遇到棘手问题，就需要求助于局长郑振铎或副局长王冶秋。两位局座常常就派贺泳主任参与处理。而故宫来年年度预算等事，也是由贺泳代表文物局到院传达沟通。由贺孔才"蝶变"而来的办公室主任贺泳，其岗位和责任相当关键。

　　这样一个重要岗位上的重要人物竟然自沉北海，可以想象在当时业界圈内一定引起不小震动。又因此类事情一出，涉事机构一定大事化小，匆匆处理完事，拒不公布内情，大家只好私下议论纷纷，免不了揣测加推断，以讹再传讹。

据说，陈梦家先生也曾在日记中记述贺孔才横死一事："文物局办公室主任贺泳（前名孔才），上星期二自团城上缒城而下，到北海桥上投水死去矣，亦一奇事也。"

"桥上投水"之类，属传说虚构情节。叹为"奇事"云云，则是旁观者心中实情。

十

1948年11月起，大军围北平，傅作义部队是战是和，城内的人十分关心。至1949年1月31日，北平终得和平解放。

贺孔才当时居住在城内西海西沿。有文献说：

　　贺孔才先生喜水，曾给书房起名"署泳斋"。先生早年曾居什刹海南侧之铁匠营徐君彦旧宅，后于净业湖西岸购得清王小航（照）故寓，葺而新之，遂移家焉。门对烟波，窗含西麓。虽在城市，浩荡有江湖之趣。先生深喜之，有终焉之意，颜之曰"海西草堂"。

我几年前曾去此地寻访，见昔日"门对烟波、窗含西麓"的贺宅已成大杂院矣！烟波自然还有，"门"已成饭店之门。至于隐隐"西麓"，早已变成幢幢大厦，再大的窗，也"含"它们不下了。

漫步在今日西海西沿的柳岸石径之上，我曾经反复想象，1948年底到1949年1月底这六七十天之内，贺孔才家的生活是什么样子的呢？和他来往的是什么人？一家大小如何谈论城外的大军和即将到来的解放？其时他已决定要捐献自家藏书和文物了吗？

虽然也读过一些回忆文章，但因为所记所忆太笼统、太模糊、太少细节，于我之意欲重现彼时生活而言简直没有帮助。

这几天重读《马衡日记》，突然悟到：同一时间城内生活中马衡之所闻，也必是贺孔才之所闻，比如炮声，那是一城民众之共闻，未必是马衡之独闻。于是我将相关内容摘抄罗列于下，希望能借此真切感受包括贺孔才在内的北平市民之"围城生活"。

1948 年 12 月

13 日

　　益侄来电话，谓已全家进城，余始悟所闻者实为炮声矣。……晚八时后，炮声渐稀，十时就寝。

14 日

　　七时炮声又起……院中及太庙、景山今日起停止开放，景山门内已驻满军队。……炮声至晚八时后渐沉寂。十时就寝。今日起民航停飞。

15 日

八时炮声又起，闻西直门已不能出入。……闻复兴门外八里庄核桃园、宛家村大小井、罗道庄、什方院等据点皆为共军所据，复兴门已闭，西直门、阜成门犹可出入，车辆概不能通，各路火车已断。……和谣甚盛，有谓李宗仁、宋庆龄皆已北来者。……下午闻石景山已为共军所据，电流中断。炮声至傍晚更密，八时后始渐息。是夜月明如昼，万籁无声。

16 日

七时五分炮声又作。……炮声至傍晚复密，六时始停。终日无电，七时三刻电流始通，收听新闻广播，九时半就寝。满以为今晚又可安然度过，不料十时半，炮声又作，且有重炮声，户牖皆震，终宵未能安眠。以后时断时续，忽疏忽密，以达天明。

----

17 日

今日竟日炮声，晚六时始停。

18 日

晚六时炮声复作，七时三刻始渐稀疏。……

21 日

照常办公。炮声断续中闻爆炸声甚厉，探知为飞机投弹于西郊，时正十一时也。自十九日起，电流全停。

28 日

……理发距上次仅半月，价由十元涨至廿二元。可骇、可骇。是夜就寝后又闻炮声。

29 日

上午炮声不绝，并有机枪声，午后始止。

———————

31 日

昨夜小雪，晨大雾。树枝皆白，盖雾凇也。十时后晴。……晚饮以度岁除，殊凄凉也。

1949 年 1 月

1 日

今日报纸充满和平希望，亦可占人心之趋向矣。午前午后间闻炮声，后渐沉寂。

6 日

昨夜阜成门外正中书局印刷厂火灾，延烧六小时，全厂精华皆付劫灰。此厂为日人经营之新民印书馆，由正中书局接收者，在华北可称巨擘，今付之一炬，惜哉！

7 日

自前日起夜间常闻断续炮声。

8 日

猪肉斤三百四十元，面粉袋千二百元。升斗小民将成饿殍矣。

12 日

晨二时左右，西北方炮战甚剧，有重炮数声，户牖皆震。

15 日

自昨晚六时起平津电话中断，今日报章亦有报道。

20 日

昨传全面谈和，乃政务会议所决定，停战令固未下也。对中共所提八条件，只第一条惩治战犯不能接受，拟请中共自动撤回，其余均可商谈。早知今日，何必当初，只重苦吾民耳。北平之和平使者如何谈判，皆严守秘密，不知葫芦中卖甚药也。

22 日

……一小时傅始出席，报告和平为人民所要求，军人为人民服务，自应徇人民之请，放下武器，已与中共商谈。自今日上午十时起令各部队开始陆续撤退，并诵读条件十四条。

24 日

今日报载为傅奔走和平者为邓宝珊，并闻叶剑英早已入城，由傅招待于旧日本使馆，似太神秘，须待他日证实也。

28 日

通州昨夜至今晨又发生战事。午刻前门五牌楼前有人掷手榴弹，伤数人。晚间备肴与家人共酌度此除夕，犹时闻机枪声。

———

30 日

自九时起炮声时作，似来自东北方。电询徐盈亦云不知，唯言今日盛传傅作义离平，但非逃走，意者赴包头或太原耳。今日报载中共发表声明，文中称傅作义将军，或对傅已不认为战犯。至午炮声渐稀……五时一刻，东南方有巨响，与廿六日同，或亦东城外地雷爆炸也。

31 日

城内军队已将撤。下午解放军一部分入城。

2 月 2 日

履儿十一时入城，来电话报告旋即来院，谓接收本院者为尹达、王冶秋。接收者共四处：一为本院，二为北平图书馆，三为历史博物馆，四为文物整理委员会。

北平和平解放，历史又掀开新页。故宫博物院、北平图书馆、历史博物馆等即将由尹达、王冶秋接收。

正是王冶秋，一个多月后接收了贺孔才的捐赠。

同样还是王冶秋，1951 年 12 月 18 日，接到一封来自贺孔才的遗书。

十一

翻出《王冶秋传》，看看能否找到与贺孔才有关的史料。

1949 年 2—3 月间，时任北平文化接管委员会文物部副主任的王冶秋，和他的几位革命同事一起，先后顺利接管故宫博物院、北平图书馆、北平历史博物馆等机构。他参与了接收贺孔才向新政权捐献的藏书和文物。他出席了 4—5 月举办的贺孔才捐献文物展。文化部文物局 1949 年 11 月成立后，王冶秋出任文物局党总支书记和副局长，而贺孔才出任办公室主任。他们在团城共事两年多，直到 1951 年 12 月 18 日贺孔才自沉北海。告别人世前，贺孔才亲笔写了三封遗书，一封给妻子，一封给儿女，一封给单位党组织的代表——王冶秋。

写《王冶秋传》的王可是传主之子。从书中内容与插图可以看出，作者查阅了大量原始档案，包括王冶秋的工作记录本。

既然传主王冶秋和贺孔才交道甚多，有些还是重要节点，传记作者又以众多一手文献为依据，如果书中多次出现贺泳（贺孔才）的名字，我是一点也不会惊讶的。这是再正常不过的事情了。

然而，翻遍全书，我没有找到"贺泳"，当然更没有"贺孔才"这几个字。

想来这也是很正常的事。王可写的是他父亲的传记，他父亲的领导、朋友、下属等等，写谁不写谁，他有权根据需要决定详略或取舍。我只是觉得，接管北平四大文化机构过程中，接收贺孔才的捐赠并非一件可提可不提的小事。接管委员会发嘉奖令，《人民日报》专门报道，在故宫博物院搞展览，几乎每件事都有王冶秋从中谋划之功。贺孔才捐书这样的人与事，如果不回避，也许会更好。

尽管在《王冶秋传》中没发现贺泳主任的名字，但等读到《文博事业在逆境中崛起》一章时，我还是捕捉到了贺孔才的影子。这身影虽然没有公开登场，但我感觉到了他的存在。是的，他在。

1966 年 6 月 16 日，资深革命家和专家型官员王冶秋忽然成了"牛鬼蛇神"，被勒令参加文化部集训班，学习中央文件，奉命交代自己的问题，揭发别人的问题。"黑帮"们每天早晨在文化部办公楼前站成一排示众，女儿王好去给爸爸送豆浆时见过那个场面：最右边站的是夏衍，最左边一人是王冶秋，周巍峙指挥大家高唱自己作词作曲的"黑帮歌"。歌中唱道："我是黑帮，我是黑帮，我有罪，砸个稀巴烂！"一曲唱完，大家齐刷刷跪下，各自将胸前悬挂的"罪牌"高高举起，一一自报身份。

王可写道，从集训班出来，图博文系统在他们家门口揪斗"黑帮"的革命行动更加猛烈，他父母胸挂黑牌，人站高台；红卫兵把标语贴满半条街，口号喊得震天响，喊着喊着就觉得"革命"口号不够力了，于是开始污言秽语、破口辱骂。王可说他的两个小妹妹因此不敢回家，晚上都躲在北京火车站候车室胡乱睡一会儿。

王冶秋彼时年近六十，身遭轮番批斗，心绞痛、虚脱、眩晕交相折磨，精神上的恐惧尤其挥之不去。他把儿子们叫到身边，似交代后事一般，歉疚地说："爸爸对不起你们，我恐怕坚持不下去了。他们一定要说我是军统、中统特务……"

王冶秋毕竟还是坚持了下来，终于熬到"解放"。王可说，他一直不知道是什么力量让他爸爸战胜了绝望情绪，直到他写这本传记，翻查父亲在 1969 年 5 月 17 日写的交代材料，读到了其中一段话，才找到答案。

王冶秋在这份材料中说："我尽力地支持着要过去这一关，不能不把问题搞清楚就死去，这不但是个人的晚节问题，也是不愿儿孙他们一生中，因为我的问题受到影响。"

王可说这是伟大的父爱："在他的精神和身体都差点儿崩溃的时刻，那支撑下去的最后力量，是保护后代不被抹黑的强烈愿望。"

我就是读到这里，忽然发现：贺孔才的影子出现了。

贺孔才自杀当年在文物局是件大事，王冶秋是副局长，他不仅熟悉贺孔才的生前事迹和境遇，也参与处理了贺泳主任的身后事。贺主任受不了冤屈，经不起折腾，战胜不了绝望情绪，未能"尽力地支持着要过去这一关"，后果非常严重！贺孔才的众多子女的下场如何，王冶秋局长知道得太清楚了——早已参加革命的儿女，因一个"畏罪自杀"的父亲，有的调离关键岗位，有的发配到山西乡下，档案中都背着"不可重用"的"红字"，在单位都遭人另眼相看。好端端一个文化世家，竟落得骨肉分离、四散他乡，冤无处诉、家不成家。"无论如何，也要坚持下去，贺泳主任是前车之鉴啊……"——我相信，1966年的"大革命"风暴中，王冶秋身心行将崩溃之际，他是这样想过的。

十二

20世纪90年代买傅振伦先生的《蒲梢沧桑》和《七十

年所见所闻》二书时，我还不知道傅先生其实算我乡贤，也还没有开始收集故城贺家资料。那时根本不知道世上有贺涛或贺孔才其人。那时只是喜欢收集学者作家回忆往事、反思历史的书，而上面提到的两本书，即分属"《往事与沉思》传记丛书"与"故学新知丛书"。性质相近的丛书那时有几家出版社都在出，现在这样的书反而少之又少了。

开始关注贺家材料后，我发现傅振伦先生应该和贺家有交往机会。他是史学家、方志学家、博物学家与档案学家，1906年9月25日生于河北邢台市新河县，1999年5月8日去世。他比贺孔才小三岁。按他出生时的行政区划，新河县属于冀州管辖，和冀州以及衡水、枣强、南宫、武邑等县统称"冀六"。他在冀州读完中学，而这所学校的前身，正是贺涛曾执掌多年的信都书院。1929年他毕业于北京大学史学系，彼时贺家已自故城郑口镇迁居北京，贺葆真和贺孔才都在北平生活。后来傅振伦也曾在故宫博物院工作，其老师就是马衡。1949年后，他任中国历史博物馆研究员，还参加过国家文物局组织的雁北文物考察团，那正是贺孔才任文物局办公室主任期间的事。身为故宫博物院院长的马衡，在其1949年及其后的日记中多次提到贺孔才，傅振伦所在的历史博物馆亦属国家文物局管辖，贺主任和傅研究员年龄相当，又是同乡，又在同一系统工作，又都和马衡有关联，他们如果没有交往才是令人奇怪的事。

今天先读《蒲梢沧桑》，竟一无所获。每每感觉贺孔才即将出场之际，却又空白降临。

傅振伦自小有极强的"自我文献意识"，教材、便条、菜谱之类统统细心收集，后来果然成一代史学家和档案学家。

可是，他的"九十忆往"中没有出现贺孔才或贺家任何一个人的名字。

再翻傅振伦先生笔记体著作《七十年所见所闻》。他在序中说，"百忙之中，曾就记忆所及、日记所录，以及见于史籍、类书、当日报刊和闻之父老耆旧、师友先贤者，随笔札记，整理成册"，对研究历史陈迹者或不无参考之处。略读数则后，觉得比其《蒲梢沧桑》更有趣味。尤其是我想在书中寻觅的旧影一而再、再而三地出现了。所遗憾者，出现的是贺涛，仍然没有贺孔才。

在"保定莲池"一节，傅振伦记道：

> 保定城内有莲池，凿于元代……清末建莲池书院，张廉卿、吴挚甫先后在此讲学。……吴挚甫主讲莲池，造就多士，其子闿生（字辟疆），弟子饶阳贺涛（字松坡），皆擅长古文辞。

紧接着在"冀六文风"一节，再次提到"饶阳贺涛"。傅振伦既知道贺松坡主讲信都书院，他自己又毕业于信都书院改建的冀州省立十四中学，却会错记贺先生籍贯，把武强贺涛错为"饶阳贺涛"，我不禁小有遗憾。不过这也不算什么，毕竟他笔下终于出现了贺家人。

同书359页"胡庭麟"一节，傅先生第三次提到贺涛，而且正确地变成了"武强贺涛"。一书之中，一人籍贯，先误后正，险象环生，总算圆满。唯遗憾者，是始终未提贺孔才。书中"抱粗腿"一节，他提到了龙门石窟，重点转述奉先寺史实，诸如武则天花了多少银子、修了几间大房，以及卢舍那大佛身多高、头多大、耳多长，都所记甚详。最后提到来此游览者常两手抱大佛两边天王力士雕像的粗腿，俗称"抱粗腿"。文中未提他曾经亲身到过龙门，当然更没有提早在1949年就代表新政权考察过龙门的同乡贺孔才。贺所写《龙门石窟考察报告》一文，是新中国建立后第一篇龙门石窟专业考察报告，发表在1951年12月出版的《文物参考资料》上。这个杂志是当时中国文物界唯一专业刊物，在历史博物馆工作的傅振伦应该有机会看到。当然，杂志印出来的前两天，贺孔才自沉北海，文物系统皆表震惊，傅振伦想必也听人们谈起过吧。他老师马衡在日记中记此事甚详，他们当时见面时是否议论过几句呢？

粗翻傅氏二书，仅见三提贺涛，和贺孔才有关的见闻不存只字。但是这两种书仍是研究故城贺家的重要参考资料。他记录了那个时代的北平、故宫博物院以及团城等，那也是贺孔才生活过、游览过、工作过的地方。我正可以借傅振伦先生的笔墨，为"贺泳主任"的世界增添几抹色彩。

十三

在孔夫子旧书网见到两张旧纸，都是1949年解放军给参加南下工作团人员家属开具的证明。这让我想起贺孔才。

1949年是贺孔才生活发生巨大变化的一年。这年3月25日，他把故城贺家世代递藏之文玩藏书等等尽数捐出。其实不独文献文物，他把子女也捐给了革命，把整个家捐得几乎家徒四壁了。他通过对自己家人家产的"断舍离"，实现了自我的彻底革命，实现了个人身份从小资产阶级向无产阶级的陡然转换。他觉得还不够，于是，1949年5月他报名参加了四野南下工作团。他从军了。

他是那一年弃旧图新的模范人物，仅《人民日报》就报道了他三次。专访他的是著名女记者，叫柏生。新闻传播学院的学生当会熟悉这个名字。

现在我能查到的，可以称之为他的战友的人，有汪曾祺、宋之的等人，但他们的文字中，没有贺孔才的影子。

目前也没有见到贺孔才自己对南下工作团经历留下任何个人记录。他这一段的生活，如谜如雾。

他的学生和家人都描述过他从军后的一鳞半爪，比如他身穿军装多么威武，于军旅生活多么适应，多么向往。但是，我们见不到任何证据。

所以今天见到这两张旧纸，我立刻就想到贺孔才。他当年一定也接到这么一张证明吧。他得把这证明交给他的太太持有，以保证他太太能享受到"革命干部家属"待遇，不然他南下了，家人怎么生活？

几年前我还见过另一张纸，一张该存在密档里却流落到市面上的纸。上面的字证明，那一年他南下的日子，他太太的生活受到严密监控，因为他那位做过国民政府河北教育厅厅长的哥哥贺翊新跑到台湾去了。"会不会有国民党特务来北平他们家接头？"新政权公安力量的警惕性很高。

贺孔才让他太太成了"革命干部家属"，但他哪里知道，他和他太太依然是"国民党高官亲属"。

贺孔才从军期间竟然还考察了龙门石窟和河南多地古迹，这有点让我摸不着头脑。我读了好几遍他撰写的考察报告，越读越觉得他的从军，经历多彩，却连不成线，太多前不着村后不着店的地方。

所以，《贺孔才从军记》，需要继续寻找文献。

依我现在读到的材料看，汪曾祺是认识贺孔才的，而且应该很熟。可是他笔下从没有出现过贺孔才的名字。这是可以理解的：贺自沉北海后，在那样的气候下，谁会冒险提一个"畏罪自杀者"的名字呢？人人自危之际，避免当权者猜疑的最方便路径便是沉默与回避，不落井下石已经算是高风亮节了。遗忘于是不可避免：集体恐惧必然导致集体遗忘。

1949年3月贺孔才将万卷藏书捐给新政权已经接收的北平图书馆，又将五千余件家藏文物捐给北平历史博物馆。当时汪曾祺就在历史博物馆工作。他或许参与了接收捐赠，或许没参与，但假设他们有机会见面应该不算太离谱。

汪在《午门忆旧》一文中曾说：

北京解放前夕，1948 年夏天到 1949 年春天，我曾到午门的历史博物馆工作过一段时间。……整天和一些价值不大、不成系统的文物打交道，真正是抱残守缺。日子过得倒是蛮清闲的。我住的宿舍在右掖门旁边，据说原是锦衣卫——就是执行廷杖的特务值宿的房子。四外无声，异常安静。我有时走出房门，站在午门前的石头坪场上，仰看满天星斗，觉得全世界都是凉的，就我这里一点是热的。北平一解放，我就告别了午门，参加四野南下工作团南下了。

汪曾祺是 1949 年 3 月报名参加四野南下工作团研究室工作的。有资料说，贺孔才也是 3 月参加的南下工作团，而且"碰巧"也是研究室研究员。他们即使在历史博物馆未能相识，在南下工作团研究室总会认识吧：他们成了一起工作的战友。

据汪曾祺年谱和他的散文所记，他 1949 年 5 月随南下工作团到了河南漯河，5 月 19 日，和南下工作团的战友一起乘车，5月25日到达汉口。我们有理由假设，他的同行者中有贺孔才。据柏生的专访时间推断，贺孔才也是5月参军南下的，而6月10日，他的名字已经出现在接收武汉大学的军管干部名单中，而汪曾祺同时也参与了接收其他文教单位。

另有一事，也与南下工作团有关：

> 那晚翻出《晚清民国时期中国名胜古迹图集》中的龙门卷细细对照，浏览再三。所对照者，贺孔才《洛阳龙门石窟考察报告》也。

书中的龙门，是曾入贺孔才"法眼"的风景；书中的叹惋，也是贺文中长长的叹息。

1949年8—9月间，贺孔才有一场河南古物考察之旅。两篇文章，分别发表在1951年北京和中南区办的文物刊物上。

那期北京《文物参考资料》的出刊日期，是1951年12月25日。可惜贺孔才已经看不到。他在一周前自沉北海。

我还没弄明白的是：这场河南古物考察，是谁布置给他的任务呢？

我这样在各类文字中拼拼凑凑、剪剪贴贴，觉得探寻史实好像是一场场游戏：历史总想遮掩什么，但最终让遮掩变成无遮无掩的，还是历史。

十四

在孔夫子旧书网上订购的《二萧离凤集》今天到了。边翻目录，心情边忐忑。希望有关于贺孔才的文章啊！

几页目录查毕，果然——没有！

我是查阅《文物参考资料》时，知道萧离这个名字的。1950 年 10 月 15 日出版的《文物参考资料》第一至第六期汇编，刊发一篇《大同文物调查》，署名"萧离"。

"萧离"是谁？是贺孔才的同事？

1950 年，贺孔才已经任中央人民政府文物局办公室主任，《文物参考资料》或许就是办公室编的也未可知。那么萧离应该和孔才认识。

上网一查，原来萧离是著名记者，1949年至1956年间任职天津《大公报》，访问过当时许多文化名人。

既然如此，他就有可能采访过贺孔才了。好吧，上"孔网"查是否有他的作品集。

还真有一种，叫《二萧离凤集》。萧离的夫人叫萧凤，也是记者。子女们为父母编新闻作品和散文随笔集，书名用"二萧离凤集"，倒也别致。

今天书到了，眼看又扑了一个空。据目录，萧离采访过俞平伯、梁思成、裴文中、常书鸿、叶恭绰等人，果然名家云集。但是没有贺孔才。

目录的最后是"附录"，附的是"二萧作品总目录"。好吧，去看看他们还写过什么。

翻到286页，从第一行《草的故事》看起……接下来……噢……梁思成、林徽因，还有……《解放后的北平图书文物》……再往下……哒！

再往下，《贺孔才的道路》！

萧离果然写过贺孔才。可是，怎么，他写的是《贺孔才的道路》？《贺孔才的道路》是他写的？

这个题目我可是早就知道的。许多资料都说，1949年，《人民日报》登过一篇专访，叫《贺孔才的道路》。可是我查到的专访是柏生写的，题目却是《访问贺孔才先生》，而不是《贺孔才的道路》。怎么回事？

我早已不假思索就给出了解释，这太简单了：柏生专访最后一句话，引了贺孔才的原话——"我们真正找到了应走的道路"，一定是有人受此启发将柏生专访改了题目。我乃编辑出身，常干这类事情。

今天才知道：原来还真有一篇专访，叫作《贺孔才的道路》——

作者：萧离。

写作时间：1949年。

发表媒体：未知，《大公报》或其他报。

具体内容：不知。

看来，我又有得折腾了——

查找渠道：上天入地。

查找方式：一切皆有可能。

奔涌吧！前浪……

我刚刚根据微弱线索发出了第一封电邮。

十五

贺孔才自幼学书法学篆刻，书法早年学张裕钊，到北京后师从秦树声，多年修炼，终成大家。十来年前他的公子接受我采访时曾说，日本人占领北平后，贺孔才拒任伪职，把自己关在家里，读书写字，有段时间靠给人写牌匾维持家计。他儿子说北京有家老字号至今用的还是贺孔才的字，可惜他已记不清店铺名称，只记得他父亲拿扫帚蘸水在院子里练大字。从此赴京我格外留意各类老字号牌匾字迹，无奈至今访查无果。

贺孔才有幅字写的是曾国藩自拟五箴中的《居敬箴》。网上有图：未题上款，没标日期，所写内容也不完整，似乎是没算计好字数，纸写满了就落款钤印完事。所以我猜这只能算是贺孔才的"未完成作品"，或者竟是练笔之作。即使如此，贺孔才书艺之功力、格局与气象，又岂是现在江湖上一众书法家所能比的？

贺孔才写的是：

　　天地定位，二五胚胎；鼎焉作配，实曰三才。俨恪斋明，以凝（侠按：孔才写为"宁"）女（侠按：通"汝"）命；女之不庄，伐生戕性。谁人可慢？何事可弛？弛事者无成，慢人者反尔。纵彼不反，亦长吾骄。（人则下女，天罚昭昭。）

我猜想：写此箴写到最后，贺孔才发现"人则下女，天罚昭昭"八个字已无处安放，只好草草落款收笔，顺手送给了身边什么人。

这《居敬箴》，在曾国藩流传于世的文字中，是颇为人称道、常被人引用的。

贺孔才手书《说印》，堪称文采、识见、书法三绝之作，可惜我只有复印本，原作在国家图书馆。1949年捐献藏书文物时，他连自己的众多稿本和私用印章全捐了。

十六

再次细读贺培新（孔才）《潭西书屋书目序》，有新的印证和新的想法。

新的印证即是：早至1948年下半年，贺孔才可能就有了要捐书给新政权的想法了。之前侯一民等人的回忆文章曾有此类说法，但若只有一方面如此说，且又是多年之后回忆，又无文献证明，那这个说法并不足采信。好在贺孔才在《潭西书屋书目序》中的说法，变相给了一个印证。

贺孔才说："北平解放，适书目草成，遂依目点交国立图书馆，将永为国家人民所公有。"北平和平解放，是在1949年1月31日。据后来的媒体报道，贺孔才所捐藏书，有12768册之多，约10万卷。考虑古籍有时一种若干册，一册若干卷，粗略判断，潭西书屋的藏书，应有万种左右。贺序说到了编目，道是"署者名氏，刊刻年代，卷帙函册，备列无遗。先人手泽，某家批校，某氏印章，亦悉入载"。为近万种藏书编这样的目录，工作量可想而知，绝非一两个月可以完成。可惜确切的编目启动时间，目前无从得知，只好希望今后有新文献问世。

新的想法，则是为这批贺家藏书编一份"大事年表"。贺孔才费数月整理书目，临近点交捐献时，回首"藏书二百年来更替变迁、分合消长之迹"，能不感慨万端？他在序中大体梳理出了这批藏书百多年间的聚散头绪：

> 潭西书屋书目，为贺培新孔才所藏书。吾所藏书，始自前清乾嘉间吾太高祖慎舟公所购。太高祖时官江苏知县，搜众善本且十万卷。同治中，高祖兄弟三人析屋，所诏绍业堂、述业堂、广业堂者，各得三之一。至光绪二十年，述业堂之书，吾祖父松坡公尽购收之。从祖父心铭汇亭，又以广业堂之书尽售于我。惟长房绍业

堂之书售之他人。吾曾祖苏生公，亦岁时有所增益，所购多通用之书。祖父则非名家抄校宋元明善本不取，而所收尤夥。至是，遂与旧所藏相埒。此书多自武强县北代村展转移至故城县郑家口。民国十五年，移家北平。二十年，复移书来平。析屋，蕴德堂应得六之三，颐年堂、十书堂各得六之一，余所留藏亦只六之一耳。至卅年，蕴德堂之书出售，我尽收之。卅三四两年，颐年、十书二堂之书，复归我所三之二。余居北平三十年，所购多金石原拓及各家考校之本。此潭西书屋今日所藏书二百年来更替变迁、分合消长之迹，俱如此。此目随手检录，不次年代，不分部居。正署者名氏，刊刻年代，卷帙函册，备列无遗。先人手泽，某家批校，某氏印章，亦悉入载。惟当卅年，蕴德堂之书来归时，室狭不能尽庋，常以通常之本一部，寄存于某中学图书馆中。卅四年，购潭西书屋新居于西北城隅积水潭畔，遂取而合璧。乃见书面尽钤有某校图记，而潭西书屋藏书图记反未及一一钤入，亦憾事也。北平解放，适书目草成，遂依目点交国立图书馆，将永为国家人民所公有。卅八年三月孔才贺培新书于潭西书屋。

来龙去脉已然清楚，可是我还是不满足，觉得仍然过于简略。我将按"年谱"体例，列出时间线，然后陆续为之增添文献中读来的细节，让贺家藏书的历史更精细，故事更丰满。

十七

自公共文化事业诞生之日起，图书馆、博物馆一类机构就开始接受私人捐赠。自此角度观之，贺孔才1949年捐赠给北平图书馆和北平历史博物馆一批贺家世代递藏文物，不过是名流大家的文化义举，且之前中西已代不乏人，并不奇怪。

然而，自时间、影响、捐献方式等角度观之，贺孔才的捐献绝非一般"文化义举"可比，而是自有其独特意义与价值，甚至还有独特的谜题与答案，不可不辨。

其一：时间点

贺孔才捐献的日期是 1949 年 3 月 25 日。此时北平已经和平解放，北平图书馆、故宫博物院和历史博物馆已由军管会先后接管。但中华人民共和国中央人民政府尚未成立，半年后新中国才横空出世。许多文章说贺孔才是"新中国捐献文物第一人"，其实说"向共产党新政权捐献文物第一人"才对。

其二：身份

贺孔才身为文章家、书法家、文物鉴定家和大学教授，本是名副其实的京华名流，可是在当时《人民日报》等媒体的相关报道中，他的身份只是"北平市民"。是他本人刻意低调，还是媒体"选择性定位"？

其三：捐献过程

在柏生的专访里，贺孔才曾自述捐献过程和捐献动机甚详，但是身在国民党阵营的哥哥贺翊新，20 世纪 80 年代曾写有《舍弟贺孔才小传》，对其弟的捐献另有说辞。《贺培新集》编者收入此文时将这部分内容删除，甚为可惜。这会让普通读者失去多维辨析史实的机会。

其四：价值

贺孔才捐给当时的北平图书馆图书12768册，捐给历史博物馆文物5371件。这些文物命运各异，有的至今深藏馆中，有的却又流落冷摊。少数篇目虽然影印或整理出版，但至今也未见全部捐献文物的目录公布，更没有图录出版，而稍后的捐献者如马衡、张伯驹等，都有目录图录流布。马衡在日记中曾说："贺君可谓看清时代，大彻大悟，牺牲一己，公诸大众，虽文物无甚精品而忘我之精神令人钦佩。"真的是"无甚精品"吗？

其五：影响

贺孔才的文物捐献究竟价值几何，文博界不难有公正的定论。而就其影响而论，他这一堪称壮举的捐献，楷模作用巨大，简直可以说"开一代风气之先"。向新政权、新中国捐献文物的路，即由他开创。之后这条路上陆续走来了霍明志、尹达、王冶秋、范文澜、徐悲鸿、沈从文、马衡、启功、郑振铎、周叔弢、张伯驹等等，豪杰络绎于途，风气至今不绝。他们的名声或比贺孔才大，捐献文物之价值或比"贺捐"高，但是，他们都是后来人，而贺孔才是"敢为天下先"的人。

其六：捐献方式

贺孔才的捐赠，是不留后路的捐赠，是倾家荡产式的捐赠，是破釜沉舟式的捐赠，是想要置之死地而后生的捐赠，这一点，无人可比。

他也确实倾家荡产了，破釜沉舟了，却没有能实现"置之死地而后生"。他"弃旧"，为的是"新生"，而结局竟是"置之生地而后死"，这是所有人，包括他自己，无论如何也想不到的事。

贺孔才在新中国只生活了不到三年。他对新中国的贡献，一是倾其所有捐献了自己家的文物，二是尽其所能参加了保护国家的文物。对此文博界的关注和研究是非常不足的，甚至可以说是个空白。

我正在努力，看看能否对填补这个空白做点什么。

又能做什么呢？不过是收集点或许有用的资料，写点未必有用的文章。

十八

常常听人说贺孔才是所谓"开国捐献第一人"，我也早说过，这个标签并不准确。贺孔才于1949年3月25日将家藏12768册图籍捐给当时的北平图书馆，4月又将5371件文物捐给历史博物馆。他的确是第一位向新政权捐献图书文物的人，不过，当时中华人民共和国尚未成立，开国大典半年后才会举行，说"开国捐献第一人"毕竟名不副实。实际上，"向新政权捐献第一人"比"开国捐献第一人"更难做，更需信念与勇气，因此也更能看出贺孔才告别过去的决绝和"重新做人"的坚定。当然，两年后他才痛切认识到，尽管他已经一无所有，但他仍不是无产阶级——他连"无产"都不如，他个人的历史反成了他沉重的"负资产"。于他而言，历史似乎无法告别，只能斩断，他终于在1951年隆冬暗夜自沉北海，把自己从捐献者变成了捐躯者。

今天之所以又想起贺孔才，皆因我趁周末干了一件事：将20年间断断续续收集到的23箱贺家文献与周边资料全在夜书房摆了出来。当然，受面积所限，最后的样子像是一道"历史的峡谷"。

是的，"历史的峡谷"。我亲手搭建起这个"峡谷"，却始终没有能真正穿越过去。我是给自己挖了一个大坑，然后兴致勃勃跳进去，至今未能爬出来吗？

按说我应该早就写出不止一本书了，但是我给自己找到了一条很好的理由，以让自己相信：还不到写书的时候。

这条理由是：材料不够，文献不全（其实是时间不够，心智不全）。

比如最近我又为找不到《潭西书屋书目稿》《潭西书屋文物目稿》《武强贺氏寿真堂藏书目》而焦虑不安。这一"焦虑不安"成功化解了我因尚未写出一本书而来的焦虑。

找材料是有趣的，阅读材料是苦乐参半的，写作则是知易行难、苦不堪言的。

这几份书目非常重要。迄今我只有一份"文物目稿"的复印件，且缺头少尾，不清不楚。其余两件则未能亲睹。"书目稿"是贺孔才当年专为捐献图书而撰写，图书既捐给了北平图书馆，捐献目录当然也应该在现在的国图。可是，奇怪得很，我竟然无法看到或复制这份目录。十几年前，我曾去北京采访贺孔才长子贺仁。据他说，他们贺家后人，曾经在北京图书馆见过这份目录。

我的设想，是为贺孔才捐献的这批藏书写一部类似"传记"的书，也可以说属于非虚构历史写作。相关材料早已准备得七七八八。但是，没有目录，就无法得知这批藏书的全貌。不见全貌，又怎能为这批藏书立传？在我这本书的创意中，目录即"传主"。

万般无奈，只好求北京的朋友帮忙。朋友介绍我联系上国图的管理层，大家都很乐意帮忙。

结果是分如下层次呈现的：

第一，几种目录馆藏数据查无，可能在档案室。

第二，经查，档案室没有相同名称档案。

第三，内部档案不对外提供。

好吧。我会继续想办法。但我首先要想办法让自己闹明白：为什么七十多年前的一场热热闹闹公开捐献的资料，现在却成了不对外提供的内部档案？

所以你也就知道：我为什么必须自己搜购与故城贺家有关的资料。人在南国边陲，又是"个人兴趣"，非"项目"非"课题"非"学位论文"，以一己之力和公共机构对话实在太不方便了。

陆续写于 2020 年 11 月—2021 年 3 月

台湾的《1984》

　　2012 年 12 月上旬去台北旅行时，我照例出出进进新旧书店，搜寻奥威尔《1984》的各式版本。凌晨行至诚品，发现当地出版社和台湾师大翻译研究所刚刚联手推出一个《1984》新译本。我一边将精装与平装各挑一册放入书筐，一边猜这位叫徐立妍的译者是何方神圣，怎么以前从没听说过？瞄一眼书脊顶端那行小字，心下释然：原来此书属"经典文学新译"；既是"新译"，参与此计划者理当是新人，难怪我这老读者闻所未闻。

————

两岸中文译本相互引进最快的一次

一年之后，这一新译本已由北京燕山出版社引至大陆，消息首先在微博风传，精装本随之亮相于书架之上。两岸《1984》中文译本的相互引进当然早已开始，可是论速度这一次最快。1991年，台北的志文出版社印行了我们这边的董乐山译本，董先生还专门为此写了译序，开头就说，原以为"要向台湾读者介绍乔治·奥威尔，我想是要比向大陆读者作介绍容易得多"，结果发现"临到真正提起笔来，虽然说不上重如千钧，却确有无从下笔之感"。原因何在呢？他觉得是因几十年"人为隔阂"而形成的"生疏感"。到了2010年5月，北京十月文艺出版社终于将在台湾行销已久的刘绍铭先生译本引至大陆。刘教授没有给这姗姗来迟的简体字版新写一个字，但这不说明他对大陆读者就没有"生疏感"。当年他分别给台湾皇冠版和台湾东大版写过译序一类的文字，其中都提到《1984》在大陆的传播，可惜说得都不很准确。1984年时他说《1984》"在中国大陆无译本"，其实董乐山先生的译本早在 1979 年就在《国外作品选译》上分期连载过，尽管属"内部发行"。1991 年刘教授修订了说法，说《1984》在中国大陆的译本，公开出现得比较晚。但是他又说："朋友给我'搜购'到的，只有广州花城出版社的版本，译者是董乐山，出版年份是 1988 年 6 月，只印了 420 册。""420"这个数字从此转来引去，如今流行甚广，岂知也不准确。这得"怪"刘绍铭教授的朋友，因为朋友为他搜购到的，竟然是极少在书店流通的布面精装本，印数当然也真是 420 册。而平装本，出版当月就已经加印，印数足有 25480 册了。更何况，同一译本由同一家出版社于 1985 年已印行过，开机就印了 15900 册，尽管也还是"内部发行"。2012 年台湾一位比较文学研究专家还在感叹《1984》在大陆的印数"如此之少"，其提出的证据正是这个"420 册"。

当年大家彼此都"生疏"过，现在则好多了，值得再二再三地庆幸。相信两岸读者如今对《1984》的故事、价值也都不怎么"生疏"了，这就更值得额手称庆。而在我看来，《1984》一书在华文世界的传播史仍然是一个有趣的题目，这里不妨先说说对岸台湾。既然开头就提到了徐立妍的新译本，我干脆就从她台湾版译序中的几句话说起，梳理一下《1984》与台湾读者相逢相知的故事。

首译本是一个节略本

徐立妍说：

> 台湾最早的《1984》译本出现在 1952 年，译者是王鹤仪先生，这个译本目前只有在图书馆才能翻阅，后来的译本也有如钮先钟、万仞（疑为假名），及彭邦桢的版本，但是 1981 年出现邱素慧翻译的版本后，其他版本就渐渐消失了。我大学时代读的版本想必也是邱素慧的译本……

这段话引起我很大的兴趣，盖因其所说和我所知并不完全相同。我只好把手头所有的《1984》繁体字版本全部摆上书桌，看看能否理出个头绪，说得更详尽些。

这一看不要紧，我首先是大为沮丧：原来我也没有号称台湾最早的王鹤仪译本。不过，我倒有个香港 1953 年的译本，译者是杨仲硕，由东方出版社印行。不知为何，这个译本很少有人提到。关于译者我们也所知不多，只知道他曾当过香港亚洲出版社的编辑，而他的女儿在美国生活，也喜欢写作。现在仍有许多人喜欢将《1984》归入"科幻小说"，谁料想六十多年前，这位叫杨仲硕的人早已超越此见识。他的"译者序"一上来就宣示，《1984》非关"预言"，不是"科幻"："这是一本写实的著作，所根据的背景，所搜集的材料，所安排的情节，所描述的人物，在现在此刻的世界上，都随处可见，随处可闻，随处可遇。"

《1984》诞生于 1949 年，那正是冷战方兴、营垒分明的时代，小说、电影往往都担负刀光剑影之职。奥威尔此书一方面凭其写作艺术为人称道，却更靠故事本身的魅力、威力、"解释力"与"杀伤力"迅速传遍大半个世界。文学的与"超文学"的力量都加入了推广与营销，故而此书无论什么时候进入哪一种语言，都会成为一个事件，开山辟路的先行者因此都愿意在前言后记里说说译本的前后版本与优劣，以表明自己的立场与位置。杨仲硕也"未能免俗"：

> 本书……至 1951 年已出五版，全书共分三部，计三百页，都十万余言。第一部并曾由美国《读者文摘》杂志择要刊登，黄（侠按：应为"王"）鹤仪先生并据以译成中文。唯无数读者均以未窥全豹为憾。译者不揣浅陋，除第一部第六节约三四千言，及原书附录论新语言一章，因与全书之主旨无大关联经译者删除外，其余均全部移译。

据此可知，王鹤仪译本确是中文首译，然而却是一个节略本，只译了《1984》的第一部分。杨仲硕虽首次将全书译出，但是他自作主张删掉了两部分，所以也还不能说是"全译本"。

那么，王鹤仪是谁？有资料说她的译本由华国出版社出版，"华国"又是怎么回事？

"爱国爱名不爱钱"

原来，首译《1984》和华国出版社都与一位大名鼎鼎的人物有关，此人即是王云五先生。

王云五（1888—1979 年），大出版家，1921 年 9 月任商务编译所副所长，旋任所长，组织编译中外名著，创设各科丛书，极收耳目一新之效。1929 年，王云五策划出版《万有文库》，开中国图书出版平民化新纪元。1930 年 2 月就任商务印书馆总经理。1946 年辞馆职从政，任国民政府经济部长等职。1948 年任财政部长时，推币制改革，遭败绩，遂辞职南下广州。1949 年初转赴香港。

此时此际，王云五颇为居处所困。他在《自撰年谱稿》中说，"我在广州市系寄居戚家，不宜久扰，来港又蜗居狭小，充其量至多能独占一斗室，颇不宜于研究与著述"。可是他的青云之志岂是容易坠落的？有自题《南还偶感》诗为证：

> 尽人风靡我独坚，金刚百炼志超然；
>
> 生平不做安家计，爱国爱名不爱钱。

他决计应邀赴英伦讲学。行前去了趟台湾，和阳明山上的蒋介石谈了好几个小时。蒋问打算，王云五答，生平原以从事出版为业，并愿终身为之；若在大陆，本可重回商务，然以现今局面，只好改行著述；又因处处喧嚣，所以拟去剑桥讲述中国文学。蒋说，若果然有意复返出版岗位，我当量力相助。

1949年5月，王云五完成了一份"华国出版社两合公司"出版计划，托人转呈蒋介石。蒋依前诺，拨款十五万，王云五又自筹五万，出版社即开始筹备。准备出些什么书呢？王云五说："针对当时之需要，拟尽量译印有关国际问题的各国名著，一面以工具书为维持营业之基础，教科书副之。"

他据此选定书目，到处找人翻译，自己也译兴高涨，亲自出马驰骋于中英文之间。有人有钱又有了书，到了这一年的 12 月 15 日，华国出版社就在港台两地同日开业了。华国所印第一部书，即是王云五译的根室《在铁幕之后》。

1950 年 1 月，有一则消息，那就是英国政府正式承认了中华人民共和国。王云五决定不再去英国讲学，专心奔跑于港台两地，振兴出版大业。他又要出丛书了。这一回的丛书名称是"汉译今世名著菁华"，选书标准为 1949 年后欧美出版之名著，每册字数不超过四万，以 64 开本印行。这套书到底出了多少种我一时说不清，但我知道王云五仅用几个月时间就亲自为这套书译印了如下几种：

《工业心理学》（丛书第 36 种）；

《波兰怎样变为苏联卫星国》（丛书第 20 种）；

《现代武器与自由人》（丛书第 39 种）；

《俄人眼中的俄国》（丛书第 56 种）；

《文化在考验中》（丛书第 55 种）。

这套书在当时吸引了很多人。《陈克文日记》1950 年 3

月 23 日有如下记述：

> 下午访王云五先生于英皇道（侠按：华国出版社在香港的地址为北角英皇道 379 号）。他把他编译现代名著菁华丛书的计划告诉我，并且把一本关于英国政制的书给我翻译。我觉得他这个计划一方面介绍现代的西方名著，一方面适合目前知识分子的需要和购买力，颇有成功的希望的。因此我也乐得替他做一部分翻译的工作。

这套书还吸引了一家特殊机构的注意，那就是香港美国新闻处。

王云五是《1984》"中文首译之父"

根据学者翟韬的研究，太平洋战争期间，美国已开始在华展开"美式生活方式"的输入与推广，其执行机构即是美国新闻处。1949 年，中华人民共和国成立，东亚格局巨变，意识形态的冷战随之急剧升温。美国颇感形势逼人，于是策划强力反击。香港美新处随即领到了新任务：第一，宣传主题不局限于"扬美"。相关官员的表述是："先前我们只限于展现美国生活'客观和全面的画面'，还有就是宣传政府的文件精神，而现在我们可以进入一个积极主动的阶段了。"第二，宣传对象由内地人民调整为海外华人。新中国的外交理念是"打扫干净屋子再请客"，美国政府因此无法对中国内地展开有效的宣传战和心理战。况且，中国在亚洲的宣传重点早已面向海外华人，美国也不得不"特别注意"东南亚的华人群体。这样一来，香港美新处就成了美国对东南亚地区中文宣传材料的主要供给者。

1950 年 5 月，香港美新处发现，此间多了个华国出版社，出了一套"汉译今世名著菁华"，其中多次出现的一位译者是龙倦飞。龙倦飞是谁？一打听，王云五是也。Very Good！于是两家开始合作。《岫庐八十自述》对此有如下描述：

五月我译《斯大林与铁托之交恶》一书，由香港美国新闻处大量采购。香港美国新闻处拟译印小册，因悉"华国"出版此类书籍不少，且系首创，遂商合作办法。首先提供此书为尝试，我以不满一星期，译完四万字，并于四五日内排印完成，于是订购数万册，广为分送。

　　首次合作成功，香港美新处又荐来 3 种小册，以"庚寅编译社"名义翻译，由华国印行。每成一书，美新处皆购买5 万册。

　　乔治·奥威尔的《1984》，即在本年由华国出版社印行，列为"汉译今世名著菁华"第 52 种。译者王鹤仪，是王云五的二女儿。她本名"学医"，1920 年 5 月 11 日生于上海。

"来增加一点渺茫的希冀吧！"

聪明的读者！这本书的含义太丰富了，我简直评介不完。你们怕极权统治么？你们爱自由么？你们希望有美丽的将来么？如果是的，那么你们不妨将买几包花生米的钱买这一本小书。在这盛夏的傍晚，花一个多钟头，静静品味这本好作品。然后，抽一支烟，悠然地沉思一会儿。这世界太忙乱了，太浮薄了！善良的知识分子，一年到头忙于填满胃里的工作都忙不完。大家正好趁这时光，吃一杯最廉价的冰淇淋，吸收一点精神的清新剂，来增加一点渺茫的希冀吧！

这段朗诵词一般的感性文字，出自台湾自由主义开山人物殷海光先生笔下，是他为《1984》所写书评的最后一段，发表在《自由中国》杂志第五卷第二期，时值1951年。这或许是华文世界最早的关于《1984》的评论文字。文中并未提到所评《1984》是哪个版本，但是我怀疑极有可能是王鹤仪译本。文中所引情节、情景与句子，皆出于原小说的第一部；换句话说，《1984》第二、第三部之人物故事、对话、命运与结局完全没有在殷先生的书评中出现过。

还好，"选本"很快就过时了，因为台湾的"全本"出现了。有趣的是，这个"全本"首先没有出现在书店里，而是飘散在天空中。约1952年初，广播公司播出了奥威尔的《1984》，译者是钮先钟。当时钮先钟是写稿好手。他是江西九江人，1913年出生，2004年去世。按马英九在一份褒扬令中的说法，钮先钟"资赋颖秀，才识通敏，少岁卒业南京金陵大学，淬励向学，英隽早发，厚植外语根基，矢志书生报国"。他为电台译《1984》，创下两个第一：中文世界第一部专为广播而翻译的小说；《1984》第一部中文播音版。

我们这边当年应该有人早通过"敌台"偷听过中文版《1984》了吧。这可是比阅读董乐山中译本早了27年。

万仞原来就是钮先钟

不过，《1984》还是拓宽了台湾知识分子观察现实的角度。他们经常拿自己身边的现实和小说中的场景比较，如此，这类小说竟然也成了自省的教材。比如，在一个庆祝典礼上，有"贵宾"上台致辞，大谈自己团队的创业历程与成绩，第二天看报纸，"贵宾"的话只一笔带过，而所谓创业历程早变成了另一番描述。于是有人喟然叹曰："贵宾"怎么没读乔治·奥威尔的话——"谁掌握现在，谁就掌握过去；谁掌握过去，谁就掌握将来"。

前面我所引徐立妍那段话中，曾说有个万仞翻译的版本。我手头正好有此书：是窄 32 开的小册子，封面封底与书脊统统是红色，壬寅出版社 1967 年 11 月 1 日初版，属万象文库第 2 种，译者万仞。徐立妍提到万仞时在后面加了个括号，内写"疑为假名"。当然是假名。那真名是什么呢？通过比对，我已经可以断定，这个"万仞"原来就是钮先钟。

钮先钟为广播而译的《1984》于 1953 年印了出来。在此之际他离开广播公司，先后任台湾《新生报》总编辑、淡江大学欧洲研究所教授、淡江大学国际事务与战略研究所荣誉教授、三军大学荣誉讲授教授等。网上有一份他的译著书单，以中英文列出88个书名，其中第35号，明明白白写着：《1984》，1967年11月1日，壬寅出版社。这和我前面提到的万仞译本信息不可能是巧合，根本就是一回事。还有，壬寅初版本的发行人是"钮陈汉生"，再版本又列出总经销是"军事译粹社"。如此，这个"万仞"不是钮先钟又会是谁？明白了这一点，假使我们看不到1953年的钮译本，也可从1967的壬寅版中领略一下台湾首个"较全译本"的风采。

据说，英国国家档案馆第FO1110/740号卷宗里有一封谍报人员的信，其中提到：奥威尔小说的"中文译本在东南亚很成功"。此信签署日期是1955年1月28日。谍报人员指的是哪个版本？王鹤仪译本？杨仲硕译本？还是钮先钟译本？此事已成谜。

———

《美丽新世界》和《1984》必须同时读

岁月易过，转眼已是 1970 年。这一年，世界仍是"美苏为主，冷战炽热"的世界，台湾也仍是继续查禁书籍、大量翻印英美新书的年代。这一年，台大中文系和历史系的二十几个年轻学生，经由"高级英文"课程，开始在一位老师辅导下攻读英文原著《美丽新世界》和《1984》。这位老师就是近几年因《巨流河》而红遍两岸的齐邦媛。

齐老师似乎是通过殷海光的书评知道《1984》的故事与价值的。她说，殷海光的评论文章《1984 年》提到的三句话，"战争即和平，自由即奴役，愚昧即力量"，其中"愚昧即力量"之说真可算惊天动地的伟大发现，引起知识分子的高度关注。1970 年她回台大，接下"高级英文"课程这一"最强大的挑战"。她先测试学生的思考和英文深度，惊讶地发现："这些研究所一年级的学生，很少读过西方文化观念的作品，更未曾有过与一本本英文原著奋斗的经验。"

她需要先替学生选几本原文书。标准是：言之有物，能引起年轻人兴趣；文字优美清晰；政治立场并非那时流行的狂右或狂左派；不能太厚，也不能太薄；必须是学生买得起的台湾翻印版。她选的第一本是《美丽新世界》，第二本即是《1984》。齐老师给学生说，这两本书必须同时读。齐老师说："我把这二十多位青年带到这个辩论的海边，把他们用英文推进注满高级思潮的海洋中，任他们渐渐发现海洋的深度。"

校园内众学子苦读英文《1984》；校园外，虽然已有了两三个《1984》的中译本，但是移译奥威尔的接力赛并未停止。到了1974年，又有两种中文译本问世。为什么会是1974年？大概是这一年距1984年正好还有10年的缘故吧。查台湾大事记，这一年岛上也没发生什么了不起的事情。蒋介石去世，是1975年的事了。

这个译本缠绕着众多谜团

齐邦媛给学生们讲《1984》，强调的是这本小说的"文学心灵"，而像"总政治作战部"这样的机构，如果也力推《1984》，那初衷就不在"文学"而在"作战"了。彭邦桢译本《1984》，问世之初正是这样的"作战版"。它于1974年10月31日印行。

这个"作战部"编书的热情十分高涨，他们竟搜集了1200种研究共产党的中文书籍，首批从中选出100种，编为丛书，分为理论、历史、文学三类。文学类则以"报道性作品"为主，另选小说数种。小说除《1984》外，还选了《日瓦戈医生》等。

《1984》于1975年再版时，"作战部"字样不见了，封面、书脊、版权页全改成了黎明文化事业公司。"黎明"创立于1971年10月10日，翌年即由朱西宁（1926—1998年）出任总编辑。朱西宁是台湾著名军旅作家，我们这边的读者可能对他有些陌生，但说起他的女儿，大家就知道了。他的三个女儿是：朱天心，朱天文，朱天衣。

彭邦桢的这个译本，依然是个选译本：不仅删去了原书后的"新语"部分，连小说第二部分所载戈斯坦著《寡头政治集体主义的理论与实践》一书的内容也一并删除了。

这位彭先生 1919 年生于湖北黄陂，1938 年考入陆军官校，先在云南为飞虎队服务，后随青年军赴印度远征军抗日。1949 年随军去台湾。他本是著名诗人，和洛夫、纪弦等共同缔造了台湾现代诗。2003 年 3 月 19 日于纽约辞世，享年 84 岁。他的遗愿是骨灰回到黄陂，安葬在木兰山。至 2008 年 3 月 8 日，遗愿终得实现，诗魂重回故里。他的诗，大陆最早熟悉的，应该是那首《月之故乡》：

天上一个月亮

水里一个月亮

天上的月亮在水里

水里的月亮在天上

低头看水里

抬头看天上

看月亮思故乡

一个在水里

一个在天上

如此，他翻译《1984》，也是要安放他的乡思、乡愁吧。诗歌江湖上对他的描述则是：壮年旅美，娶黑人妻，写东方诗，唱中国歌，无论漂泊到哪里，都只说武汉话。

黎明版彭译本印行的次数并不多，1974年、1975年各印一版，1984年又趁热重印一次，之后就很少见到踪影了。而比它早出生50天的另外一个译本，则要幸运得多。1974年9月10日，华新出版公司印行邱素慧译的《1984》，列为"桂冠丛书"第11种，书前附有殷海光和黄陵评价奥威尔及其作品的文章。在之后的40多年间，这个译本生命力顽强，不断重生。可是，对我而言，这个译本缠绕着众多谜团，迄今难解。其一，华新版《1984》封面署名"邱素慧译"，版权页译者的位置写的又是"林宪章"。这两个人的资料虽几经寻访，皆遍查不获。难道都是化名？其二，正如台湾论者所言，邱译本其实错漏甚多，原小说第二部第六节甚至整节漏译。说漏译，是因为没有任何理由不译；两岸众多删节本也没有一种是将此节删掉的。这样的译本竟然在台湾大行其道，门庭频换，一印再印，其疏漏却无人改正，乃至以讹传讹30多年。直到2009年，印刻版诞生，邱译本才一改前非，面貌一新。此是后话。

中文报纸上首次连载《1984》的佳话

阅读并热爱《1984》的人，翻译、出版、传播《1984》的人，关注、利用、恐惧、不屑、查禁《1984》的人，凡是能赶得上的，都在以各种心情等待真正的1984年的到来，都想在《1984》和1984年之间重新建立或取消一种联系。想让大家忘记《1984》的人，很多；想让大家想起《1984》、重读《1984》的人，更多。台湾，属于后者。

首先行动起来的，是台湾的报纸。《中国时报》还叫《征信新闻报》时，就发表过黄陵的《乔治·奥威尔及其作品》。眼看 1984 年就要到来，副刊岂能坐观。1983 年 12 月 3 日，"人间"副刊首先让张系国的《最后的独角兽——乔治·奥威尔简论》登场，拉开"奥威尔年"序幕。12 月 6 日和 7 日，一连两天，"人间"刊载王文兴的长篇文评《统一与矛盾：〈美丽新世界〉与〈1984〉政治立场的比较》。1984 年 1 月 1 日，"人间"发表余光中的文章，标题相当应景：《来吧，1984》。两天之后，台湾另一大报《联合报》的副刊也抛出重磅文章《欧威尔语言小说里的"新语"》，作者是大名鼎鼎的乔志高。

出版界又哪里会放过这 20 世纪百年一遇、过了 20 世纪再也不遇的良机。壬寅版万仞译本首先抢在 1983 年 12 月 20 日重印了。十几天后，黎明版邦桢译本也如赴约般地准时重印。接着，是远景版的邱译本重印。一时间，新闻界出版界亲密呼应，老译本新印本纷然杂陈，十分热闹。然而，若没有刘绍铭的《1984》新译本在这一年横空出世，岛上传播奥威尔的图谱也就少了一束耀眼的光芒。

刘绍铭 1934 年生于香港，1960 年毕业于台大文学系，后在美国、新加坡等多地任教，现居香港，有散文集多种。我们现在看到的夏志清《中国现代小说史》，就是他领衔翻译的。夏志清的哥哥夏济安是他台大的老师。临近毕业时，夏济安对他说，书是一辈子也念不完的，但像卡夫卡的《审判》、赫胥黎的《美丽新世界》和奥威尔的《1984》这一类作品，读书人有责任阅读和传播。真到了 1984 年来临时，当时的香港《信报》社长林行止邀刘绍铭翻译《1984》。想到可以借此一了夏老师当年心愿，刘教授当即挥笔上阵。他这里天天译，《信报》辟专版天天登，双方成就了一段中文报纸上首次公开连载《1984》的佳话。

1984 年的《1984》

2014 年 1 月 29 日，我和一帮朋友去香港太平山顶拜访林行止先生。参观他新装修的纵贯三层楼、背山面海的大书房时，我们聊起奥威尔和《1984》。他问内地的译本哪个好些。我说行销最广的应是董乐山译本，但刘绍铭译本引进到内地后反响不错。林先生说："知道吗？是我邀刘绍铭译的。每天给他固定版面。1984 年的事了。我们就是要赶在 1984年翻译连载《1984》。"

说回台湾。香港报纸正连载得火热，台湾呢？刘绍铭说："《1984》并非像武侠或言情小说，难在千把字间出现什么高潮。这部小说确是'益智'读物，要好好地体味欧威尔个人对未来世界发展的憧憬，得静下心来钻研一番。我在台湾报纸副刊的朋友颇多，但一直不愿强人所难请他们考虑给我分日连载，就是这个道理。"

此时有朋友说，译稿可以给皇冠出版社试试。对，就是那家出版琼瑶、三毛、张爱玲作品的皇冠。刘绍铭和皇冠一通音讯，双方果然一拍即合，译稿就此顺利登岛，《皇冠》月刊开始连载。可是时间不等人，照这样连载下去，温斯顿先生在全书结尾时真诚表示"他爱老大哥"时，恐怕要到 1985 年了。编辑部决定，不连载了，要抢在 1984 年内把《1984》单行本印出来。

1984 年 5 月，一个崭新的《1984》译本问世。刘绍铭的译笔简练干净，少翻译腔，读起来觉得更有味道。他热爱《1984》，封面上"刘绍铭"是三个大大的、红彤彤的圆体字，不像之前几个版本译者的名字真真假假、躲躲闪闪。在"译者的话"最后，刘绍铭干脆直接用不容置疑的语气推荐道："1984 这一年中，如果你只有时间看一本书，就看《1984》。如果有人要我列出十本改变我一生的书，我会毫不考虑地放《1984》为首。"可惜他的老师夏济安 1965 年就去世了，不然看到此书，听到此话，一定大感欣慰。

更要紧的，是封面右下角醒目标出了皇冠版的特色："全译本"。是的，是全译本。刘教授不仅将原小说内容尽数译出，不删一句一段，还首次译介了原书的附录"新语原理"。华文世界的奥威尔译者中，刘绍铭是第一个发现《1984》附录"新语原理"的价值并将之连小说一并简要译出的人。他在书中介绍说：

大洋邦的"新语原理"，虽放在附录，但却至为重要，因为由此可以看出欧威尔的推理——极权统治者怎么利用文字去摧毁人民的思想。

7 年后，这个译本出台湾东大版时，刘绍铭更是将略嫌枯燥的原书附录全文译出，并在"译者前言"里再次郑重提醒读者：

> 读者千万别放过的是收在附录里的"大洋邦新语"。依欧威尔看，极权统治者要千秋万世地骑在人民头上，最直接也最恐怖的手段无疑是"思想警察"。但摧残人性更彻底的方法，无疑是消灭历史与破坏语言。正因为语言是思想和表达思想的媒介，要实施愚民教育，最有效的途径莫如把"不合时宜"的文字删除。这一关键，已在"大洋邦新语"阐明。

东大图书公司于 1991 年 3 月印行刘译《1984》，出精装、平装两种，设计与印制皆属上乘。令人好生奇怪的是，之后十几年间，那个有多处漏译硬伤的邱译本，仍然桂冠版、远景版、万象版、锦绣版出个不停，董乐山译本也已成常销书，唯独刘绍铭译本似乎没在台湾重印过。是出于版权的缘故吗？如今，想找一本东大版的平装都不是一件容易的事，何况精装。2012 年 12 月，我曾在台北重庆南路三民书局书架上偶遇五册崭新的平装本，大喜，遂尽数带回深圳。

默默修订，脉脉致敬

大陆的《1984》董乐山译本 1991 年 10 月由志文出版社引路登岛，开了此书两岸译本交流的先河。台湾出版界从此开始还原此书被"冷战思维"遮蔽的文学价值与思想价值。此后十几年间，岛上的《1984》主流版本是邱译和董译，偶尔也有"新面孔"粉墨登场，像林淑华的小知堂版（2001 年）和王忆琳的崇文馆版（2006 年）。

谁都没有想到，到了 2009 年 6 月，台湾印刻版《1984》

还能给我们带来新的惊喜。

这是一个意味深长的纪念版：《1984》原书于 1949 年 6 月 8 日问世，印刻特意选在整整 60 年后的 6 月 8 日推出新版，可谓有心之至，贴心之至，精心之至。

这是正式获得授权的中文繁体版：印刻按欧洲规矩向版权拥有方缴纳了版税，这该是目前唯一一个购买版权的中文译本。

这是推陈出新的译本：译者虽然还有"邱素慧"，可是后面多了一个名字——张靖之。仅仅对比第一页，已可发现这个"邱张译本"和原来的邱译本大大不同。邱译本第一句是"这是四月间晴朗而有寒意的日子"，新译本译成"一个晴朗而寒冷的四月天"。邱译本第二段漏译的重要一句新译本也补上了："……这是为了'仇恨周'所实行的节约措施。"那句著名的话，邱译是"老大哥注视着你"，新译本采纳了最通行的译法——"老大哥在看着你"。不用说，当年"邱素慧"莫名其妙漏掉的第二部分第六节，新译本也不声不响地补上了。

对，是"不声不响"。因为这个印刻纪念版既没有介绍邱素慧，也没有介绍张靖之，当然也没有介绍张靖之为什么以及如何刷新了流行那么多年的邱译本。

就连邱译本行世35年都没有译过的"新语原理"，也不声不响又原汁原味地出现在印刻版的附录里。35年之后，邱译本以默默修订、脉脉致敬的方式获得新生。

网上的资料说：张靖之，台湾大学中文系毕业，英国剑桥大学汉学系硕士，曾任《国家地理》杂志中文版主编。译有《猛犸象宝宝时空大穿越》、《国家地理终极摄影指南》（合译）和《狗班长的快乐狗指南》等。

"老大哥就是你"

接下来，就是各位看到的徐立妍译本了。这是一个刚刚开始的故事。

这又是一个全新的故事。

从一开始我们就知道：徐立妍是台湾的新锐译者，毕业于台湾师范大学翻译研究所笔译组，译有《污点》《以色列：新创企业之国》《泰丝家的女儿们》等。我们不用再猜"万切"是谁的"假名"，不用再猜"邱素慧""林宪章"都是怎么回事。

从一开始我们就听见了译者的声音，听见她说她大学时就读过《1984》，牢牢记住了"老大哥"这3个字；也听见她信心满满地说，《1984》的语言其实一点也不1984，完全没有年代久远的感觉，倒是几个中译本的语言有些老旧了。

而且，她的声音与老译者颇有不同。老译者眼中的"老大哥"概念比较明确，形象非常单一，踪迹容易发现，东方西方都容易对号入座。时移世易，网络无边，科技凶猛，电眼致密。如此"新锐"的世界，徐立妍眼中的"老大哥"就变得复杂多样，难以捉摸。她说：

> 每翻译一个字，我都能感觉到"老大哥"真实的存在。欧威尔抨击极权政府压迫人民，实行高压统治，人民只能依循老大哥认可的规范生活行事，老大哥的眼睛

随时随地监视着每一个人；而我，虽然不是生在极权统治之地，但是仍然感受到无数双眼睛透过网络监视着我。当我翻译到这句"老大哥正在看着你"，我看着电脑上开着的网络浏览器视窗，想着："不。老大哥就是你。"

徐立妍写上面这些字的时候，斯诺登的故事还没有上演。不过，台湾《1984》最新译本的故事从这句话开始，那是最"新锐"不过的了——

"老大哥就是你。"

2015 年 1 月 20 日，深圳

附一

此文写完，我传给台北的杨照兄，请他看看有没有"硬伤"。他发过来一篇网文给我参考。文章作者不详，大意是说：1957 年，香港大公书局印行过一个《1984》的黄其礼译本，书名改成《27 年之后》（这个版本我在台湾听一位教授讲过，因本文是写台湾的《1984》，故未涉及）。此书对台湾影响很大，因所谓"邱素慧"译本就是抄袭此书，只内文稍有修改而已。1974 年桂冠版及后来的华新、远景、文言、书华诸版都是"一抄再抄"。因我手头没有《27 年之后》，无法对照，不便采信，故附记于此。

附二

某杂志曾经约我写篇短文，推荐一本书，我写了《再读一次〈1984〉吧》，如下：

六十多年来，只要有任何机会，奥威尔和他的小说《1984》的名字就会重现。最新的例证，是至今了犹未了的斯诺登事件。大家都说，斯诺登揭露了美国"棱镜计划"，让"老大哥"面目大曝光，全球都感觉到"老大哥在看着你";又说,美国监听范围无限扩大,无远弗届,奥威尔 1948 年写《1984》时都想象不到;还说,美国的监控行径是"深度奥威尔主义",人们于是纷纷去买《1984》回来看,好明白这个世界是怎么回事。

这就是奥威尔和《1984》的神奇之处:"奥威尔主义""老大哥在看着你"都与之有关。一个作家和一部小说的名字,竟然和时代一起载浮载沉,时时处处相互映照,相互发明。这与其说是奥威尔的幸运,不如说是时代的不幸。

当年我第一次读《1984》,感觉只有两个字:恐怖。那恐怖来自全天候全方位的"电幕"监视,来自"老大哥"无所不能的控制,来自思想警察的无所不在,来自家庭和朋友的相互告发,来自真理部大楼里无所不用其极的审讯,来自书刊报纸中无所不有的对历史的篡改。那种恐怖,令你不寒而栗,恍如感同身受。

第二次读《1984》,恐怖之感更深更细更痛。在那个世界上，还有什么人是可以信任的吗？还有什么感情是可以寄托的吗？是谁在一片慷慨激昂的气氛中往你心中注满了仇恨？当你恨这个阶级、恨那个国家时你是否想过你的仇恨来自何方？

第三次读《1984》，我将恐怖的焦点集中在语言上。"战争即和平，自由即奴役，无知即力量"，书中的这三句口号向我们泄露了多少秘密！还有书中生涩难读的附录，谈论英社党的"新语"，更值得仔细咀嚼。原来，历史与真相是可以用语言的简化和组装来消灭的，当我们不再说自己熟悉的语言，不再读这个民族经典的书籍，我们曾经拥有的价值、生活、风俗就渐渐远去了，消失了，找不回来了。你脑子里一片空白时，"老大哥"就驻了进来，你就会由衷地说："我爱老大哥。"

而这，正是奥威尔的卓异之处，一如论者所言：他并非简单地用小说来影射政党与政权，而是直接揭露语言的堕落。在奥威尔眼里，变形、变态、变乱、变味的语言，是掩盖真实的幕布，粉饰现实的工具和蛊惑民心的艺术。

你也许知道,《1984》与俄国作家扎米亚京的《我们》和英国作家赫胥黎的《美丽新世界》并称"反乌托邦三部曲",可是你知道吗?以揭露监视著称的奥威尔,竟然也遭英国军情五处和伦敦警察厅特别科监视了20年。对此奥威尔临死前都毫不知情。所以,你又怎么知道,你是不是被监视的奥威尔或斯诺登?

你真的可以再读一次《1984》:明白恐怖来自何方,我们就开始不再恐怖。

2017年1月4日

附三

2015年我曾写了一篇文章,谈《1984》繁体版的传播史,其中约略梳理了中文首译本的来龙去脉。可是当时我没有见到实物,无法写得贴切,只能根据群书中的零星资料拼拼贴贴。今年春节后一天，兴文兄自台北打来电话，问我王鹤仪译的 64 开本《1984》要不要。当然要！我说，赶快给我拿下。他说，放心。

今天下午，我的心才终于完全彻底放下来，因为中文世界第一个《1984》的译本就在我面前。正是传说中的 64 开小本，正是王鹤仪的译作，正是王云五的华国出版社编印，正是"汉译今世名著菁华第 52 种"。

是 1950 年印制的书，纸已黄，所幸尚未变得脆不能碰。品相完整，无缺无损，我和这书都应该相对感叹一声：何其幸运！

2017 年 2 月 27 日

附四

我那篇《台湾的〈1984〉》2015 年 4 月在北京《读书》杂志和台北《印刻》杂志同期刊登，收入这篇文章的北京燕山出版社《1984》徐立妍译本也在同月发行，据说反响都还不小，证据是不断有人提起。前几天一位搞翻译学的小朋友爆料说，台北的赖慈芸教授曾有文字讨论台湾《1984》的"伪译"问题，其中还引了我文章中的话。她说赖慈芸是台湾师范大学翻译研究所教授，专门研究台湾戒严时期的"伪译"，各种真真假假的版本她都熟悉。她还转来了赖慈芸老师的文章——《关于〈1984〉的谜团：万仞和邱素慧是谁？》。赖老师文章说：

2015年，北京燕山出版社引进徐立妍译本时，胡洪侠写了一篇很长的序，回应立妍这段话：

1. 徐立妍提到万仞时在后面加了个括号，内写"疑为假名"。当然是假名。那真名是什么呢？通过比对，我已经可以断定，这个"万仞"原来就是钮先钟。

2. 1974年9月10日，华新出版公司印行邱素慧译的《1984》，列为"桂冠丛书"第十一种，书前附有殷海光和黄陵评价奥威尔及其作品的文章。在之后的四十多年间，这个译本生命力顽强，不断重生。可是，对我而言，这个译本缠绕着众多谜团，迄今难解。其一，华新版《1984》封面署名"邱素慧译"，版权页译者的位置写的又是"林宪章"。这两个人的资料虽几经寻访，皆遍查不获。难道都是化名？

我那篇长序意在梳理《1984》在台湾的传播史，并非专门回应徐立妍关于译者的某些疑问。不过这不重要。赖慈芸老师继续写道：

> 我在 2013 年已知邱素慧是假名，只要到台湾图书馆借出《27 年以后》比对即可知。至于万仞是不是钮先钟？胡洪侠的理由是钮先钟的著译书目中有 1967 年的《1984》，因此两人实为一人。这理由似乎还不太够，但我也同意万仞就是钮先钟，而且钮先钟用"万仞"这个笔名，至少可以上溯到 1948 年。

———

下面赖老师开始起底"万仞"。她掌握的材料真多——

图书目录上"万仞"的译作有三笔。最早的一本是 1948 年 7 月 1 日，台湾新生报发行的桥文艺丛书第一本《爱国者》，是一个剧本，译自 Sidney Kingsley 的 *The Patriots*（1943）。

这个名字第二次出现，就是 1967 年的《1984》。钮先钟在 1953 年已经出版过《1984》，由"大中国"出版。他在"译者赘言"中说："译者前为广播公司编译是书，供广播之用，现在再把原稿略加删节，请大中国图书公司为之出版。"可见原本是为了广播而翻译。1967 年，署名"万仞"翻译的《1984》由壬寅出版社出版，与钮先钟的《1984》极为相似，而且发行人是"钮陈汉生"，看来也是钮家人。壬寅出版社在 1983 年曾再版《1984》，由军事译粹社总经销，而军事译粹社的发行人就是钮先钟。看来可能是钮先钟第一次交由"大中国"出版，后来收回来自家出版发行，用了笔名。

第三本万仞翻译的书，是 1967 年壬寅出版社的《神鹰红武士》，译自 *The First and the Last*，作者是 Adolf Galland。这本书其实就是 1956 年钮先钟译的《自始至终：德国战术空军兴亡史》，军事译粹社出版。1976 年军事译粹社再版《神鹰红武士》，这次就直接署名"钮先钟译"了。这本书 1994 年又改名《铁十字战鹰》（星光出版社），仍署名钮先钟译。至此已能确定万仞就是钮先钟了。

至于那本《27 年以后》，赖慈芸老师说她 2013 年 5 月在博客里已经指出邱是假名，译本抄袭香港大公书局 1957 年出版的《27 年以后》（1957+27=1984），译者是黄其礼：

《27 年以后》是在香港出版的，对台湾的影响却很大，因为台湾最畅销的版本《1984》就是抄袭此书。1974 年桂冠出版了这个译本，内文稍有修改，译者署名"邱素慧"，之后华新、远景、文言、书华各家出版社出的都是这个版本，桂冠和远景都再版多次；一直到2009年印刻找人修改所谓"邱素慧"版，还署名两位译者"邱素慧、张靖之"，殊不知其实根本没有"邱素慧"这位译者。曾有研究生在论文中怀疑邱素慧并无其人，还致电上述各家出版社询问，当然都没有结果。

可惜我写《台湾的〈1984〉》时，未读到赖慈芸老师的博文，不知当时缭绕在我笔端的"邱素慧"疑云，赖老师早铁笔定案了。又忽然想到，上面附一所提杨照转来的网文，其实就是赖慈芸的博文。因文章没有署名，手头又没有《27年之后》，只好暂且"不便采信"。现在我信了。

旧物与深情

1

却说贾宝玉为了一堆说不清道不明的烂事儿挨了他父亲贾政一顿好揍，人已动弹不得，只好由着众人七手八脚抬回怡红院。独卧床上，强忍疼痛，神思默默，梦境昏昏。正似睡非睡间，恍惚闻得悲泣之声，遂欠身细认，原来是黛玉。宝玉连忙好言开解，假称自己满身伤痛都是装的，只为哄人。黛玉在那里抽抽噎噎，心中万千言辞，不知从何说起。忽听外面人说"二奶奶来了"，黛玉抽身要走，宝玉只好放手。胡乱睡了一会儿，醒来后宝玉放心不下黛玉，于是先安排袭人去宝钗处借书，随后叫来晴雯，让她去看望看望林姑娘。晴雯为难，说无缘无故跑一趟不好开口。宝玉伸手取过两条手帕子，笑道："也罢，就说我叫你送这个给她去了。"晴雯不解，说你送这半新不旧的帕子，她又该恼了。宝玉说："你放心，她自然知道。"

那黛玉一听宝玉派人送手帕来，以为是宝玉新得了上好的新品，要与她分享，当即婉拒。待听晴雯说帕子是"家常旧的"，竟也十分诧异，没能立刻明白。她"细心搜求，思忖一时，方大悟过来"。只是这一"大悟"，后果严重：黛玉神魂驰荡，五内沸然，旧帕为纸，走笔为诗，只写得浑身火热，腮上通红，病由此萌，人尚不知。

那么，林妹妹究竟"大悟"了什么？她为什么没有立即"自然知道"，而是"细心搜求"一番才明白过来？说是"病由此萌"，这旧帕题诗之夜酿成的病，是否就是焚稿断痴情后一病而亡的病？类似问题，是"红迷界"喜欢争吵、深究的话题之一，我也给不出什么惊天地泣鬼神的答案。今日祭出此"公案"，是重读此回故事时，有一个字让我触目惊心了片刻。我相信这个字——"旧"，才是这个故事的眼睛。黛玉神魂驰荡不是因为宝玉"私相传递"给她送来了手帕子，而是因为这手帕子是"家常旧的"：家常，而且——旧！

2

"字成一派"写作计划本期轮到我写"旧"字，几番折腾我还是选择以《红楼梦》中宝黛之间的旧帕子故事开头。其实这并不是当初的构思。开始说要写"旧"字，我首先是心头一紧，觉得哪里似有不妥，但一时又不明所以。是心里哪根弦忽遭触碰而绷紧了吗？

应该是的。

儿时？对，儿时的生活画面呼啸而来。20世纪70年代早期，华北平原运河西边七八公里外的一个村子。村子很旧，房子很旧，红砖或青砖"挂面"的墙难得一见，多是土墙土院土屋顶。有裂缝的墙，需要用一截朽木顶住以防歪倒的墙，年年修年年补的"百衲墙"，东倒西歪的院墙，长满荒草的屋顶，随处都是。我在其中一个这样的院子里长大。现在想来，那个院子里，那几间屋子里，真称得上是无物不旧：大门是旧的，门洞里那块母亲用来挥舞棒槌砸平衣物的厚青石板是旧的，粗陶水缸和腌咸菜缸是旧的，推粪推柴推土坯的小推车是旧的，北屋正间占据最显要位置的方桌是旧的，高点的机子是旧的，矮些的板凳是旧的，玻璃油灯是旧的，祭拜用的瓷碗是旧的，土炕沿上那一溜棱角早已磨圆的青砖是旧的，炕席是旧的，叠放被子的衣橱是旧的……

但是，我们生活在新社会，我们的生活是新的。大喇叭传来的样板戏是新的，院墙上石灰刷写的"千万不要忘记阶级斗争"标语是新的，屋内贴满四壁的报纸是新的，"最新指示"是新的，领袖像是新的，工农兵高举铁拳的宣传画是新的，大哥定期收到的《革命文艺》是新的，二哥借来的长篇小说《金光大道》是新的，我们到处追着看的电影《渡江侦察记》是新的，村里的批斗大会是新的，公社电影队串村放映的《新闻简报》是新的，专用于忆苦思甜的那碗难吃无比的饭是新的……

我们在离不开、逃不出的这个旧村子里，过着崭新的新生活。在看得见的旧东西包围之中，我们要批判那些看不见的旧东西。比如，旧思想、旧风俗、旧道德、旧观念。对，我们要破"四旧"。我们打心眼里无比仇恨旧社会，我们要砸烂旧社会，因为它是万恶的，人吃人的，当牛做马的，暗无天日的，伸手不见五指的，吃不饱穿不暖的，"万户萧疏鬼唱歌"的。我们要兴无灭资，破旧立新，同一切旧的东西实行最彻底的决裂。我们唯恐自己的言行中有一丝旧文化的残余，每次写作文都要检讨自己是否已堕落成旧社会的残渣余孽。

我们在"新旧对比两重天"的时空中，形成了新与旧水火不容的价值观。旧是坏的，旧是错误的，旧是反动的，旧是落后的；而新才是好的，新才是对的，新才是进步的、革命的、理想的、光明的。那时只有一种"旧"是提倡的，叫作"旧恨"，所谓"新仇旧恨，一起涌上心头"。

所以，竟然让我写"旧"字，这由不得我心头不发紧。

这个字触及了儿时的"敏感地带"和"恐惧区域"。虽说儿时早已成旧时，可是"旧时之旧"，仍有"触底反弹"的力量。

3

因为各种"旧"如此可恨又可怕，全社会避之唯恐不及，能烧的烧、能砸的砸、能批的批，到我上小学的时候，生活确实已经很"新"了。我们的物质生活是穷而且旧的，但是精神生活是新而饱满的。我们甚至都接触不到什么"四旧"，天天"破旧立新"，却不知道那"旧"到底是什么。偶尔我们也能接触到零星旧物，可是我们怎么知道那旧物从哪里来、到哪里去，寄托什么情感、传递什么信息、保存着什么不为外人所知的故事？

我们这一代，从小就失去了和传统生活的联系，因此也失去了对"旧"的兴趣，同时也失去了接受、解读"旧"的能力。

我曾在《残红身世已成谜》一文中讲过一个故事：我老家那一带旧时有个风俗，即新娶进门的儿媳妇，自己都有一个"包囊子"。这"包囊子"的主体正是一本书。讲究些的，是用几十幅小张木版年画订成一个本子；若图省事，用一本现成的书也说得过去。这本书用来夹存一家老小的新旧鞋样，储备不时之需的针头线脑，还收藏些时兴的织布纹样或刺绣用的五彩丝线。如此，一本薄薄的书常常变得鼓鼓囊囊，需要用一块蓝色印染布将其包起捆好。这就是"包囊子"了。我当然不知道母亲嫁入胡家时她那崭新的"包囊子"是什么模样。待我开始留意时，这个圆鼓鼓的东西已经破旧不堪了。印染布包袱皮儿的蓝色已然变得乌乌暗暗，白色图案全成土黄。里面的书，四角已磨圆，纸张又黄又脆。订书线有黑有白，显然重装过不止一次。封面封底只剩一层软软的暗红花布，当年的裱褙硬壳早已不知去向。纵是如此，我对这个"包囊子"的好奇向来有增无减。起初是觉得这里面藏着的花花绿绿的东西实在新奇而好玩。上了小学，认得几个字以后，我总想在那本旧书上亮亮阅读的本事，结果很惨：根本认不出几个字。父亲就笑，说那字是"老写的"："简写的字都不会写几个，你还想看这书？"父亲说的"老写的"，指的是繁体字。随着阅读经验渐多，我终于也能读一些繁体字了，方法就是"顺"：只要一句一句囫囵吞枣往下顺，总会知道"房裏"原来是"房里"，"爺爺"其实是"爷爷"。这时候再去翻"包囊子"里的那本旧书，蓦然发现，那竟然是本《红楼梦》！

"所有的旧书都是封资修，又黑又毒又反动"，这样的观念在我上小学时已经扎根很深了。所以那时我对这本《红楼梦》毫无兴趣，从来也没想过把它读完。也翻过几回，发现不过是小姐丫鬟老婆子，整天串门，不停说话，家长里短的，都是封建地主阶级的腐朽生活，读它作甚！

到了20世纪80年代，新与旧的关系渐渐变得正常了，各种版本的《红楼梦》纷纷重新印行，我买了新版，突然想起家里的旧书，于是问起此书的来历。母亲只说是从她娘家带过来的，其他都不记得。是外祖父年轻时买的吗？母亲结婚时谁为她选了这本书？一切都已成谜。有一年我在北京东单中国书店终于见到了这套书的原貌与全貌：亚东重排本，1927 年 11 月印行，平装，全套共六册。

4

如果我们对"旧"没有足够的尊重，缺乏细致的了解，那就等于切断了旧时岁月与眼下生活的连接，许多事情都会变成迷雾一样的东西，从此没有传承，没有真相，没有温情，没有回忆。我们也因此读不懂许多书，理解不了许多事。

黛玉收到宝玉的旧帕子，事出突然，猝不及防，所以需要细心搜求。但是她毕竟很快"大悟"了。看看现在网上大家对这一情节的解读与争论，就会发现，黛玉"大悟"的事情，现在的读者很难随之"大悟"。我们失去读解"旧时月色"的能力已经很久了。《红楼梦》程甲本、程乙本问世时的读者读此类章节很容易心领神会，根本不用猜来猜去，争来争去。我们有时则需要旁征博引，寻之思之。

其实，黛玉悟到了什么，她自己已经说了。《红楼梦》第三十四回："宝玉这番苦心，能领我这番苦意，又令我可喜；我这番苦意，不知将来如何，又令我可悲；忽然好好的送两块旧帕子来，若不是领我深意，单看了这帕子，又令我可笑……"

意思已经很明白：旧帕子不是"定情之物"，而是"传情之物"。旧帕子传的不是家常的亲情，而是私密的深情。和第二十六回中贾芸和红玉误打误撞、偷传巾帕不同，宝玉这次送黛玉家常旧帕，对象唯一、目标明确、情意坚定，而且信心满满。那两方旧帕，堪称是他对黛玉"苦意"的深情领会，也是对黛玉"深意"的深情告白。

这样深重的传情达意任务，新帕子是完不成的。即使是定情之物，新帕子的语言也显得太简单直白了，缺少生命的气息和情感的温度，尚未历经悲喜的锻炼和思念的洗涤。旧帕子才是唯一的、私密的、独享的、体贴的、长久的、深情的。对，深情。旧帕子才饱含深情。

唯有旧物，才有可能饱含深情。

关于这"旧物与深情"，白居易说得最明白：

> 惟将旧物表深情，钿合金钗寄将去。
>
> 钗留一股合一扇，钗擘黄金合分钿。
>
> 但教心似金钿坚，天上人间会相见。(《长恨歌》)

《红楼梦》中柳湘莲先是将珍藏囊中的祖传鸳鸯剑托贾琏赠尤三姐作为信物，后来又后悔，遂有登门索剑之举。尤三姐情不受辱，喊一声"还你的定礼"，即横剑自刎。其实，柳湘莲不是来取"定礼"的，他在乎的是满载深情的"旧物"。

《红楼梦》一书，实是一曲旧人与旧物的挽歌。

5

在近一百多年汉语词汇史上，旧，是一个何等醒目的字眼。和这个字有关系的人与物，则一直处在聚光灯下，或者批斗台上，或者焚烧炉里。旧，常常成为无处躲藏、无地自容、无家可归的流浪儿。

这也可以理解。"周邦虽旧，其命维新。"世上所有的革命，都要维新，或者说唯恐不新。虽说旧有旧的好处，新有新的用处；然而，旧也有旧的毛病，新也有新的弊端。新旧之间永远构成人生在世的基本困境。如何处置，对个人和族群都是考验。知识分子在新旧之间的挣扎与选择，尤其值得关注与思考。张冠生在《探寻一个好社会：费孝通说乡土中国》一书中，记述费先生重读《史记》所思所想，值得注意。费老说，文化变迁之中，知识分子有好几种态度：陈寅恪是自辟天地，不管新旧，自寻寄托；金岳霖是批判自己，弃旧图新；冯友兰是新旧嫁接，复归于旧；钱穆是坚守传统，自我流亡。费先生自称是第五种。他说还需要第六种，需要有人讲清楚"究天人之际"。费老的意思，是不是讲清楚了"究天人之际"，才能"破新旧之局"？

传统社会处理新旧关系的路数，我们从过年的风俗中可体会出另一番面貌。你不觉得，春节，特别像是一场一年一度的革命？春运简直就可以解释为"新春运动"。

过年那些天，再旧的村落也变成了"新"的天下，人人除旧布新，家家辞旧迎新，都期待着万象更新。能以新换旧的，就换，比如穿新衣服、贴新春联。无力或无法换的，便修修补补、洗洗涮涮，图个"焕然一新"。积攒了一年的对新的渴望，都赶在过年那几天爆发。烟花爆竹，即是新制的语言和求新的誓言。过年那几天是没有"旧"的位置的，连旧怨都要解开，旧债都得清零。过年是"新"的主场，专为发放新愿景、迎接新光景而设。一年之中，虽然三百六十日是旧的，但是剩下的那几天，我们用它们过年，把它们变新，让它们给新的一年注入新的活力。

但是谁见过一年之中，天天过年？

没有旧，哪有新。离开了旧，也就没有了新。那些幻想"天天过年"的人，是在幻想"没有旧的全新世界"，而这只是自我麻醉、自我欺骗而已，根本不可能实现。

如果想体验"没有旧的全新世界"，可以去读读奥威尔的《1984》。在大洋国，每天的一切都是新的，生活中没有"旧"的位置。历史是常变常新的，统计数字是随时更新的，词汇的选择、简化与规范是新的，战场是新的，谎言是新的。那个世界只有一个人，温斯顿，对旧物有所迷恋，经常做旧时岁月的幻梦，执着于寻回日益模糊的记忆。他冒着遭处决和流放的危险，偷偷买回纸张发黄的老旧日记本，且试着重拾手写传统——用墨水钢笔写日记。他喜欢那间兜售旧物的老店铺，喜欢柜台里的旧珊瑚、墙壁上挂着的旧版画和老板嘴里哼出的旧童谣。他喜欢楼上那张旧床，要在那里开始他和茱莉亚的新生活。他所渴念的，不过是一个尊重常情、满足人性、拥有记忆、允许思考、可以独处、不受监视的正常生活。于是，他被捕了，被出卖了，被酷刑塑造了，被新的思维改造并且成功了。从此他脑子里再没有任何旧的残余，2 加 2 等于几都由老大哥说了算。他成了那个社会需要的"活死人"。

6

我们需要纸张泛黄的日记本。我们需要 2+2=4。我们需要完整的记忆和悠长的岁月。我们需要春节前的冬藏和春节后的春耕。我们需要陈寅恪。我们需要柳家祖传的鸳鸯剑。我们需要母亲的包囊子里面藏着一本《红楼梦》。我们需要知道怎么送旧帕子的贾宝玉和清楚怎么读旧帕子的林黛玉。我们需要在崭新的城市与生活中，能有一栋旧房子、老院子，或者一间装满旧物的屋子。我们需要饱含深情的旧物。我们需要深情。

我曾在河北的衡水市生活过十年。前几天网上流传衡水的一个宣传片，我看了一遍，感觉此城雄风浩荡，高楼林立，景色全新，美丽如画。这是哪里呢？刹那间我真是四顾茫然。多亏片中出现了老桥，我终于看到石桥栏杆上那列石狮子依然是百年未变的花样姿态。虽然镜头只是一闪而过，我却终于相信，这里的确是衡水。

只有这样的旧物，才可以把今天与记忆连接起来。我则通过唤醒自己的记忆，又把桥头石狮子唤醒了一次。人和旧物的关系，有时就是这样相互唤醒的关系。人生即过河，桥头的旧石狮标记着通往彼岸的路。没有这样的旧物，记忆无从唤醒，路桥无从显现，生活就是一场没有彼岸的漂流。

旧物也许没有所谓"新意"，但是，旧物可以消解"新意"，可以创造"新意"，可以照亮"新意"无法抵达的深处，可以驱散随"新意"而来的"全新雾霾"。更何况，旧物拥有时间，拥有岁月的长度和情感的深度，正如萌发以至喷发之后再历经岁月淘洗的感情。为什么旧情难忘？只因为情深意长。

所以，林妹妹也顾不上什么嫌疑避讳了，研墨蘸笔，向那旧帕子上写道：

彩线难收面上珠，

湘江旧迹已模糊；

窗前已有千竿竹，

不识香痕渍也无？

此刻，我则很想再次翻开那套亚东重排版《红楼梦》，援笔在林妹妹此诗旁批道：

无新，则生活没有激情；无旧，则生活没有深情。

2020 年 10 月 21 日

卷二

我们都曾是"物质病"患者

1

那……今晚"物质"见吧?

好,"物质",我就知道,又是"物质"……

2000 年或之后,你在深圳街上或某个其他地方,偶尔听见两人对话,说出的是上面两句,你知道什么意思吗?

2

百花二路上的物质生活书吧于 2000 年开张之前，深圳有没有叫作"书吧"的地方？恕我孤陋，我不知道。

我之知道书吧，某段时间内我能养成泡书吧的习惯，却是自物质生活书吧始。

之前买书去书店，吃饭去饭店，朋友聊天去家里或单位，参加活动去会堂或酒店的会议室。

之前的生活就是这样：匆匆忙忙，或懒懒洋洋，从一个地点赶往另一个地点，从一个钟点赶往另一个钟点。我们不在点与点之间停留，我们也找不到地方停留，也没有人鼓励我们停留。机器上每一颗螺丝钉都各就各位，或者假装各就各位，都不能去机器外游荡。

20 世纪 80—90 年代闯深圳的人，是一颗颗不愿再做螺丝钉的"前螺丝钉"。他们来到深圳，不是为了寻找另一台机器。他们不是来做螺丝钉的。他们是来找路的，找通往高山和大海的路，找通向自己的路。找得到就和一帮人一起走，找不到就自己动手开出一条路来。

他们不仅找到了路，也找到了"闲"：闲钱，闲暇，闲情，闲事。

慢慢地，他们就觉得需要一个空间，走着走着就可以在那里停下来的空间，在点与点之间可以停顿的空间。或一个人闲待着，或两三个人闲聊天，或一群人张罗点闲事，或和一位未曾谋面或久未见面的人说几句闲话，乃至发生一点闲情。那里可能没人等你，你也不必在那里等谁。那里可能没有你认识的人，有认识你的人的可能性也不大。那是你想去就去的地方，不用预约，不用敲门，随时都能宾至如归，随时都可兴尽而归。在那里，可看书，可聊天，可饮酒，可品茶，可喝咖啡，可吃简餐，也可什么都不干。那里不是家庭客厅，不是城市广场，不是书店，不是图书馆，不是单位会议室，不是宽街深巷，不是楼堂馆所，不是公司密室。那应该是中国传统社会中从来没有过的公共空间，是现代都市生活专为"城中人"打开的一片自由天地。这个空间装得下满世界所有的话题，但就是没有主题；装得下你所有的梦想，包括白日梦。

20 世纪末，深圳的城市化生活，到了可以开创这种空间的时候。

于是，2000 年，晓昱和她的朋友们就缔造了这样一个地方，起名叫"物质生活书吧"。

多少年之后，晓昱给别人推荐一本新书时说："看着一本杂志从 10 年前的难产到今天的蓬勃，人来了又去了，不知为何，我竟然想起的是自己 10 年前工作的电台，也是一帮人，在焦灼中等待，在开始时意气风发、充满想象，创办人马如今也都身在各方了，何其相似。"

那时候天下真大，可以由着你去闯。晓昱开始了她的书吧旅程，迄今已经 20 年。

3

世上凡超过两个字的名号都有简称的必要。

我起初很接受不了把物质生活书吧简称为"物质"，我自己喜欢称之为"书吧"。

可是有一帮人就是要喊"物质",黑天白夜地"物质"来"物质"去。

他们是故意的。

他们通过叫喊"物质"来抵达一种精神。

他们通过热爱"物质"来鄙视某种东西。

他们通过标榜"物质"来区别不同队伍。

来"物质"啊。

去"物质"吧。

在"物质"了。

学"物质"好了。

给"物质"啦。

那"物质"呢……

他们精神都很健康。他们没有"精神病"。

他们不过是得了"物质病"。

————

4

一个"物质病"患者的历程大概是这样的。

初期症状：把书吧当书店。犹犹豫豫，进得门来，直奔摆满新书的那个硕大台面。你熟悉这样的台面，它让你迅速和大学校园内外的书摊产生连接。浏览书时，书吧深处的碰杯声、谈笑声、寒暄声、争辩声、告别声，声声入耳，但是你以为那不是你的场子。你认定你的场子是新书台。选书买单之际，你瞥了灯红酒绿一眼，觉得那仿佛是一堵墙，生硬地弹回了你的视线。收回视线，你匆匆买单，匆匆离去。

中期症状：站着挑书变成坐着看书，一人选书变成多人聊书。来书吧次数多了，胆子也渐渐大了，终于也敢拿着本新书，找个座位，点杯啤酒或茶，边喝边翻。有时候会碰见熟人，有时候有人看你手里的书会过来聊天。聚在一起的人越来越多，人书俱醉的时候也就越来越多。到这个境界，跨进书吧门的脚步变得匆匆，变得像是在赴一场约会。进得门来，人虽然还是直奔新书台，但一书在手，目光早已扫遍书吧各个角落，不过数秒间，旧雨新知，谁在谁不在，已然尽收眼底。此夜书吧之旅，立刻有了路线图。

晚期症状：坐着看书变成坐着争论，小声聊书变成大声宣讲。病到这个地步，病友相互之间已经很熟了。大家经常见面，甚至每晚必到。见面不必寒暄，直接进入状态。交谈越来越少，争辩越来越多。桌上的书越来越少，谈书的嗓门却越来越大。时事更容易成为辩论的线索，乃至成为争吵的导火索。到最后，有人高僧枯坐，有人持书长啸，有人面红耳赤，有人泣不成声，有人袖手观虎斗，有人无招胜有招，有人早早呼啸而去，有人迟迟踉跄而来。书吧已成江湖，众人纷纷封神。

5

说起"封神"，要提网络。那时候，崭新的互联网世界刚诞生不久，书吧里的酒友忽然又成了网友，或者网友纷纷变了酒友。我们这些"网络移民"时兴玩论坛，每人都装模作样给自己起个网名，仿佛"封神"一般。晓昱化作"一生之水"，琳达甘愿做"温柔的骨头"，姜威本色不改当仁不让自称"登徒子"。若迎面过来几位女子，"登徒子"必会高喊一声："橙子"，你和"小雨点"到这里来，还有你，"伊萨贝拉花"，把"那么丹"和"青衣江"拉到我们桌，和"拔牙"有什么可聊的？

某夜在物质生活书吧醉醺醺讨论我该以何为马甲，朋友说，你的网名十分现成，就叫"OK先生"。我问缘由，朋友说，你天天满嘴OK不停，接个电话，OK不断，喝个酒谁让你干一杯都OK，给你商量个事你也是边OK边点头，闹得收银台小妹虽不知你名字，但凡你一进门她就边笑边偷着告诉老板娘："那个OK先生来了！"这不就是现成的昵称吗？大家哄笑过后，我自己还没拿定主意，其他人已经开始"OK""OK"乱叫了。

20年前，新千年开启，万象都争相更新，时代都新到了万事万物需要重新命名，于是每个人都在新世界有了新名字。

6

已知和未知都构成诱惑。"物质病"患者不仅天天期待和老友相聚，还期待着和什么人不期而遇。

关于不期而遇，我写过如下一段文字：

几个月前我看凤凰卫视的专题片《热火巴格达》，记住了巴格达市中心的一条小街。主持人陈晓楠在片中说，这条街叫作木塔那比街，是以一位著名诗人的名字命名的。她说，每到星期五清晨，这条小街就会熙熙攘攘起来；"特殊的生活催生了另一个市场的繁荣"——这里是巴格达的旧书市场。陈晓楠说，经过长达 12 年的制裁，这个旧书市场成了一处"独特的风景"。我因此对这条小街大感兴趣，无奈电视画面一闪而过，我当时看得清楚，事后却记不真切。过了一段时间，我和陈晓楠在物质生活书吧不期而遇。我对她说，我当然也关心伊拉克人的悲惨处境，可是战火中书的命运也值得关注，那正是爱书人看世界喜欢瞄准的角度。关于那条小街，我说我想知道得更详细一点。陈晓楠说，我传一份资料给你吧。这些天来，与伊拉克战争有关的资讯铺天盖地，我起早贪黑地看电视读报纸，渐渐地有些厌倦了，于是又想起陈晓楠传过来的《热火巴格达》文字版。解说词中有一段话，我当时听的时候就觉得古今往往形同天壤，今天读来更觉世事无常："伊拉克一定是神灵最宠爱的一方水土，万顷石油之上，又一下子赐予它两条大河。不少人坚持认为，这里是地球上最适合人类生存繁衍的地方。伊拉克人也一向被看作是阿拉伯人中最骄傲的一群，他们喜欢沉浸在对辉煌往昔的夸耀之中，喜欢沉浸在对卓越前辈的赞叹声里，但是前辈们恐怕很难理解后世子孙今天的窘境……"

每个"物质病"患者都可以列出一个长长的"物质生活书吧不期而遇名单"。我的名单上起码有张五常、刘再复、薛兆丰、杨锦麟、李欧梵、邱立本等等。

7

最激动人心的不期而遇，是在书吧遇见龙应台。

"物质病"患者当年谁没有读过龙应台的《野火集》呢？谁不能张口就说出那一句"中国人你为什么不生气"呢？那真是一场"好看"：看她的文字在台湾一纸风行，看她的读者在大陆风起云涌，看她的犀利在自己心里开疆拓土，看她的思考在我们阅读的疆界内横冲直撞。我们从此追着看她的书，看《人在欧洲》，看《写给台湾的信》，看《美丽的权利》，看《孩子你慢慢来》，看《干杯吧，托玛斯曼》，看《百年思索》。

可就是没有看过她本人。

她是风风火火的女强人，还是伶牙俐齿的女斗士？是长了一张不可一世的脸吧，还是言行举止皆冰冷生硬难以接近？看她文章的用词，高声大嗓那是必需的……

结果，她竟然不是这样的。

她竟然是温文尔雅的。

2003年11月的一天晚间，她意外地出现在物质生活书吧。另一位"物质病"患者记录下了那天晚上的见闻：

　　"龙卷风"的印象深入人心，大家却没能看到一个张牙舞爪的龙应台。当身穿橙粉色毛衣的龙应台被人群和镁光灯簇拥进来的时候，想必每个人都是有点暗暗吃惊的。不仅是橙粉色的毛衣，更有她脖子上系着的一条乳白色丝巾，妩媚而不张扬，恰到好处。而当她一开口，那一腔标准的普通话更是让人吃惊："我还是不再演讲了，因为一下午讲了几个小时（指当天下午应深圳'读书月'组委会邀请作的一个演讲），再说你们下面桌上都有吃有喝，我却什么都没有，这很不公平啊，所以还是和大家交流吧。"她用这样的调侃开了头。

　　有人问到龙应台现在的"焦虑"和18年前《野火集》时期的"焦虑"有什么不同，她说，以前焦虑的主线是专制和自由之间的问题，而现在这三四年，她所焦虑的是国际化、全球化、现代化等大的复杂概念和自己文化的安身立命两者之间的平衡点的问题。

我问：有许多作家或学者都表示自己的生命中有一本书，每年都会读一遍，您生命中的这本书是什么？

龙应台答：《庄子》。

8

都知道书吧有一面"陶字墙"，那是相当有创意的设计。所选字词皆是 2000 年的流行语。20 年间几番装修，这面字墙还在，显得不再生机勃勃，因为它们早已经不在我们嘴边了。不过，那仍是深圳城市文化史上的一份视觉创意文献。

前 10 年的书吧，文化氛围浓厚得像一家媒体。这里不仅接纳各种声音，也固执地发出声音。记得我主编《深圳商报·文化广场》期间，晓昱曾经在读书类版面上开辟专栏，推荐新书。如今我们读读晓昱当年选的那些新书，它们的书名都很有趣，这何尝不是那个时代的流行语，又何尝不是物质生活书吧的另一面"字墙"：

　　《神祇·坟墓·学者：欧洲考古人的故事》《卡布其诺》《梅兰芳画传》《重返艳阳下》《范曾谈艺录》《城市漂流》《我们已经选择》《傅聪：望七了！》《留德十年》《中国独立纪录片档案》《中大往事》《可爱的骨头》《包围城市》《李叔同说佛》《新锐期刊势力》《中国女性主义》《艺术的故事》《苦涩的名声》《话经济学人》《混沌》《没有一条道路是重复的》《职场红楼》《门萨的娼妓》《百合·飞鸟·女演员》《大剧院的故事》《这书要卖100万》《美国理想》《杜伊诺哀歌》《德国印象》《穿越仇恨的黑暗》《凡·高的背德酒馆》《城堡的故事》《帝国政界往事》《红楼十二层》《痛经》《抓痒》《爱我就像没有明天》《妻子是什么》《书楼寻踪》《言言斋性学札记》《双子座：对话中的王小慧》《内战结束的前夜》《切·格瓦拉画传》《观看之道》《有关品质》《遁词》《你的表情很南美》《拙

匠随笔》《1405：郑和下西洋六百年祭》《关键词》《失焦》《爱上葡萄酒》《毕加索时代的蒙马特高地》《正如你所看到的》《小人物日记》《安徒生剪影》《巴黎情人》《三联生活周刊十年》《没时间失恋》《你喜欢萨冈吗？》《尧臣壶传》《风流故居》《心事》《时间的玫瑰》《法国电影新浪潮》《我的哈佛岁月》。

9

后来我很少去"物质"了。甚至现在也很少泡这"吧"那"吧"了。手机给每个人提供了无边无际的崭新空间，我们纷纷把"泡吧"变成了"刷屏"。

不过，城市还是需要像"物质"这样的空间。这间书吧经过20年，业已蝶变为一本书。书中的章节千奇百怪，因人而异，且难以数字化，无法批量上传。你在手机上找得到深圳所有的书吧地址，但是找不到当年"物质"中的你。

一个城市，需要很多这样的既老又新的空间。它是用来回忆的，是用来寻找你自己的。

前几天去"华强北"一家酒店赴约，乘观光电梯直上36楼。梯中仅我一人，异常安静。我似置身于摩登大厦的玻璃橱窗之中，孤悬楼外，缓缓上升。时正傍晚，夕阳西下，蓝天白云，忽然静止，一分钟左右时间内，四周阒寂，全城无声。向外望去，路边的栋栋高楼，渐次矮下去、矮下去；平日里躲在楼群之中的名不见经传的楼，倒一一浮了上来。城市似在折叠中伸展，又像倾斜着打开。待这个"玻璃盒子"稳稳停在最高层，我眼中的这座城市已变得一片陌生。

这是深圳？

在地面行走，我们很容易发现"消逝的深圳"：一座大楼忽然不见了，一间饭店突然关门了，街角的大树一夜间没了踪影，诸如此类。可是，在高处，在云端，铺排在你眼前的，是"速生的深圳"。速生速亡之际，我们在熟悉和陌生之间穿越，时时不知身在何处。我们是街上顺水漂流的影子，总希望有个"熟悉的岛屿"能够接引我们上岸；在那里，我们不用穿越，就已经回到了回忆中。

那一刻我看不见百花二路，但是我知道，物质生活书吧还在那里。

深圳"4·23"小记

1995年11月15日，联合国教科文组织正式确定每年4月23日为"世界图书与版权日"。这个名称国人大概嫌太啰唆，于是争相自行简称。有一段时间都说成是"世界图书日"，从今年的情形看，"世界读书日"大有成为"定名"之势，"图书与版权"云云提都没人提了。

如今联合国教科文组织倡导的事，我们这边大都积极响应，尤其争取各种名号的热情更高，甚至竞争还很激烈，比如全球创意城市网络（设计之都、文学之都、美食之都……）、自然遗产名录、非物质文化遗产名录等等。

不过，1995年那会儿，虽然已有了"世界图书与版权日",但大家似乎很少听说,4月23日这一天依然普普通通。充其量我们会在国际报道中读到一点与此有关的资讯,但也不甚在意,觉得那是联合国一帮人搞出来的花样,没必要认真对待。果真一本正经把"4·23"当节日过,那差不多是10年以后的事了。

1

深圳的情况亦复如是。趁今年"4·23"之际,我想以深圳媒体多年来积累的资讯数据为基础,简单梳理一下深圳人与"4·23"相遇相知、互动互爱的历史。

事情要从1999年说起。那一年的8月,当时的文化部向中央有关部门打报告,申请在每年的12月22日及其前后一段时间,举办"中国读书节",以促进全民读书活动。注意,是"全民读书",不是"全民阅读"。现在中国并没有"中国读书节"这样的节日,可知当时这一申请并未获批。

文化部提出此项申请的理由有四:

其一，当时的中央领导人于 1998 年 12 月 22 日视察过国家图书馆，倡导"大兴学习之风"。

其二，现在世界上有许多国家都设立了全国性的读书节。联合国教科文组织也已规定将每年的 4 月 23 日确定为"世界图书与版权日"。

其三，30 多位全国人大代表早在 1992 年就提交过举办读书节的议案。

其四，中国图书馆事业近 10 年内飞跃发展，平均不到 4 天时间就建成一座新的图书馆，当时全国已有公共图书馆 2600 座，且出版界每年出版图书已高达几十万种，设立"中国读书节"的时机已经成熟。

《深圳特区报》1999 年 8 月 15 日以《文化部申办"中国读书节"》为题登载此消息。以我现在掌握的资料，这是深圳报纸第一次披露有关"联合国教科文组织将每年 4 月 23 日确定为世界图书与版权日"的资讯。

中国将有"读书节"这事，当时的媒体纷纷转载央媒消息，算是个不大不小的热点话题。那还是报纸和电视为主的媒体时代，还没有"新闻炒作""话题营销""大 V 转发""头条热搜"这些名堂，新闻该冷的冷，该热的热，冷热转换的节奏也慢得很，以至于读者并感觉不出一条新闻有多冷或者多热。"读书节"的新闻就这样过去了，以后再没有人提起。

但是，这条新闻的一大亮点，就是透露了世界上有个"图书与版权日"。我稍感意外的是，对这个日子，号称热爱阅读的深圳人也并不比其他城市的人知道得更早。当然，知道了又怎么样呢？知道了也就知道了，仅此而已，"4·23"还是普普通通的"4·23"。

2

转眼到了 2000 年。新世纪来了，"千年虫"没来，大家长出一口气，所有的日子陆续到来，世间的生活继续精彩。

深圳还是没有人提"4·23"。

唯一的亮点发生在 2000 年 4 月 21 日的晚上。此晚《深圳特区报》的夜班编辑或许是个爱书人吧，选用新华社的图片时，灵机一动，选了新华社记者郭勇发自柏林的图片，题为《世界图书日》。图说文字为："4月20日，世界图书日活动在德国柏林世界文化中心举行。柏林儿童和青年文学中心为少年儿童准备了丰富多彩的节目，使他们感受到各国文化的魅力。图为德国版画和插图画家曼弗雷德·博芬格为孩子们画画。"

对"4·23"而言，深圳的2000年是个漫漫长夜，只有4月22日见报的那张图片，像流星一样划过。然而，就在那一年的11月，深圳全民阅读的盛大节日——"深圳读书月"，红红火火地上演了。从现在看过去，那年的"读书月"是如今已长达20多集的全民阅读大戏的第一集，主角开始陆续登场，日后情节繁茂的故事都已开始生根发芽。

所以事情就有点奇怪了：深圳号称是向世界开放的国际性城市；深圳人如此热爱阅读；1996年11月深圳成功举办了第七届全国书市；1997年起深圳一批有识之士开始呼吁在深圳设立读书节庆……所有这些都和"4·23"的旨趣非常接近，可是媒体上却见不到有人讲讲"4·23"的故事。

是有人讲了而媒体不知道？还是压根就没有人知道"4·23"这回事？

更奇怪的事情发生在2001年。这一年的3月1日，《深圳商报》登了一条"文化短波"，报道了深圳书城举办图书展销月的消息。消息说：

　　3月1日是"世界图书日"。为了让更多的人对它有所了解，深圳书城将从3月1日起，用一个月的时间，与中国人民大学出版社联合举办"图书展销月"。据了解，参加这次纪念活动的还有上海书城、北京图书大厦、广州购书中心。深圳书城负责人透露，这次由该出版社提供的图书有250多种，达1万余册，包括了教育、社科、文化、文学、儿童读物等十几个类别。

3月1日是"世界图书日"？这是从何说起呢？消息没有解释这个所谓"世界图书日"的来源，却又说"为了让更多的人对它有所了解"。20年后的今天，我仍然未能了解，3月1日的这个"世界图书日"，究竟是哪个世界的"图书日"。

3

2002年，深圳媒体上仍然没有"4·23"在本地活动的任何动静，估计其他地方亦如是，一位叫曲志红的新华社记者终于看不下去了，于是特意在4月23日当天发了一篇稿子，题为《让我们为读书而欢庆》。稿子开头就点出了让人尴尬的事实：

> 今天是"世界图书日"，这个创立7年的国际性纪念日在拥有世界最多读者的中国是如此陌生，以至于今天前来西单图书大厦参加活动的许多嘉宾和记者，也是第一次听说。

记者紧接着告诉我们："几年来在世界100多个国家，

已经有千百万人在这天参加了各种各样的图书宣传活动，尤其是在西班牙，每年的 4 月 23 日，人们走上街头欢庆、游行，大街小巷布满书摊和玫瑰花，售出的每一本书都附赠一枝芬芳的玫瑰。"

记者说自己很困惑：不是因为大家不知道这个纪念日，而是因为，作为最古老文明的发祥地之一，作为构成图书基本要素的造纸和印刷术的发源地，作为当今人口最多也是年出书品种最多的国家，我们似乎从来没有把"读书"视为一种欢乐的行为。

原来这位记者"醉翁之意不在酒"，其真正感到痛心的，是国人的"阅读观"：无论是"万般皆下品，唯有读书高"的古训，还是"知识改变命运"的新说，读书永远和种种"功利""目标"相联系。文章认定满足精神需求才是读书的真正意义，也是我们为阅读设立节日的理由。

说到节日，记者的笔触又回到"世界图书日"，并顺便爆了一个今天看来有里程碑价值的猛料：为了让我国读者认识和熟悉这个日子，中国书刊发行业协会与中国出版集团和北京新华图书有限责任公司第一次在中国举行了小规模的宣传活动，赠书、展书，并举办读者、作者、出版者座谈会。

文章以抒情笔调结束："'4·23'世界读书日，是三位世界文豪塞万提斯、莎士比亚、维加逝世的日子，也是春暖花开的日子。"

这篇稿子写作很讲究，问题也抓得准，语言也很不"新华体"。4月23日，这篇电稿在神州上空飞翔，希望自己能多多落地，变成第二天报纸版面上盛开的书香之花。我不知共有多少家报纸用了这篇稿子，我只知道，根据数据库资料，深圳没有一家报纸采用这篇《让我们为读书而欢庆》。

当然，我们依然热热闹闹地搞自己的"深圳读书月"。深圳人已经为读书欢庆了很多年了。

只是我们和"4·23"相遇还不相识。

4

我们终于等到了这一时刻：深圳报纸上开始有人直接谈

论"4·23"了。

准确地说，我们没有在 2003 年的"4·23"等到关于"4·23"的声音，但《晶报》在 2003 年 4 月 28 日发表了一篇随笔——《幸福的读书人》，其中作者自然且熟练地谈到了"世界图书日"。此时本年度的"4·23"已经过去了 5 天。是作者上阵仓促，还是编辑发稿耽误？抑或错过了正日子匆匆弥补？不得而知。

这篇文章先谈论读书的庄严，说不读书既没有美可言，也没有幸福可言，也没有尊严可言。之后，"世界图书日"出场了：

　　4 月 23 日——世界图书日，有人也称之为世界读书日，这天既是作家塞万提斯的忌日，又是诗人莎士比亚的诞辰。世界图书日起源于西班牙的巴塞罗那，自从 1995 年由联合国教科文组织设立以来，已经有 100 多个国家，给了它百分之百的重视和礼遇。

作者把话说得很"满"，其实，所谓"100多个国家百分百重视和礼遇"也就是逞一时口快而已，如何去证明呢？怎么重视才算百分之百重视？

不过，作者的另一个说法就更"满"了：

> 我相信，人有两个生命。一个是物质的、肉体的生命，一个是精神的、智慧的生命。物质的生命每个人都不尽相同，而精神生命的出生日是4月23日——世界图书日。

作者竟然给我们每个人规定了"精神生日"，这实在有点"乾纲独断"了。可是，这毕竟是深圳报纸上第一篇谈论"4·23"的文字，用力猛一点我们只好谅解。作者也许认为，不把话说得饱满一些，不把声音调得高亢些，不把情感表达得浓烈些，就不足以迅速填补几年间媒体"失语的空白"吧。

再考虑到《晶报》彼时才创刊两年多，正是激扬文字、挥洒热血的黄金年华，"阳光媒体，非常新闻"是晶报人的旗帜，新锐、先导是晶报人的使命。他们能够率先谈论"4·23"，在深圳媒体上发出自己的声音，已经非常难得。那时我还没有去《晶报》任总编辑，而是在《深圳商报》主编《文化广场》周刊。我不得不承认，《文化广场》本来应该率先谈论"4·23"的，但是很遗憾，本主编当时也对这个节日所知甚少。好在一年以后，情况就变了，"4·23"俨然在深圳落了户，而促成这一变化的，正是《文化广场》。

虽然"4·23"在 2003 年尚未在深圳落地，但是深圳人又实实在在有了自己的读书节庆。"深圳读书月"已经办到第四届，深圳读书论坛已然声名远播，每年集中在 11 月的千百项读书活动早让其他城市的朋友们惊诧莫名。而且，深圳的"文化立市"战略已经付诸实施，"让一座城市因热爱阅读而受人尊重"的口号也已经响亮地喊出，深圳人的阅读热情年年引爆，这座城市还需要"4·23"吗？

似乎是为了呼应这一问题，《深圳特区报》发表了一篇题为《在节庆中阅读》的文章，首次把"深圳读书月"和

"世界读书日"相提并论，作者王文也因此成为第一个在《深圳特区报》上谈论"4·23"的记者。不知是否有意为之，这篇文章的发表日期虽不在 4 月 23 日，却恰巧是 11 月 23 日。

王文先认定"深圳读书月"是长达月余的读书节庆，而这样的节庆"即便在我们这个诗书礼国"似乎都不曾有过。然后她笔锋一转，开始非常细致地介绍"世界读书日"：

> 自 1995 年起，联合国教科文组织将每年的 4 月 23 日定为"世界读书日"。据称"世界读书日"源于 1926 年的西班牙巴塞罗那。那年，西班牙国王将 10 月 7 日塞万提斯的生日定为"西班牙自由节"。1930 年，庆祝活动移到 4 月 23 日———塞万提斯的忌日。在西班牙文化出版业中心的巴塞罗那，每到这一天，女人们就给她们的丈夫或男朋友赠送一本书，而男人们则回赠她们一朵玫瑰花。如今，每年的这一天，当地的书价减价 10%，而玫瑰花则价格陡涨。这个充满书香又浪漫的节

庆活动最早被日本人接受，后慢慢扩展到其他国家。更为巧合的是，4 月 23 日又是英国伟大作家莎士比亚的辞世纪念日。所以联合国将这一天定为"世界读书日"不无道理。

这段文字堪称彼时深圳报纸上对"世界读书日"最详尽的介绍，尤其讲到巴塞罗那，讲到书与玫瑰。作者接着罗列英、德、法、美诸国的读书节庆，最后的结论是：

在世界读书节庆风起云涌之时，深圳的加入似乎正逢其时。

从她本文的逻辑看，她似乎觉得深圳有"读书月"也就够了，已经和世界诸国读书节庆同风起共云涌了，至于世界上的读书节庆是否能在深圳落地，也都不太重要了。

————

5

2004 年终于来了。也就是从这一年起，深圳有了配合 "4·23" 的图书活动，"世界读书日" 终于在深圳落了地，从此一发难收，一年更比一年红火，渐渐有了满城争说 "4·23" 的气象。

不得不在这里严肃地说一句：这与《文化广场》有关，自然也和我有关。

2004 年，我正在主编《深圳商报》的《文化广场》周刊。4 月初，策划 "旧时月色中的赵丽雅" 专题时，我读到一篇新闻稿，题为《谁是英国最爱读书的人》。导语如下：

日前，英国为庆祝 "世界图书日" 而对人们的阅读习惯进行了一次调查。调查结果十分出人意料：会计师是在业余时间里最爱读书的人，而阅读亚军则是从事秘书行业的人。

————

这可是新奇。接着看：

　　调查显示，会计师们平均每周会花 5 个半小时来读闲书，他们最喜欢的作家是简·奥斯汀和托尔金；秘书们每周读书将近 5 小时，他们的最爱也是简·奥斯汀；厨师和教师并列第七，时间是 4 小时 27 分钟，其中相当部分阅读时间是在厕所里；神职人员是 2 小时 40 分钟，幽默读物深得他们青睐；政客们每周读书时间不到 1 小时，他们的兴趣在于其他政客撰写的传记或历史著作，还有就是励志书籍。几乎所有行业的人都把《指环王》和《傲慢与偏见》列入了心爱书籍的名单，唯一的例外是新闻记者———他们最喜欢的是加西亚·马尔克斯的《百年孤独》。

　　真是愈看愈奇：新闻记者最喜欢《百年孤独》？秘书们最爱读简·奥斯汀？最奇的是："世界图书日"是个什么节日？

我得坦白承认：在那之前，我对"4·23"几乎一无所知，本城兄弟媒体谈论"世界图书日"的文章也一概没有看过，一看竟然有这么一个日子，马上就去 Google 搜索一通——如此有来历、有故事、有情调的"世界图书日"，咱们得过起来啊！距 2004 年的"4·23"还有 10 来天，得抓紧了。

我先请当时深圳发行集团的总经理陈锦涛、副总经理何春华来商报迎宾楼吃饭喝酒，席间说这"世界图书日"深圳真该好好过，买本书送一枝玫瑰这是多好的组合啊，今年恐怕来不及了，"4·23"说到就到了。陈锦涛说这有什么来不及的，不是还有 10 来天嘛！何春华说，咱说干就干你就等着报道吧。

好！

4 月 17 日，我的专栏文章《谁送我一枝玫瑰花？》见报了。既然"4·23"的知晓度不高，我只好利用搜来的资料，从 abc 讲起：

写下这样一个题目，难道是在征婚或者寻情吗？呵呵，不是！

再过几天，就是 4 月 23 日。那一天，每一个读书爱书的人，都应该得到一朵或赠给别人一朵玫瑰的。可是过惯了"情人节"、备受玫瑰涨价之苦又难舍给佳人送花之乐的人不免要问：难道还有另一个"情人节"？

不是"情人节"，是"世界图书日"（World Book & Copyright Day，又有人译为"世界阅读日""世界书香日""世界图书和版权日""国际读书日"等等）。1995 年 11 月 15 日，联合国教科文组织正式通过决议，宣布自 1996 年起，每年的 4 月 23 日为"世界图书日"。这个倡议由西班牙政府提议，联合国教科文组织全体成员一致接受。

图书与玫瑰又有什么关系？据有关报道，4 月 23 日是西方的"守护日"，这一天在西班牙有赠送玫瑰和书给亲友的习俗。教科文组织接受西班牙提议的同时，把他们的玫瑰也"留"下了。教科文组织希望，每年的

4月23日，所有成员都应该多搞活动，赠书和玫瑰花，办文学沙龙，请作者签名售书，推进图书的生产和传播，唤醒人们对图书和版权的重视，尤其是让青少年重拾阅读乐趣。

从此，每年的"世界图书日"，很多国家都举办很多活动，花样百出，书香浓郁。人们集会演讲，设坛对话，比赛作文，相互赠书。西班牙更是大街小巷布满书摊与花摊，还有游行庆祝、新书发布。马德里甚至还举行过"阅读马拉松"活动：邀集百位作家参与，每人两分钟，朗诵小说《堂吉诃德》。据说德国人还做过一件更绝的事——出版速度最快的书：邀请40位作家在限定时间内各自独立完成即兴命题作文，交稿后，出版社以最快的速度编辑、印刷、发行，这一切在一天内完成。活动参与者包括作家、编校人员、印刷装订工人、出版社成员、运输工人、活动承办者、书评家。全部图书销售所得捐赠给一个名为Cap Anamur的救援组织，用于资助阿富汗的一所女子学校购买教科书。每位作者不领取稿酬，只取样书一本，以作纪念。这本书的名字叫《速度——世界图书日之创造性冒险》。96页的薄薄小册子定价高达20欧元，但事关慈善，书本身又极具收藏价值，因此销售速度十分惊人。甚至图书尚在印刷厂之际，网上的竞拍已经开始了，价格一路攀升……

……前几天我请深圳书城的陈锦涛、何春华两位老总小聚，谈起此事，我说送玫瑰啊什么的今年可能来不及了，明年就应该让深圳的大街小巷在"世界图书日"飘满玫瑰香和书香才对。他们说他们今年就想搞点活动。好！我这里敬他们一杯"文字红酒"，祝他们成功。

网络上搜"4·23"时我还搜到一篇2003年发在《中华读书报》上的文章《世界图书日的悲哀》，是一位新华书店员工写的。我在文章中引用了让他觉得"悲哀"的数据：图书日的推广，仍需时日。就算是全国以此为生的50万书业人员，相信也不会有超过5%的人知道这个"节日"的缘起和理想。中国城市的居民，图书消费大概只占其人均可支配收入的 1.9%，另有几千万居民依然锁定在"身上衣裳口中食"的消费层次上，还有一亿多民工几乎没有图书消费……

那时候报纸还是有许多人看的。我的提倡"世界图书日，买书赠玫瑰"的文章发表后，各方都有些反响，我因此乘胜追击，写了一篇《这个日子有点浪漫》，发在 4 月 24 日的《文化广场》上：

上周我在这里写《谁送我一枝玫瑰花？》，希望各界能关注"世界图书日"，让书香和玫瑰香在 4 月 23 日这一天四处飘溢。深圳书城的负责人在电话里说，今年虽然时间紧，他们也还是准备了几个活动：他们专门刻了"世界图书日"纪念章，届时会在部分赠书上加盖；他们也准备了一些玫瑰花，等着献给爱书的人；他们还打出了标语，"世界图书日：让我们共同分享"。深圳终于开始有了一点"世界图书日"的气氛了。

中国出版协会的一位负责人在北京打来电话，说中国版协恰好在今年"世界图书日"启动一项"书香工程"，4月23日上午10点有一个启动仪式，每个与会人员签到时都会获赠一枝玫瑰花，仪式上还会点燃书香圣火。

　　一位朋友发来电邮，说似乎还有一个儿童的什么国际图书日，让我帮着查查。是有一个"国际儿童图书日"，时间是每年的4月2日。1953年，国际少年儿童图书联盟（International Board on Books for Young People，简称IBBY）成立，中国则是在1986年才加入这一国际文化交流组织。该组织1967年决定，每年的4月2日为"国际儿童图书日"（International Children's Book Day，简称ICBD）。"但是，"中国的一位儿童作家说，"这一个全世界孩子的节日，在我们这里却无声无息，我们甚至不知道，该由哪一个部门告诉孩子，并为孩子们安排这个不同寻常的节日活动。"

文章结尾我继续感叹：

————

三位巨匠在同一天随风而逝；生养他们的时代结束了，阅读他们的时代延续至今，并随一年一度的"世界图书日"延至久远。读书，读闲书，读古典经典之作，在今天成了一件奢侈的事，所以显得浪漫，加上有人大力提倡随书相赠玫瑰花一枝，更浪漫得像在擦肩而过的钢铁森林中寻找人约黄昏后的后花园。设立一个节日其实是明确一种提醒，"世界图书日"想要唤回的，是在"生存列车"的呼啸声中我们久违了的阅读乐趣，想要抓住的，是网络天地里我们忧心忡忡的书籍的未来。在这意义上，"世界图书日"和"情人节"真没什么两样，即使没有浪漫的玫瑰出场，也一样。

6

2005 年，深圳的"4·23"更加红火。不仅书店卖场的活动名目繁多，连座谈会也有声有色地开起来了。时任深圳市委常委、宣传部长的王京生让昌龙和我召集一帮读书人聚会聊天，还说：你们记住，以后每年的"世界图书日"，要想着把大家叫到一起谈谈书；上半年"4·23"，下半年"读书月"，这两个节都得过，要形成新的传统。

我电脑文档里存了一份2014年4月22日我参加"4·23"座谈会的发言提纲，如下：

一、关于全民阅读的理念

1）是一项城市发展战略。

2）是一项"总统工程"、政府工程：在国外，阅读被当作"总统工程"，美国、法国、德国、日本等国家都由元首、王室出面倡导阅读。

3）是一系列需要制定政策来扶持的行动。我们谈的不是私人阅读。全民阅读工程要讨论的，不是要求全民一定要阅读什么，而是政府应为推进全民阅读做些什么。

4）应考虑组建全民创意与阅读联合会。

———

二、全民阅读从孩子抓起

联合国教科文组织于 1994 年颁布的《公共图书馆宣言》明确指出"公共图书馆的使命"第一条为："养成并强化儿童早期的阅读习惯。"第四条为："激发儿童和青年的想象力和创造力。"

可借鉴英国政府的"阅读起跑线"计划：英国政府拨款数千万英镑资助"阅读起跑线"项目，给每一位妈妈和低幼儿童发放内含绘本、笔、贴纸等的大礼包，这一项目已经被全球 20 多个国家和地区借鉴，中国香港、台湾地区都已引进。英国还有"1 英镑购书计划"，每个孩子都可以领到 1 英镑，去书店购买指定的、定价为 1 英镑的图书。

三、提升现有读书活动的国际化色彩

交流的地区越多、越广，城市的国际化程度就越高。

应考虑发布深圳年度全民阅读报告。

应推出国际化的出版物。

深圳的全民阅读活动应在本土之外的国家或地区有影响力。

深圳能否设全民阅读日？能否举办深圳全民阅读国际论坛？

深圳读书论坛的嘉宾邀请要国际化。

可以编辑深圳全民阅读年鉴（中英双语）。

可以考虑举办亚洲书籍艺术展。

现在重读发言提纲，感叹当年我竟然对推动深圳的全民阅读有这么多的想法。

俱往矣！

7

2004 年以来，深圳的"4·23"活动渐成定例，记不胜记，好在报网数据都在，我大可以一跃而过了。

深圳另有两件事与"4·23"有关，值得在此一记：

其一，1917年4月23日，袁庚出生。

其二，1983年4月23日，深圳举办首届"深圳书市"。

夜书房"深圳 40 年 40 本书"

小序

2020 年 7—8 月，应深圳坪山区委宣传部、坪山图书馆邀请，我用 4 个星期六的下午，在"明新大课堂"开讲"深圳阅读史话"，前后计约 10 个课时。我不想用什么"史论 + 史例"的套路正儿八经讲历史，而想借"40 年 40 本书"这一媒体策划惯用的打法为"壳"，来达成"以书籍证史""以阅读解史"的初衷。我的方法，是先按自定标准，将深圳的 40 年分为 4 个时段，然后在每个时段的出版物中筛选出 10 种符合我"自定义"的书。所谓"自定义"，就是如下几条

选书的"杠杠":

1. 与深圳有关;

2. 我有话可说,最好多多少少曾亲历亲见亲闻,至于亲身参与编辑出版的书籍则更优先考虑;

3. 书里书外书前书后要有故事,且这些故事能够勾连或钩沉出一段深圳史实、人物或掌故;

4. 目前适合讲述。

为博采众议,每堂课我都会提供一份由 11 种书组成的"预选书单",一一讲述入选理由,然后交予学员讨论,希望他们各抒己见,讲清楚应该去掉哪一种,以最终形成本堂课的特定年代 10 本书书单。群书在前,本本入眼,学员们当然各有所爱、各美其美,舍此留彼的理由往往出人意料,有交流也有交锋。如此一而再、再而三、三而四,深圳 40 年 40 本书单渐渐成形。

需要说明的是,结课时曾经公布的书单中有杂志两种,一为《现代摄影》,一为《深圳青年》。我对这两本杂志有偏爱,它们在深圳文化品格的形成过程中贡献可谓大矣。不过，也有人说，它们毕竟是杂志，列入书单中有标准不统一、体例不合适之嫌。思量再三，决定忍痛割爱，用《新概念英语》《经济学讲义》代替它们的位置。关于这两本杂志，我将来再专门写文章，以弥补此遗憾。

2020 年 8 月 19 日

给坪山"明新大课堂"写的课程简介

打开一座城市的历史，激活市民的往日记忆，可以有多种方式，最常见的是梳理政治史、经济史、社会史乃至时尚史、风俗史、建筑史等等。我在"明新大课堂"开的这门课，叫《深圳阅读史话 2020》，顾名思义，我想和坪山的读者一起，经由梳理相关书籍的生产与传播，从阅读史角度重新走进深圳特区的 40 年。一座城市的阅读史，其实就是这座城市的心灵发育史与精神成长史。发掘和梳理城市阅读史，可以发现平日较为沉寂的历史侧面，唤醒曾经深刻影响过我们的文化场景，再次清晰地听到储藏在历史深处的声音。我会从自己的阅读视角，选择40种和深圳历史产生过"重度连接"的书，讲述书里书外、书前书后的故事。我希望以书为路标，铺一条穿越时空的"书路"，让我们有机会可以再次贴近这片土地，辨认深圳成长的年轮与细节，重温那一次次的披荆斩棘，一次次的波澜壮阔。此门课程不仅原创，还是初创，远远谈不上是中规中矩的阅读史，所以名之曰"深圳阅读史话"。

书单

1.《第三次浪潮》

［美］阿尔温·托夫勒著，朱志焱、潘琪、张焱译，生活·读书·新知三联书店1983年3月第1版

入选理由：

1984年元旦前后，北上广有很多人都在谈论《第三次浪潮》，而深圳人似乎更喜欢这本书。《深圳特区报》上的文章

说，从官员到企业家，深圳人"浪潮"不离口，书店里托夫勒的书都卖断了货。深圳大学还组织专题培训，播放影片，呼吁改革者们摩拳擦掌迎接信息文明。

相关文献：

我在"夜书房"公众号写过一篇《第三次浪潮：故事开始了》，录在这里。

"人类的历史远未结束，人类的故事不过是刚刚开始。"说得多好！我用铅笔在这句话下面重重地画上一道线。

这是 1985 年夏日的一天。如今我已经记不起究竟是哪一天，只能顺着书中字里行间的蛛丝马迹，断定那是"1985 年夏日的一天"。那天，我开始读《第三次浪潮》。

"巨大的浪潮汹涌澎湃，遍及今天的世界。它往往以不同寻常的方式，创造人们工作、娱乐、婚配、生儿育女和颐养天年的一个全新的环境。"

原来这样啊！汹涌澎湃！不同寻常！我的铅笔忍不住又在这几句话下面唰唰画线。

我说得如此肯定，是因为1985年我读过的那本《第三次浪潮》，此刻，2020年11月22日22点01分，就摆在我面前。

几个小时前，我刚刚从深圳飞到杭州，参加深圳报业集团组织的一个培训班。出发前在办公室拣择随身物品，照例犹犹豫豫带什么书出门好。我首先选了《知识大融通：21世纪的科学与人文》（爱德华·威尔逊著，梁锦鋆译，中信出版社，2016），然后，忽然决定，要带上那本35年前在京买的《第三次浪潮》。书就在办公桌对面的书架上。那里不仅有旧版《第三次浪潮》，还有新版、香港版、台湾版，还有几种当年刊登此书书评的杂志，也就是说，那里有一个"浪潮专题"。

这个专题的形成，皆因2020年7—8月，我在坪山图书馆开讲"深圳40年40本书"时拟定的一份书单。我把《第三次浪潮》选入了这个书单，且准备搜集相关材料，从阅读史角度梳理来龙去脉。得互联网之助，没有费太大力，这个小专题就初具规模了。

我想写一篇长故事，详述《第三次浪潮》一书在中国的引介、翻译、流行、畅销与影响，尤其此书在深圳的旅途与命运。我会从我自己与此书的相遇开始，钩沉出早被岁月掩埋的"浪潮故事"，还原那个时代美国的一本未来学新书突然在中国各界走红的一幕幕奇异场景，并探究其何以至此。

"好吧，现在可以开始了。"我抽出那本封面封底污渍斑驳的《第三次浪潮》，放进背包前特意打开封面，确认扉页上有我当年买回新书后志得意满的签名。

"洪侠 1985 年 4 月于北京"。

就是它了。一个长长的故事，就从 1985 年 4 月的这个签名开始。

2.《深圳书市》

书市展销图书目录，深圳博雅画廊、中华书局香港分

局，1983 年 4 月印制

入选理由：

早在 1983 年，深圳人就开始办书市了。首届"深圳书市"专门展销港台图书与海外图书，品种过万，规模空前。翻这本目录，你会惊讶地发现，曾经有那么多繁体版、英文版的图书，在改革开放的早春年代就来到深圳。其中有些书在当时都还只是"传说"，今天即使在香港也都难得一见。

3.《新概念英语》

　　［英］L.G. 亚历山大编，Longman 原版，香港引进版

入选理由：

"新概念英语"先是从英国来到中国香港，然后自香港经深圳走向全国。数十种"新概念"原版教材和上千种英语读物、录音带一起出现在 1983 年首届"深圳书市"时，点亮了多少人的眼睛。深圳全民学英语在 20 世纪 80 年代最是如火如荼，从村镇到海关，从小学课堂到成人英语角，到处都可碰到面向世界的目光与口型。周末，市中心常常有"新

概念英语培训班"。实验学校或者实验班里，师生急急学完教材然后拿"新概念"当加餐。很多闯深圳的人，随行的书籍精简再精简，最后留下的书中，一定有《新概念英语》。

4.《希望之窗：深圳特区招商局蛇口工业区的经验》

黄振超、陈禹山编，光明日报出版社 1984 年 9 月第 1 版

入选理由：

1984 年，关于深圳的书突然多了起来，《希望之窗》是其中最有特色的一本。这是第一本介绍蛇口的书，也是第一本介绍特区的书。书名是当时的国家主席李先念题写的。书中首次发布袁庚于 1984 年 6 月 8 日在沿海部分开放城市经济研讨会上的发言整理稿《我们所走过的路》。后来的许多所谓"内情"，包括为什么要提"时间就是金钱，效率就是生命"的口号，此文都已涉及。这句"时间"口号也是首次登上书籍封面。

5.《国际商法》(上、下)

沈达明、冯大同、赵宏勋编，对外贸易教育出版社1982年4月第1版

入选理由：

改革大幕拉开后，中国第一批学《国际商法》的人中，以深圳人为多。任正非坦承自己因为学了《国际商法》，才搞明白市场经济的真谛："一边是货物，一边是客户，中间连接的是法律。"到了2017年，任正非还在鼓励华为员工学这本书。他说："消费者BG员工要认真学习《国际商法》，多数人可以读简版，并且要对干部进行考试，没有读懂的人不能在分销、渠道等岗位担任领导职务。要真正成为分销系统的战略家和战役管控者，没有学好《国际商法》，那就是迷糊的。"

6.《中国文化与中国哲学》

深圳大学国学研究所主编，东方出版社1986年12月第1版

入选理由：

想想当年的深圳大学，想想从北京大学南下深圳的汤一介、乐黛云等教授们，他们创办了一个名震海内外的国学研究所，他们办了一份国学集刊叫《中国文化与中国哲学》。他们把全球汉学界的学术目光吸引到深圳，他们组织国内的年轻老师面向世界开展研究。这本书代表了那个年代深圳大学的格局与气象。

7.《你不可改变我》

刘西鸿著，作家出版社 1987 年 10 月第 1 版

入选理由：

深圳作家刘西鸿以一篇《你不可改变我》登上 20 世纪 80 年代的中国文坛。这篇作品获过当时短篇小说的全国最高奖，代表着深圳文学曾经到达过的高度。那是一个人人寻求改变的年代，深圳年轻人的声音却是"你不可改变我"，因为：我有我改变的方向，你有你改变的方向；我们都要改变，我们要彼此支持和尊重；你可以不同意我的改变，但

是，你不可改变我。这是继"时间就是金钱，效率就是生命"之后深圳观念力量的再次爆发。

8.《蛇口风波》

马立诚编，中国新闻出版社 1989 年 1 月第 1 版

入选理由：

蛇口是 20 世纪 80 年代中国改革开放的焦点地区，这里每一声开山炮响，每一句口号流行，每一场管理变革，每一项社会实验，都牵动着八方神经。1988 年，几个年轻人和老一辈思想教育工作者的观念冲突，再次引发全国关注，成为《人民日报》版面上热烈讨论甚至激烈交锋的话题。用现在的话说，就是前浪们在认真讨论"后浪究竟怎么了""应该如何看待和培养后浪"等话题。现在看《蛇口风波》，就像翻阅一宗"风波档案"，常有令人拍案称奇之处。

9.《先行一步：改革中的广东》

〔美〕傅高义著，凌可丰、丁安华译，广东人民出版社

1991 年 5 月第 1 版

入选理由：

现在人们常常提起傅高义的《邓小平时代》，很少再注意他 1989 年写成的《先行一步：改革中的广东》。即使在今天，这本书仍有其不可替代的价值。他是第一位将关注中国改革开放的目光聚焦到广东的外国学者。他实地踏访岭南各地，用第一手资料研究，以自己的见闻求证，写出了一本平实可信的"80 年代广东改革开放史"。书中对特区尤其是对深圳的叙述今天读来特别有趣。像傅高义这样对日本等东亚地区长期关注、素有研究的学者，在 20 世纪 80 年代行将结束之时，也完全想象不到广东尤其深圳今后几十年会发展成今天的样子。

10.《深圳的斯芬克思之谜》

中共深圳市委宣传部写作组

倪元辂策划、审定，陈秉安、胡戈、梁兆松执笔，海天出版社 1991 年 12 月第 1 版

入选理由：

首先说个人理由：这是我来深圳前了解深圳的"教材"之一，1992年初，在北京三里河一带书摊上初见此书，如获至宝，通宵研读，越发坚定了闯荡深圳的信心。再说一个"公共理由"：这本书记录的岁月渐渐远去，当年激动万分的场面现在已经平淡至极，当年书中人物深刻乃至痛苦思考的一些观点今天已成常识。今天读这本书的价值，或许就在于再次确认：深圳的变化速度实在太快了，任何想"及时记录、及时总结、及时反思"的努力，都要冒"很快过时"的风险。

11.《文化苦旅》

余秋雨著，知识出版社1992年3月第1版

入选理由：

《文化苦旅》当然没有写到深圳，但是一帮读了《文化苦旅》的深圳人和余秋雨先生因此书结缘，开始了长达十几年的文化交往。其间余秋雨就深圳文化建设问题发表过几次

讲演，提了几条非常好的建议，也作出过深具启发意义的城市文化判断，不料却引起了一场很大的争议。或者也可以说，全国范围内关注深圳文化问题就是从这场争议开始的。余秋雨还是"深圳读书月"的特别顾问，是读书论坛的演讲嘉宾，他和他的"深圳文化苦旅"都已深深镌刻在了深圳阅读史上。

12.《英儿》

作者授权唯一合法全本

顾城、雷米著，作家出版社 1993 年 11 月第 1 版

入选理由：

《英儿》这本书，无论内容还是作者，本来和深圳一点关系没有，但是因为《深圳青年》杂志首创的"文稿竞价"活动，二者就紧紧地纠缠在了一起。人在海外的顾城和雷米（谢烨）得知深圳有这么一场闻所未闻的盛事，主动投寄书稿，希望好书得好价。临近竞价时，书稿遭撤下，但允许有意者购买。一位深圳女企业家买了下来。恰在此时，顾城夫

妇发生惨剧，消息传来，《英儿》的命运立刻引起多方关注，然后上演的当然就是一场官司。那位女企业家本无意借此书谋利，干脆将版权捐出，由作家出版社印了出来。时隔多年再看此事，越发觉得"文稿竞价"已然成为深圳出版史、书籍史、阅读史上的一件大事，也更让人觉得那句西哲古语意味深长：书籍自有其命运。

13.《笑傲江湖》

金庸作品集

金庸著，生活·读书·新知三联书店 1994 年 5 月第 1 版

入选理由：

金庸武侠进入内地，最早据说是 1980 年。那年的 10 月起，广州的一家杂志开始连载《射雕英雄传》。但是，金庸武侠以港版全集形式在内地销售，应该是自 1983 年的首届"深圳书市"起。一家大新闻单位甚至为此发了一期内参，批评深圳销售庸俗无聊的不健康书籍。到了 1994 年，北京三联版金庸文集推出，大家争相购读，没人再担心犯错误

了。那时经常有深圳的作家们去香港拜访金庸，表达敬仰之情。也有不少深圳人号称是"金学专家"，动不动就"飞雪连天射白鹿"。后来，金庸先生以另一种姿态进入了深圳阅读史：他是"深圳读书月"的特别顾问；他应邀和二月河一起参加了"读书月"重头活动"在历史的天空下"；他来深圳参加活动不仅分文不取，连酒店房费都是自己抢着买单……

14.《野兰花》(上、下)

文夕著，时代文艺出版社 1995 年 11 月第 1 版

入选理由：

这本书的问世是讲述"深圳梦"的好素材：一位来深圳打工的江南女子，听闻"文稿竞价"消息大受触动，知道原来写作也可以赚钱，于是开始写小说，而且一写就是"系列"，第一部叫《野兰花》，后来陆续还有《罂粟花》《海棠花》等。作者文夕熟读明清小说，又熟悉深圳女性生活，以波澜不惊的笔致，写出了石破天惊的故事。20 世纪 90 年代

是深圳女性集体登场、声音洪亮的年代,《野兰花》则给了那个年代的深圳乃至中国文坛一个意外的惊喜。

15.《放逐深圳》

她们文学丛书·散文卷

王小妮著,云南人民出版社 1996 年 3 月第 1 版

入选理由:

人们都熟悉诗人王小妮,但是,从《放逐深圳》系列起,散文家王小妮就声名大震了。所以我一直怀疑,如果王小妮不来深圳,她会不会成为一个如此之好的散文家。

16.《数字化生存》

[美]尼葛洛庞帝著,胡泳、范海燕译,海南出版社 1996 年 10 月第 1 版

入选理由:

20 世纪 80 年代读《第三次浪潮》的深圳人,到了 90 年代,就要读《数字化生存》了。和"第三次浪潮"一样,

"数字化生存"很快也成了深圳人的口头语。这本书流行的时代，是深圳"互联网城市"开始起步的年代，很快，那只暴得大名的企鹅就开始翩翩起舞了。

17.《大鹏所城：深港六百年》

汪开国、刘中国著，海天出版社 1997 年 6 月第 1 版

入选理由：

当年，这本书对所有深圳人都是一个提醒：深圳和香港的历史原是一体的，1997 年起，深圳河两岸的未来也连在一起了。今天重翻这本书，貌似犹能听到"迎回归"的欢呼声。今天面对香港，深圳的问题已不仅仅是"如何成为一个更好的自己"，而是"深港一起如何各自更好地成为自己"。

相关文献：

1997 年 6 月 26 日，香港回归前 5 天，我为《大鹏所城》写过一篇书评，发在《文化广场》上，题为《冷冷热热》。录在这里。

———

6月21日是夏至。节气是农业文化的时间符号，对深圳这样的地方意义不大；况且，在深圳这样的地方，夏天早就"至"了，炎炎烈日从不听从节气名称的指挥。不过，对深圳文化而言，6月21日可说是"书至"，这一天深圳多了一本自己的书，一本有着多种启迪意义的新书——《大鹏所城》。出版这本书的海天出版社负责人说，为了在香港回归前把这本书赶出来，编校人员暂时放下手中其他的活，印刷厂也日夜赶制。当两位作者——汪开国、刘中国把《大鹏所城》递到我手中时，这本书似乎还冒着热气。

　　这本书也确实承载着许多"热"——"回归出版热""深圳文化热""迎回归活动热"及方方面面的热情与热望。但《大鹏所城》却是从冷点出发：回望深港历史600年。当然，汪开国、刘中国把冷冷的历史写得很"热"。他们用文学笔法处理历史资料，以一腔热情从600年前的"洪武之梦"写到1949年深圳解放。序言、引子、代跋、后记之外，书分14章，以大鹏所城为聚焦点和发射点，600年历史烟云，在作者笔下急缓有序地弥漫开来，我们这些移居深圳的所谓"新客家人"读了，会多知道许多事，比如"明朝开国皇帝朱元璋是有史以来第一个梦见现在的深港地区的帝王"等等。

汪开国、刘中国也都是"新客家人"。他们来深圳的时间，远不如他们在其他城市当教师的时间长，他们能对深圳的历史感兴趣，不仅因为他们来深圳之前已对历史感兴趣（汪开国是党史副教授），更因为他们南下之后对深圳感兴趣。在大鹏所城盘桓，两位作者无言以对，"沿着城墙，走了一圈又一圈，那一块块厚实的方砖，像是一张张咬紧的嘴唇，缄默着一个秘密，不肯诉说"。于是，他们要揭示秘密，要"说"，要"寻找这座城市的历史"。文化人有这种历史感，差不多就已经把深圳当作家园了。若是只把自己看成"过客"，那正是因为没有家园认同感：很少有暂住酒店的人会细细打听酒店什么时候动工兴建，先后接待过什么人。

然而，深圳实际上存在着两种历史，一种是《大鹏所城》述说的历史，一种是《深圳的斯芬克思之谜》述说的历史。前一种历史时间很长，是所谓"过去的历史"；后一种时间很短，才十几年，是所谓"行进中的历史"。深圳文化也因此分成两种，一种是早就存在的作为岭南文化一个组成部分的宝安本地文化，一种是"一夜城"内万千移民正努力实践的深圳特区文化。人们说深圳是"文化沙漠""缺乏丰富的文化积淀"时，实际上是针对"城市文化"而言，没有谁去否认深圳有自己的童年，有自己的历史。大鹏所城也并不是现代意义上的城市，那不过是明清时的沿海要塞，类似于现在的边防哨所。深圳的都市文化，当然应该秉承大鹏所城历史中包含的民族精神与爱国情怀，但今天所需的文化资源不会都在历史中找到。所以，我读了《大鹏所城》，又读了几篇《大鹏所城》的评论文章，感觉很喜爱这本书，又感到评论文章中有些观点似乎"冷"了一些。比如："我们现在有了本洋洋洒洒 25 万字的《大鹏所城》！原来深圳也有文化，有源远流长的历史，这本书既堵住了一张张慵懒闲散的嘴巴，也给尴尬的深圳人解了围、壮了胆。憋在心里的一口闷气可以长长呼出了……"

我们知道了深港600年间的史与事，欣赏汪开国、刘中国的尝试与见识；《大鹏所城》也真称得上是深圳人新一轮文化努力的新起点。不过，"慵懒闲散"的嘴巴还不敢闭上，还应该经常谈谈心目中的面向未来的深圳文化。历史也许能给我们壮胆，但是，"憋在心里的一口闷气"真的可以"长长呼出"吗？

18.《"鬼村"艺影》

李瑞生著，广东人民出版社1999年11月第1版

入选理由：

翻开此书，黑色环衬上一行白色黑体字格外醒目：您以下所看到的建筑和艺术品都已不复存在了……所以这本书是深圳的一本"消失之书"，其醒目的阅读价值难以替代。当所有的书都争相记录"新生"的时候，一本聚焦"逝去"的

书立刻就成为一面凹凸不平的镜子，它折射出的是模糊的记忆、美丽的碎片和激荡的年代。此书是为曾远近闻名的深大"鬼村"存档。总有一天，人们会重新审视深圳一个独特的艺术空间为什么横空出世，又为什么猝然消失。作者李瑞生20世纪80年代开始闯荡深圳，艺术作品鬼斧神工，艺术之路曲曲折折。他离开这个世界两三年了，他的"鬼村"在另一个世界还好吗？

19.《理解媒介——论人的延伸》

［加］马歇尔·麦克卢汉著，何道宽译，商务印书馆2000年10月第1版

入选理由：

2000年我在深圳的书店初遇此书，即感叹竟然还有人在译麦克卢汉的传播学。我无论如何没有想到，译者竟然就在深圳，而当时我对"何道宽"这个名字如此陌生。从那时到现在，何老师以一人之力，译书几十种，将"环境传播学"整体成建制译介到中国，也将最前沿的新媒体领域传播学著

作引进到中国。他是隐居在深圳的资深翻译家，是退休之后风华大展的博雅长者。因为他的译著，我们知道了更多闪光的名字：麦克卢汉、伊尼斯、波兹曼、莱文森、林文刚……因为深圳有他，我们和外面的人谈起深圳的学术翻译时，至少可以面无愧色地说出"何道宽"这个名字。

20.《真理是朴素的》

王京生著，海天出版社 2001 年 12 月第 1 版

入选理由：

"我敬佩您，您是移民！您是自己的宣言，宣布某种追求与寄托的开始，宣布昨天的太阳属于昨天，今天面对崭新的誓言。"这刚健清新的声音，来自 30 多年前的深圳，来自风行一时的《深圳青年》，来自这本朝气蓬勃而又大气磅礴的杂志的卷首，来自杂志社社长王京生的笔端。后来，许多篇这样的卷首语结集成一本书，书名却取得很低调：《真理是朴素的》。《早春的行动》《四月，我们看海去》《给冬天换个心情》《每一个明天都是机遇》……仅读读这些篇名，你

也能体会几分那个年代深圳心脏跳动的声音。那是喝彩的声音、呐喊的声音、自省的声音、警醒的声音、乘风破浪的声音。久违了，这样的声音。那是一家杂志可以为一座城市代言的日子，是一家报纸副刊可以唤醒城市文化自觉的日子。我曾经说过《真理是朴素的》已经成为深圳的"精神文献"，今天发现，它还是"时光高铁"，可以呼啸着把我们运回20世纪90年代。

21.《从两个蛋开始》

杨争光著，人民文学出版社 2003 年 8 月第 1 版

入选理由：

世纪之交，杨争光从陕西作家变成了深圳作家，大家都希望他能写一部深圳题材的长篇小说。2003 年，《从两个蛋开始》问世，大家都说写得好，是杨争光创作的新的里程碑，是新世纪中国文坛的美丽收获。我们这帮深圳人看了，也赞不绝口，不过免不了就要问："大哥，来了深圳，怎么写的还是陕西农村啊？"争光大哥笑道："不是写哪里就是

哪里的作家。我如果不来深圳,写出来的小说就不会是这个样子。什么是深圳作家?那就是用深圳的眼光看世界,写世界。"我辈轰然称妙,从此逢人就说《从两个蛋开始》属于"深圳文学"。

22.《白话的中国》(上、下)

严凌君主编,商务印书馆 2003 年 12 月第 1 版

入选理由:

20 多年前,深圳育才中学的严凌君老师,不满足于中学生课堂人文读物的简陋与单调,自己动手编了一套书,且以此为教材联合同道在校园开课,命其名曰"青春读书课"。《白话的中国》是其中一种,另外还有《成长的岁月》《心灵的日出》《世界的影像》《人类的声音》等,可谓登高望远,气象宏大。莫言曾说:"假如 35 年前我能读到这样一套书,我不会是现在这个样子。现在我读了这套书,已然感到内心深处发生了一些微妙的变化。"这套书先是印行"试用版",在深圳等城市流传。2003 年,经大幅修订,由商务印书馆正式出版。2018 年，海天出版社推出珍藏本。

23.《北妹》

盛可以著，长江文艺出版社 2004 年 5 月第 1 版

入选理由：

1996 年，我在《深圳商报·文化广场》周刊编发作者盛慧的随笔时，绝想不到区区几年之后，盛慧"退隐"，"盛可以"横空出世，长篇小说《北妹》震惊文坛。长江文艺版之后，很快有了台北版，后来又有了英国企鹅版，现在据说有十几种译本行世了。她是真的"可以"：从此一发而不可收，长篇接连写了好几部。看《北妹》，我不仅看到一个外来妹在深圳的奋斗史、改变史，还看到与之相伴的阅读史、身体史。虽说岁月容易把人抛，但因为有盛可以和一帮曾经将深圳"文学化"的作家，我们有了轻易进入流逝岁月的可能。

24.《深圳旧志三种》

深圳珍贵史料丛刊，含《天顺东莞旧志》《康熙新安县志》《嘉庆新安县志》

张一兵校点，海天出版社 2006 年 5 月第 1 版

入选理由：

1980 年特区成立之前，深圳当然是有历史的，只是这部历史称之为"新安史"或"宝安史"更恰当。校点宝安旧志书的张一兵先生说：今天的深圳区域，即是 1958 年 11 月后的宝安全境；宝安县古代的方志，也就是深圳市古代文化文字信息的主要载体。而将《天顺东莞旧志》《康熙新安县志》《嘉庆新安县志》合在一起，方能见出深圳古代方志的概貌。《深圳旧志三种》是移民到深圳的当代学者和出版者对宝安旧志的首次全方位摸查和大规模整理，其开拓之功，已然利于今人，更将惠及后世。

25.《1978—2008 私人阅读史》

胡洪侠、张清主编，深圳报业集团出版社 2009 年 1 月

第 1 版

入选理由：

把张清和我主编的这本《1978—2008 私人阅读史》，放进"深圳 40 年 40 本书"书单里，我是一点也不心虚的，相反，我是非常理直气壮的。这本书源于一个活动，即"改革开放 30 年 30 本书"评选，而这个活动，正是 2008 年"深圳读书月"的重头活动之一。我们不仅顺利评出了本来以为评不出来的"30 年 30 本书"，还成功邀请到名满中国读书界的几十位大咖，采访了他们 30 年的读书历程，征集到了他们各自的"30 本书"书单。这本书的名字诞生于《深圳商报·文化广场》同事的饭局上，后来成了许多书名灵感的"来源"。在此之前，中国没有"私人阅读史"这个说法。

这本书是人们观察中国改革开放 30 年阅读史乃至文化史的重要窗口，是"深圳读书月"对阅读史研究与写作乃至全民阅读领域的独特贡献。

———

相关文献：

《1978—2008 私人阅读史》编余零墨

一

我连续用了 16 个小时才看完了本书的最后校样。我该负责任地告诉各位：这是一本好书。其好有七：

1. 这是中国改革开放 30 周年之际第一本集合各方高手撰写的"私人阅读史"；

2. 她出生在正该出生的时候，不早也不晚；

3. 每一篇文章都是有分量的——不仅因为说话的都是读书界有分量的人，关键是他们说出了从前没透露过的私人读书秘辛；

4. 这是一本关于书的书（"书之书"），而这一类的书总是容易让人回忆和怀旧；

5. 他们提供的读书经历、方法和书单都可以当样本看，可以当文献看，而且很有用；

6. 名人写文章有时喜欢"装神弄鬼"，可是在这本书里，他们说的是心里话，可读而且易读；

7. 本书制作煞费苦心：正文纸是纯质纸，封面特别选了有历史感的特种纸；设计讲究朴素和大气（更希望是书卷气）；明知四色印刷会增加成本，但我们坚持"四色"；明知网上的书影也可以应付，但我们还是设法找出老版本翻拍……

二

突然意识到我写的是"后记"一类的东西。这类文字的功能之一是致谢。呵呵，致谢这件事充满风险，因为它的命运永远是挂一漏万。我与其一一点出具体人员的名字，倒不如细细列出机构的名称。

感谢"深圳读书月"组委会和组委会办公室：没有你们搭建的平台，就没有本书立足的舞台；

感谢我所在的深圳报业集团和《深圳商报》：没有你们卓有影响的版面，就没有这本书无中生有的局面；

感谢我《文化广场》的诸位同人：你们为这本书付出的智力与体力成本，永远是我回忆和骄傲的资本；

感谢深圳报业集团出版社：你们"一定要出一本好书"的努力，给了我们几十天来"抢"出此书的动力；

感谢深圳雅昌印务公司：正因为有了你们"不让每一个客户失望"的保证，才让这本书成为又一个"深圳速度"的见证。

从策划到出版，这本书的"孕育"用了不过几十天而已，也许仓促，但绝不简陋。连日来的紧张，来自一种渴望：起码就阅读而言，是到了回忆的时候了。

三

于是，我要特别感谢本书的受访者：你们的真诚和合作精神让人感动。回忆自己30年的阅读史，不是一件简单的事情：这需要激活记忆。需要逡巡书架、翻看笔记，复原阅读现场，甚至揭开久已痊愈的伤疤，梳理杂乱无章的碎片，重温"从来不需要想起，永远也不会忘记"的文字。你们中间，有人一遍又一遍补充记者的采访稿，这分明是对阅读的尊重；也有人，干脆自己连夜写出洋洋万言，那是对阅读的忠诚。述说"私人阅读史"最容不得作伪，因为太容易露出破绽，可是你们，以你们的真诚说出了阅读的真相，让我们这些阅读你们"阅读史"的人，多了几分会心的快乐，因此更多一层地体会出阅读的智慧与价值。

我也因此对拒绝我们采访的人心存理解。毕竟，回忆 30 年阅读史不是一件简单的事情。那么多的书，书又连着那么多的人，人又挂着那么多的事，不愿意回忆也算正常。

不过，回忆终究是不能回避的，尤其是关于阅读的回忆。在中国的这 30 年间，对个人成长和社会变革而言，书籍和阅读在当时所扮演的角色、所产生的影响，之前或许有过，之后难以重现。

———————

四

这本书的诞生源于第九届"深圳读书月"主题活动之一——"30年30本书暨2008年度十大好书评选"。在公开征集公众推选书目的同时，我们要求本书受访者列出他们心目中的"30年30本书"。如今他们的书单都已尽数收入书中。仅仅阅读他们列出的书单，我们也会感受到无限的趣味。爱书人都明白，各类书目书单其实非常可读：内容迥异的书单是风景不同的森林，我们在其中游览一番，会发现各具特色的阅读生态。你也许会受此指引，从此进入另一个阅读世界；你当然也可能从容出入，回家继续耕种自己的园地。我所看重的，是34张书单的"文献价值"：一张书单一条路，但不同的路上有许多相同的路标；这相同的路标标识出他们共同的来处，却指向了不同的归途。读这些书单，我悟出20世纪80年代其实是一个读书人集合的大操场，大家因读相同的书而聚集，因相同的话题而边跑边吵，就这样跑进了90年代，又跑进了21世纪。跑着跑着，大家才发现，他们从操场不同的出口跑向了操场外不同的终点，每条路上的人都是越跑越少，只有通往股市或其他什么市的路上格外拥挤。如此说来，这本书实际上是一场虚拟的聚会，不同路上的人在这里再次相聚，重新捡起昔日操场上遗失了的或丢弃了的"旧爱"，相互说说如今各自的"新欢"。但是，大家真的互相认识吗？或者，大家竟然互相认识过吗？实际上我想说的是，编完这本书，面对一张张书单，我有无限的怀想，无尽的伤感。

五

说几句必须要说的话：

1. 书的封面是书的脸孔。有些书，不用翻阅，仅看看书影，许多往事都会成为自己的不速之客。我们想尽量找到受访者书单中所列版本的新书旧籍翻拍书影，可是本书容量有限，不容它们一一亮相；又因时间太紧，手头藏书杂乱，有些里程碑般的书反而遍寻不着，比如初版《傅雷家书》，只能抱憾。

2. 书中所收文章曾陆续在《深圳商报·文化广场》登载。当时限于篇幅，许多文章都有删节，收入本书时，已尽量复原。大小标题偶有变动。

3. 本书由《深圳商报·文化广场》编辑，但书中受访人的阅读观点和书目选择并不代表本报立场。

4. 选择受访者时，我们没有考虑"80后"或"90后"，只勉强选择了一位"70后"，这并不意味着我们无视他们的阅读历史，只是觉得他们的阅读历史还不够长，谈30年间的阅读史未免有些吃力。

5. 真的希望有很多的人喜欢这本书，这样，我们就有了出"增订本"的机会，因为有好几位受访者已列入我们的采写计划，但文章却赶不上这趟提前开出的车了。

6. 这30年间出了太多的好书了，不管它们是否进入了受访者谈论的视野和书单，我们都对它们的问世心存感激。一位失明的读书人曾说："我看不见书房里那些好书了，可是我知道它们就在那里，我感觉得到。"

是的，感觉到好书的存在，虽目盲而心明；感觉不到好

书的存在，虽目光如炬而与盲人无异。

2008 年 11 月 17 日

26.《深圳读本》

感动一座城市的文字

姜威主编，海天出版社 2009 年 10 月第 1 版

入选理由：

当年是时任深圳市委常委、宣传部长王京生倡议并策

划，邀请姜威出马编选的这本书。那时姜威身体健康、豪气

干云，叱咤酒桌之余，到处"寻章摘句"，博览穷搜；更请

各方好友帮忙，撷英采华，推选举荐。于是有《深圳读本》。

深圳有《深圳读本》，是深圳的恩赐，是"读本"的荣耀，

是姜威的奉献。定稿之际，姜威让我想几句"推荐语"印在

封底上，我写的是："中国的改革开放，是一本划时代的大

书，深圳是其中开天辟地的序言和光彩夺目的华章。而《深圳读本》，向您打开文学世界中的深圳大门。"一转眼，姜威病逝已近 10 年。两个月前动手筛选"深圳 40 年 40 本书"，第一批涌入脑海的，就有这本书。必须的！

27.《大逃港》

中国改革开放的催生针

陈秉安著，广东人民出版社 2010 年 7 月第 1 版

入选理由：

我和陈秉安做同事时，不知道他心里藏着一段心事。他在《大逃港》后记里说："我不声不响地干着这件事，从酝酿、收集资料到下笔写作、完成此书，前后整整 22 个年头。"他终于等到了广东省档案馆解密 1949—1974 年间文献的日子，也等到了《大逃港》一书可以公开出版的日子。这是迄今我所见到的第一部全面再现这段历史的纪实著作。了解了这段历史，你就会更加明白袁庚老人晚年的嘱托：向前走，莫回头。

28.《国家记忆》

美国国家档案馆收藏中缅印战场影像

章东磐主编，山西人民出版社 2010 年 10 月第 1 版

入选理由：

深圳人常爱说自己做的事情是"国家战略的深圳表达"。按这个逻辑，这本书就称得上是"国家记忆的深圳呈现"。一帮深圳人，长期关注中缅战场，关注远征军。他们在美国国家档案馆发现了一批珍贵战场影像，于是不远万里，僧人取经一样地将上万张图片复制带回，然后精挑细选，整理成《国家记忆》出版。其实出书只是这个"国家记忆"行动的一部分，此外还有同名展览，在两岸多地展出，名副其实地震撼四方。

29.《深圳十大观念》

王京生主编，深圳报业集团出版社 2011 年 5 月第 1 版

入选理由：

正如有识之士反复申明的：深圳对中国改革开放事业的

最大贡献是创造、传播了一批观念；深圳的力量归根结底是观念的力量。2010年深圳经济特区建立30周年时，媒体和公众一起，回顾激情岁月中的金句，忆述铭刻在记忆深处的口号，经过几轮投票筛选之后，最终选出"深圳十大观念"。此书即是对十大观念的全新讲述和深度阐释。如今，"十大观念"也已经成为日常用语，经常出现在介绍深圳的文字里。许多城市都有自身精神的表述，但是能够提出一系列独特观念且能冠以城市名称而构成文化符号的，尚不多见。1978年以来，深圳人创造和实践了许多观念，而2008年，通过十大观念评选，深圳人创造了"观念的观念"。

30.《清晖集》

饶宗颐著，海天出版社2011年7月第1版

入选理由：

多年前有文章说：因为香港有饶宗颐先生，谁也不敢说香港是文化沙漠。这个话也许还可以接着说：因为深圳没有饶宗颐先生，所以深圳人对饶公表现出了更大的热情。这种

热情有官方的、有民间的，有学界的、有艺术界的，有南方人的、有北方人的。如果说深圳人40年间曾经对一个文化大家抱有如此持续的热情和持久的敬仰，那这个人非饶公莫属。饶公也对深圳高看一眼：书在深圳出，展览在深圳办；20世纪80年代就给深圳博物馆捐过自己的书画；2017年深圳大学成立饶宗颐文化研究院，他还亲自出任名誉院长。尤其不能不提的是：他是"深圳读书月"的特别顾问，是深圳读书论坛的开讲嘉宾第一人。1999年，深圳海天出版社出了他的《清晖集》。多年之后他还惦记着此书，出版社于是再接再厉，出了新版。2018年饶公去世后，深圳媒体连续多日载文悼念。饶宗颐先生和深圳的文化缘分可谓至巨至深矣！

31.《邓小平时代》

〔美〕傅高义著，冯克利译，香港中文大学编辑部、生活·读书·新知三联书店译校，三联书店2013年1月第1版

入选理由：

"邓小平时代"和深圳的命运息息相关，《邓小平时代》因此也是"大号"的"深圳读本"。一位历史学者曾感叹道："我们捧读如此厚重的《邓小平时代》时，除了钦佩作者远见卓识、中允公道外，多少有点为中国历史学家感到羞愧或不平。中国历史学家为什么不能像傅高义先生那样行万里路、读万卷书、阅人无数，写出这个伟大时代的历史呢？"同理可问：深圳人是否能写出无愧于"深圳时代"的《深圳时代》呢？等吧。

相关文献：

2020 年 12 月 21 日，惊悉傅高义先生去世，我在"夜书房"公众号上发文，吁请以阅读《邓小平时代》的方式送他远行。

其实，广东人、深圳人更应该感谢他。他多次来深圳，和袁庚等很多人见过面。他专门为广州和广东写了两本书。他会说广东话。他是中国改革开放的坚定支持者。2020 年早些时候我把《邓小平时代》列入了"深圳 40 年 40 本书"。

庆祝深圳经济特区建立 40 周年，涉及上上下下，活动形形色色，花样纷纷繁繁。我个人的方式之一，是自己精读并给别人推荐傅高义的《邓小平时代》。

在深圳这样一个地方建立特区，是"邓小平时代"中国共产党人的一个划时代创举。为什么是特区？为什么是深圳？读《邓小平时代》，这个问题会看得更清楚。

至于为什么推荐，这就和那个"为什么是深圳"的问题有关。现在有很多说法来解答这个问题。"事后诸葛"式的总结虽然难免，但大致并不离谱，大可互相参照。如果我们想要回到历史现场来回望这一问题的萌发、形成以及解决，就可以读读《邓小平时代》。

我对这本书有偏爱，也有个人原因：

1. 当初几家出版社争抢此书简体字版权，我虽然没有资格参与，但是参与者多有我的师友，所以内情略知一二。

2. 李昕老总当年为此书顺利出版大费周章，志在必得而且必成，整合多方力量共谋此事。我多次听他绘声绘色讲新书背后故事，所以对此书的身世有较深切了解。

3. 本书北京三联版推出后，当年的"深圳读书月"年度十大好书评选即将此书选入最终"十大"书单。那年的评选也还是由我主持，所以我对此书的中文版多了一份亲近。

4. 港版问世后，傅高义先生曾来香港参加首发式，朋友邀我参加，可惜我无法前往。我求他务必给我带回一本傅先生的签名本。果然，几位师友帮我实现了这一愿望。

5. 这是写当代中国的书，可是我从中处处读到"深圳"。

我读《邓小平时代》，突出的感受是全面和清晰。20世纪70—80年代的中国当代史，我也算身历其中了，但井底之蛙，岂知全盘局势？各类相关出版物虽然也读过不知多少，但是一会"见山是山"，一会"见山不是山"，何况"云山雾罩"的时候更是所在多有。读了《邓小平时代》，我觉得原来不清楚的山山水水现在起码变得清晰可辨了。

《邓小平时代》一本书不可能穷尽那个时代，更不是那个时代唯一的解释与读本。我推荐这本书，旨在分享我阅读此书时频频恍然大悟的种种快乐。

————

32.《南寻深圳》

南兆旭自然读本百期合集

《晶报》社编，深圳报业集团出版社 2014 年 10 月第 1 版

入选理由：

一个姓南的山西人，狂热地喜欢上深圳的山山水水、花花草草，于是寻寻觅觅，痴痴迷迷。2013 年我请他小酌，和他商量在《晶报》开一跨版专栏，每期推荐一条寻美深圳的路线，吸引大家走遍深圳，寻树问花，上山下海。忽然灵机一动，我说，专栏名就叫"南寻深圳"。南兆旭说就凭这名字，《晶报》的活儿他接了。专栏出到一百期，我们策划出版了这本"大书"。这是目前讲述"大美深圳"的开本最大、视野最广、版面最漂亮的书。

相关文献：

当年此书出版时，我写过一篇小序，录在这里。

2012 年夏，《晶报》创设"独唱团"系列专版，邀请资深编辑记者以专栏作家姿态披挂上阵，在自己擅长

领域每周发言，靠鲜明个人风格独闯天下。率先登场的，有"鸿文开腔"，有"习风数钱"，有"吴欣说案"，还有"图谋真相"。一时间，观点与案件共舞，揭秘与真相齐飞。

是年秋冬之交，和南兄兆旭小坐。我深知他热爱深圳，迷恋深圳的山山水水，钟情散落在海陆空的花鸟虫鱼、草木禽兽，即力邀他以"签约作者"身份加入"晶报独唱团"，写一组深圳人文地理之类的稿子。他满口答应，说文字虽然重要，图片更重要；说深圳人太不了解这座城市的自然界，深圳真是太美太美了；说关键是要给这个系列起个好名字。于是举座开始起名，七嘴八舌，名号狼藉，皆不中意。他姓南……"有了，"座中忽然有人说道，"就叫'南寻深圳'。"兆旭先是一愣，继而兴奋，终于感叹："就凭这名字，我也得好好写。"（当然，想出这名字的人就是我了。）

第一期"南寻深圳"于 2012 年 11 月 5 日横空出世。当期的主题是"候鸟与深圳"，主稿的标题为《迁徙的深圳人和迁徙的鸟要相亲相爱》。短短的文字，多多的图片，经由创意十足的编排，版面上呈现出新奇的动感与温暖的情愫，惹得许多读者高呼"好看"。自此之后，每逢星期一，南兆旭和他的朋友们都如期将一片深圳之美铺排在《晶报》的一个跨版上。

光阴易过，转眼两年，"南寻深圳"亦将出满百期。是时候将一百幅美丽的画面编织在一起了，于是有了百期版面展，有了您现在正在翻阅的这部大书——《南寻深圳》。这部书真的够大。不把《南寻深圳》做成一部大书，如何能对得起深圳的大美？

感谢兆旭兄和他的朋友们两年来为"南寻深圳"付出的努力。这座城市感谢你们。如果你们听力够好，当会听到：你们写过拍过的每一只鸟、每一朵花、每一棵树，乃至每一条蛇，也都在以各自的语言感谢你们。当然，作为《晶报》总编辑，我得站在这支长长的感谢队伍的前列。是为序。

2014 年 10 月 16 日，深圳

33.《四分之三的香港》

庆祝香港回归 20 周年纪念版

刘克襄著，深圳报业集团出版社 2017 年 5 月第 1 版

入选理由：

这原是一本台湾作者写给台湾人看的关于香港的书，结果出版后香港人也很喜欢。我想大概深圳人也应该喜欢，于是在深圳出版了此书。我们曾自以为很熟悉香港，其实大部分人只是在港岛、九龙转了转、买一买而已，那个绿色的香港、山海的香港、生态的香港、行走的香港，你真的了解？我们把此书介绍给深圳人，还有一个初衷：以此书为导航，把自己带到香港，然后把你在山水间体会到的文明方式、人性细节、法治管理和健康理念带回深圳。

相关文献：

《四分之三的香港》初版印行时，我写过一篇"出版缘起"。本来无此必要，无奈管理部门需要我回答"为什么是四分之三的香港？那四分之一哪里去了？"之类的问题，我只好解释一下刘克襄先生原书名的来历——

都市里的生态文明建设正引起越来越多人的重视。我们看一座城市生态如何，最直观的，即是看这座城市有多少山水、多少林木、多大的绿色面积。专业术语则是"森林（植被）覆盖率"。

台湾作家刘克襄踏访香港时，首倡以"四分之三的香港"视角重新打量香港。在他眼里，香港面积中，四分之一是金色的都市繁华，四分之三则是绿色的城中山水。双眼几番观察，双脚一一丈量，他收获了满心欢喜，也收获了《四分之三的香港》这本书。

香港有我喜欢的地方，也有我陌生的地方。有些陌生的地方后来喜欢了，有些喜欢的地方后来陌生了。读了刘克襄《四分之三的香港》，心生疑窦：我们真的了解香港吗？匆匆旺角，匆匆中环，匆匆九龙，匆匆铜锣湾，那就是你喜欢或陌生的香港？刘克襄告诉你：起码有四分之三的香港，你是陌生的，你是应该喜欢的。他在书的章章节节不厌其烦告诉你说，这样这样这样，你会更喜欢。

此书不仅仅是一本在香港穿村行山的指南书，也不仅仅是一本辨识港岛花木鸟虫的风物志，它还是一本展示当代都市人走向绿色健康生活方式的路线图和珍藏香港山山水水人文地理的纪念册。我们自以为了解的地方，其实未必真了解，香港就是个现成的例子。假若我们要重新全面了解香港，不妨从《四分之三的香港》开始。

而且，从《四分之三的香港》开始，我们也会把绿色的目光投向更多的城市，比如《五分之二的深圳》，《二分之一的南京》等等。

34.《深圳人》

薛忆沩著，华东师范大学出版社 2017 年 8 月第 1 版

入选理由：

在深圳生活了七八年之后，作家薛忆沩选择了一种独特的方式爱深圳，那就是走出深圳，躲在加拿大的一个城市里思念深圳、书写深圳。当他觉得书写的表达力忽然不足、需

要充电了，就回深圳看看。他写了一系列以深圳为背景的短篇小说，总其名曰"深圳人"。小说翻成英文出版后，薛忆沩经常受邀出席美加一些图书节的作家交流活动，和主流文学界对话，讨论"shenzheners"的现实背景与文学存在。他成功地用自己的小说和自造的"shenzheners"一词，让更多的人开始关注深圳和从深圳走出去的文学写作。

相关文献：

薛忆沩是《晶报》的老作者。我们的约稿，他总是尽量答应。马尔克斯去世时，我们约他写文章，结果他写来了万字长文。如此重磅，我得专门写篇小序在前面引路。如下——

加西亚·马尔克斯去世已经一个多星期了。我一直期待着，有一位中国作家，能迅速地拿起笔，写一篇像样的文章，献给马尔克斯。我一直希望，中国的作家们不要只是轻飘飘地在微博上表达几句碎片式的哀思，不要只是在接受记者专访时才若有所思地抒发几句感想，不要只是在酒桌或咖啡台前喋喋不休地回忆起很多年之前的"许多年之后"。总应该有人，在夜里或者白天，独处一室，冷下来，静下来，真诚地、深情地乃至勇敢地想一想：马尔克斯，这位"未经本人许可"就携带着《百年孤独》闯入东方大陆的魔幻作家，对自己，对中国当代文学，对遥远的20世纪80年代，对前不久的中国诺贝尔奖获得者，对许许多多心里一直想获这奖那奖的中国作家，究竟意味着什么？

几代中国作家，从马尔克斯那里接受的恩惠太多了。"百年孤独"，不管是一个词还是一本书，不管是字法、句法还是章法，不管是文学观还是价值观，都已是这些作家们文学灵魂的一部分，是他们最喜欢高举的猎猎旗帜中最耀眼的一面，是他们辨认"敌我"的暗号，是他们灵感枯竭时随处可借之复活的源泉，是他们重要的文学故乡之一。如今，马尔克斯走了，他们难道不应该赶快写出一篇让我们震撼、让马尔克斯欣慰的怀念文章来吗？

我等了好几天了。就在我准备继续等下去的时候，薛忆沩出现了。他的万字长文，从蒙特利尔，飞到了深圳，降落在《晶报》"深港书评"的版面上。我刚刚一个字一个字地读了这篇文章，就像我以前一个字一个字地读了《百年孤独》。读完以后，我对自己说："够了。有这篇文章，中国作家算是对马尔克斯有了个交代。有这篇文章，马尔克斯就不至于对中国作家太失望。"

　　如今的报纸已经很少发表一万多字的长文了。今天我们执意将这篇"献给孤独的挽歌"以异乎寻常的篇幅呈现在读者面前。希望您有时间、耐心或兴趣读完它，因为，这是值得的。薛忆沩要求我们"一字不删"。我做不到，还是删了十几个字。抱歉。

2014 年 4 月 27 日

35.《寻找塞缪尔·罗》

从哈莱姆、牙买加到中国

[美] 葆拉·威廉姆斯·麦迪逊著，马静、岳鸿雁译，深圳报业集团出版社 2018 年 1 月第 1 版

入选理由：

一个非洲裔前美国媒体高管，为圆母亲"寻根"之梦，2012 年起开始在全世界客家人中寻找自己的罗姓外公塞缪尔·罗。她找到了深圳，找到了鹤湖新居，找到了罗氏族谱，找到了三百多位罗姓亲戚。她将寻找过程拍成了纪录片，也写成书出版。这本书揭开了深圳早期移民史上惊心动魄的一页，深圳人因此开始重新关注 20 世纪初客家人闯荡加勒比海的经历与记忆，进而追寻这块热土之上移民精神的地理源头和世代传承。

36.《摆渡人》

徐扬生著，海天出版社 2018 年 6 月第 1 版

入选理由：

天上有颗小行星叫"徐扬生星"（1999GJ5），地上有本书叫《摆渡人》（徐扬生著）。香港中文大学（深圳）校长徐

扬生的这本书，和他的机器人和人工智能专业无关，和他的中国工程院院士等一堆"院士"头衔关系也不大。深圳这个地方可能容易让人写散文，我曾说过诗人王小妮来到深圳后散文写作成就大于她的新诗，徐扬生先生来深圳当了校长后，科研教学之外也情不自禁，大写散文，而且一写成名，追读者无数。所以，"序言"中的第一句话他就说"出版这本散文集是我从未想到的事"。徐校长写散文不摆各类"架子"，追求本真天然，专讲切身切题之事，尤其重在传授当代科学人文背景下必备的价值观。他谈人谈己，如师如友。现在校长很多，当校长同时又堪称教育家的不多，徐扬生校长是其中的佼佼者，证据之一就是他自己的"摆渡人"定位和《摆渡人》新书。

37.《薛兆丰经济学讲义》

薛兆丰著，中信出版社 2018 年 7 月第 1 版

入选理由：

这本《薛兆丰经济学讲义》，是不是应该出自一个深圳

人之手？深圳搞了这么多年市场经济，在研究和传播经济学原理方面，也应该出一个高手才是。嘿嘿，这个高手已经出了，那就是薛兆丰。他的这本"经济学讲义"据说来自超过25万人的经济学课堂，那该是有经济学以来最大的课堂了。兆丰1991年毕业于深圳大学数学系。他很早就关注制度经济学，记得1998年那会儿，浏览他的个人网站"制度主义时代"是深圳一帮朋友的习惯。有一段时间内他和张五常教授过从甚密，我常常在物质生活书吧看见这一老一少缓缓进门的身影。他1999年就开始在深圳媒体的电脑网络版开专栏，说一些谁看了都想找他辩论一番的话。他后来更成为一系列争议话题的中心人物，一副立志要和全世界讲道理的样子。他常住北京很多年了，因为这本新书，这两年他回了几次深圳。

38.《采访实录》

华为内部资料，据2019年1月起任正非等华为高管接受海内外媒体采访实录整理

入选理由：

这两年华为是全世界的焦点。中国自有现代企业以来还没有哪一家能像华为一样吸引了全球如此繁多又如此复杂的目光，也没有哪一家企业的领导人接受过这么多又这么密集的国际大媒体的专访。这套《采访实录》即是任正非等华为高管接受采访的内容整理。这其实也是一套另类"深圳读本"，从中可参悟许多和深圳有关的消息。

39.《福泽谕吉与现代世界的诞生》

麦克法兰现代思想家丛书

［英］艾伦·麦克法兰著，周坚译，深圳报业集团出版社 2019 年 11 月第 1 版

入选理由：

福泽谕吉的自传，从 20 世纪 80 年代读书读过来的人都知道。写《现代世界的诞生》的麦克法兰先生，曾经认为东方现代化过程中堪入他"法眼"的大思想家，也就福泽谕吉一人而已。后来他做了修正，认为梁启超和严复也应该算。

这本《福泽谕吉与现代世界的诞生》，就是麦克法兰先生给福泽谕吉写的思想评传。译者是深圳大学的老师，出版社是深圳报业集团出版社，书的内容对探索现代化道路的深圳人来说非常有启发，所以此书得以长驱直入，进了"深圳40年40本书"书单。更何况作者麦克法兰先生多次来访深圳而且深爱深圳，他说他在深圳"看见了世界的未来"。在一本新书里他专门为深圳写了一章，至于说了什么，只能"敬请期待"了。

40.《袁庚传奇》

"我们深圳"丛书

涂俏著，深圳报业集团出版社 2020 年 1 月第 1 版

入选理由：

《袁庚传奇》入选"深圳40年40本书"的理由是如此充分和明显，我都不用再说什么了。如果您是深圳人而不知"袁庚"其人其事，那我只能说这是一个严重的"认知短板"，需要尽快补上，方法就是读《袁庚传奇》。中国经济特

区建立 40 周年庆祝大会召开前一天，深圳公布"40 年 40人"名单，袁庚入选。在已经去世的"拓荒牛"、改革者中，袁庚是唯一进入这个名单的人。这意味着袁庚不仅是国家表彰的改革先锋和最美奋斗者，还是离开人世的深圳众多改革者、"拓荒牛"的代表。

相关背景：

2015 年，终于有机会实现一个蓄谋已久的愿望：为深圳出版一套书。

是在 2013 年吧，我提出深圳可以启动编辑"深圳文库"。有关方面专门开会研讨，结论是条件不成熟。当时我就想：其实做这类事情，唯一需要的条件是自己成为出版社的社长。但等到我真做了社长，就发现编纂"深圳文库"的条件确实不成熟。主要是没有钱。

做不成"文库"大业，不妨做一套分专题记录深圳城市历史、人文风物的大型非虚构丛书，名字不妨就叫"我们深圳"。慢慢做，假以时日，终有所成。我鼓励同事说："等做到一百种的时候，大功就告成了。"有时我又会把"一百种"

说成"两百种"。

我自己列了一百多个题目，然后开始约稿。首先成功约到涂俏写袁庚，约到杨争光写自己，约到张建强写"东纵特工"。"我们深圳"丛书终于横空出世，只是《袁庚传奇》虽交稿很早，但审稿历经数年，2020 年 1 月才姗姗来迟。

现在不妨表露野心：早晚有一天，关于深圳的一切，都在这套书中。

有朋友不同意丛书叫"我们深圳"，说太张扬了，太信心爆棚了。其实这个名字意不在"张扬"，而是重申"我们"和"深圳"的关系。

第一种编好后，责编岳鸿雁建议我给这套丛书写个"总序"。我写了下面一段——

是的。我们，而且深圳。

所谓"我们"，就是深圳人：长居深圳的人，暂居深圳的人，曾经在深圳生活的人，准备来深圳闯荡的人；是所有关注、关心、关爱深圳的人。所谓"深圳"，就是我们脚下、眼前、心中的城市：是深圳市，也是深圳特区；是撤关以前的关内外，也是撤关以后的大特区；是1980年以来的改革热土，也是特区成立之前的南国边陲；是现在的深圳，也是过去的深圳、未来的深圳。

"我们深圳"丛书，因"我们"而起，为"深圳"而生。

这是一套"故园家底"丛书，它会告诉我们：深圳从哪里来，到哪里去；深圳的路边有何独特风景，地下有何文化遗存；我们曾经唱过什么歌，跳过什么舞，点过什么灯，吃过什么饭，住过什么房，做过什么梦……

这是一套"城市英雄"丛书，它将一一呈现：在深圳，为深圳，谁曾经披荆斩棘，谁曾经独立潮头，谁曾经大刀阔斧，谁曾经侠胆柔情，谁曾经出生入死，谁曾经隐姓埋名……

这是一套"蓝天绿地"丛书，它将带领我们遨游深圳天空，观测南来北往的鸟，领略聚散不定的云，呼叫千姿百态的花与树，触碰神出鬼没的兽与虫。当然，还要去海底寻珊瑚，去古村采异草，去离岛逗灵猴，去深巷听传奇……

这是一套"都市精灵"丛书，它会把美好引来，把未来引来。科技的、设计的、建筑的、文化的、创意的、艺术的……这座城市，已经并且正在创造如此之多的奇迹与快乐，我们将召唤它们、吟诵它们、编织它们，期待它们次第登场，一一重现。

这套书，是都市的，是时代的。

是注重图文的，是讲究品质的。

是故事的，是好读的，是可爱的，是美妙的。

是用来激活记忆的，是拿来珍藏岁月的。

"我们深圳"，是你的！

后记

2020年8月，应坪山区委宣传和图书馆之邀，我以线下＋线上方式开讲夜书房版"深圳40年40本书"。结课之后，已将这40本书捐赠给坪山图书馆收藏。

这40本书，并无了不起的版本，但从当初自定标准、自选书目，到自备藏书、自拟讲稿，一路下来，也并非易事。好在深圳年轻，书写深圳的书也老旧不到哪里去，找起来还算顺利。不过，以"40年40本书"的名义把它们召集到一起，其加法或乘法效应仍然让人惊喜连连。

城市的历史不能仅靠崭新的图文重述，也要凭借史上存在过的人证物证，而书籍是物证，也是人证。深圳经济特区不过才40岁，许多书已遭遗忘，有些书也已经不容易找到了。

相比一书难觅，更触目惊心的还是遗忘。有些书遭遗忘的命运在所难免（比如那些有偿的报告、收费的文学、浮夸的吹牛、随意的编造），另有一些书，则需要后人时时重温。经由"40年40本书"的筛选寻找，我最大的感触是：有些书，应有而尚未有，或已有而还不如没有。换句话说，深圳的部分历史篇章，迄今还未来得及以书籍形态真实呈现。这也使得我的"40年40本书"书单，数目虽然齐整，面目却有缺失。深圳仍然缺少史诗般的非虚构历史巨著，缺少顶天立地、巨细无遗的人文长卷，缺少深度剖析现代深圳发展历程的政治经济学研究力作，缺少世界性的文学名篇。

原因或许很简单：毕竟才40年。

好吧。了结这一轮的"深圳40年40本书"，且记住袁庚老人的话——"向前走，莫回头"。

答客问：与书有关

一

答广州陈定方问

问：最近读到了哪些好书？

答：最近读到的好书很多，嘿嘿，读书读到这个年龄，自己认为不好的书是连碰都不想碰了。但是，所谓好书，对我而言也分两类，一类是大家都说好的书，另一类是我认为好的书。很多人说《未来简史》好看，我就找来看了；又有许多人说《白先勇细说红楼梦》好，我也找来读。帕维奇的书确实好看又好玩，上海译文出版社今年新出了曹元勇译的

《君士坦丁堡最后之恋》，我捎带着把《哈扎尔辞典》又翻了翻。大家知道我喜欢《1984》，海天出版社出了桑萨尔的《2084》后，出版家胡小跃早早向我推荐，我也读了，很过瘾。我有一个年度重温经典计划，每年选一个作家或国家，挑着读几本，今年挑的是俄罗斯（含苏联）。目前读了《复活》《死屋手记》和《日瓦戈医生》，接下来可能会再读几本陀思妥耶夫斯基。我再次读了《贺涛文集》。大家可能不知此人此书，但此人此书对我非同小可。

问：当前的阅读兴奋点是什么？

答：我一直在默默收集史料，希望将来有时间可以系统梳理一下我故乡贺氏家族的文化传承史。近现代史、衡水史、家族史、科举、琉璃厂史、私家藏书史、书院、桐城派等等，是与"贺氏家族"有关联的领域，所以也算是我的阅读兴奋点。这个"兴奋点"既是从前的，也是当前的，更是以后的。

问：最近会重读一本书吗？

答：我每年读一次《红楼梦》，坚持了十几年了。有时候读八十回本，有时候读一百二十回本，有时候挑几回读读，今年则专门研读第一回，觉得大有收获。最近还会重新亲近一下《庄子》。想靠近这本书容易，想亲近则费点劲。我的办法是下载有声书，一遍一遍地听。能背最好，可惜记忆力每况愈下，前些天还能背出的《逍遥游》如今又荒疏了。想重读的书很多，简直不胜枚举。我甚至认为，重读是最好的阅读选择。

问：最近在琢磨什么问题？

答：脑子装满了各种问题，历史的、现实的都有，大的、小的也都齐全。其中之一是："桐城谬种"这个说法的危害，是不是比桐城派的所谓"危害"更大？当然，挥之不去的另一个问题是《1984》的传播问题。我经常琢磨但解决不了的问题是，我的英语为什么很差。朋友刚刚为我弄到全套原版英文杂志《黄面志》（*The Yellow Book*），我只认得出比亚兹莱的插图，却不知插图的左邻右舍在谈论什么，扫兴得很。

问：近来印象最深的一次交谈，是怎样发生的？

答：最近倒是真的"发生"过一次"印象最深"的交谈，可惜这里不能说。移动互联网时代，师友面对面坐下来深谈的机会越来越少，即使偶尔聚聚，谈的也大多都是大家都在谈的，但那也只是分享而已，算不上严格意义上的交谈。交谈既需要交流，更需要交心。如今还有多少场合需要"交心"呢？或者，还有多少"心"可以"交"呢？

问：在你生活的城市，有你喜欢的"文化场所"吗？

答：当然有。深圳书吧之类的文化空间很多，大大小小的书店也越来越有所谓"格调"。不过，我最喜欢的"文化场所"还是自己家的书房或报社的办公室，因为都有成千上万的书。

———

问：最近一次旅行是去哪里？

答：西安。我这是第三次去西安了，印象依然很好。在这样一座古城成长起来的人就是不一样。有那么多的人在写作，写作的人又都写一手好字，真难得。也难怪西安书法家协会有好几十位副主席，练字的人太多了。此次游西安，预留了一些遗憾，以给下次再去创造理由，比如我想去看看董仲舒墓，博物馆也想再好好转转，若机缘凑巧，就去宝鸡看看。鸡年游宝鸡，值得。

问：可有推荐的网站、手机应用程序或微信公众号？

答：我爱去的网站不多，应用程序下载得也不多。买新书，常去当当；买旧书，最常去的是孔夫子旧书网。刚才查了一下，最近两年，我在"孔网"成交了三百多个订单。我下载了"喜马拉雅"程序，用于车上听书。现在用在路上的时间越来越长了，也好，竟然培养了听书习惯。至于公众号嘛，能不能推荐我自己的"夜书房"？嘿嘿……

问：可以谈谈你正在进行的写作，或者计划中的写作吗？

答：我有一个非虚构写作计划，目前正准备文献和各种资料。因为是"计划"，就不便透露了，万一实现不了呢。

二
答《读周刊》记者问

开头的话：

大凡喜欢书的人都会有这样一种感觉，无论我们在人生的旅途中遇到什么，唯有书始终与我们不离不弃。所以，2009年初，当这样一部书出现在我们视线中时，不由得引起我们的阵阵惊喜。这就是由《深圳商报·文化广场》策划、采写、主编，深圳报业集团出版社出版的《1978—2008私人阅读史》。本期《读周刊》"面对面"栏目请来了该书的主编，让我们来听听书背后的故事。

问：从这本书的后记得知，这本书，从策划到出版，"孕育"过程不过几十天时间，可以说又见证了一个"深圳速度"。能向我们介绍一下这本书策划的缘由及出版的过程吗？

答：也许你们知道，每年的11月，是深圳的"读书月"，到去年，已经是第九届了。作为一家以经济、文化报道为两大特色的媒体，自第一届"深圳读书月"起，《深圳商报》都全程参与。那不是一般地只参与报道，而是参与策划、主办活动。去年策划活动时，我们和"读书月"组委会办公室合作，决定发起"30年30本书"评选活动。这一活动很成功，很多媒体关注，《新华月报》也转载了我们的评选结果。作为这一活动的组成部分，自去年9月起，我们《文化广场》搞了一个"我的30年30本书"大型系列专访活动，广邀目前读书界重量级人物，请他们谈自己的30年阅读史，也请他们开出一份自己的"30年30本书"书单。就这样，陈思和的稿子来了，刘苏里的稿子来了，张冠生、王鲁湘、沈昌文等等，专访整理稿一篇篇到了电脑编辑库。读过几篇之后，我们很兴奋，觉得他们谈得太好了，各自列出的书目甚至都有了文献价值，于是产生了汇编成书的想法。编书与编报不同，我们迅速调整了专访策略和写作体例，开始按一本书的格局采访与编辑。"读书月"一天天临近，我们的这个系列专访必须要在"读书月"之中完成，而未完成的采访名单还有一大串。那些天，参与此事的记者、编辑和出版社的编审人员像打仗似的，每一次编辑会都气氛紧张，简直硝烟弥漫。还好，我们终于按预定计划完成了采编任务。其实，这本书去年11月下旬就可以印出来了，只是为了保证编校和印制质量，我们推迟了出版时间，到今年1月北京图书订购会上才正式推出。

问：我们了解的各种信息反馈，这本书一出来确实受到了很多读者的厚爱，其中不少篇章也在网上被纷纷转载，但"世界上没有无缘无故的爱"，作为编者，你们认为这其中最主要的因素是什么？换句话说，这本书最有价值的地方在哪儿？

答：对这本书的阅读价值，我们从一开始就有自信，但是书出版后市场反应如此之好，我确实没有想到。前几天我还和朋友聊天，说我写的书总是卖得不好，我编的书倒很畅销。我编过一本董桥散文集《旧时月色》，江苏文艺出版社出的，都重印了十几次，少说也卖了大几万册了吧。所以我很嫉妒我编的书，很可怜我写的书。这本《1978—2008 私人阅读史》，首次印了 3000 册，是限量编号本。书出来送到北京，业内专家翻了翻，都说印 3000 册太少了，怎么也该印 8000 册甚至 10000 册。当当网想一次全部吃下，我们都没有足够的书给人家。书出了快俩月了，实体书店还没见到书，只能等加印后再铺书了。

说到大家喜欢这本书，我觉得也许有如下原因：

1. 出版与阅读在中国改革开放 30 年间发挥的作用非同小可，读者可借此书重温渐渐远去的波澜壮阔的岁月。

2. 看别人的阅读史，我们会想起自己曾经经历的阅读生活，勾起一幕幕激情岁月的温馨回忆。

3. 每个人心中都有一份"30 年 30 本书"的书单，书中受访者的 34 份书单，可以作镜子看，可以作指南看，可以作文献看，可以作回忆地图看，可以作出版界成绩单看，可以作阅读风向标看……书中的这些书单，因此成了读者最感兴趣的亮点之一。

4. 大家对名人的生活都多少有点兴趣，对他们的读书生活也关注。尤其受访者多是在读书界卓有影响者，喜欢他们的人不少。

5. 尽管纸质阅读现状每下愈况，可爱书人仍然为数不少，他们对"书之书"尤其有兴趣。

6. 我们在书的制作上还是下了不少功夫，尽管远不能说完美。比如此书的初版全部手工编号，纸张的选择也不马虎，深圳雅昌四色印刷的质量让人放心。

问：本书的受访者确实都是名人，如沈昌文、李银河、孟宪实、谢泳、陈平原、陈思和等，职业遍布社会各界，《深圳商报》作为一家媒体，能让他们激活记忆，回忆自己的 30 年阅读史，这并不是一件简单的事情，请问你们是怎么做到的？在采访过程中，有什么难以忘记的事和人？

答：我们先是开列了一个100人的大名单，然后按采访难度和界别代表性从中选出50人，记者们就开始满天下打电话采访了。《文化广场》创刊已近15年，多年来交了很多朋友，人脉充盈，星光灿烂，所以采访起来难度并不大。这是让我非常感慨的事，各界受访者对我们的关爱值得我们一谢再谢。当然，直接或间接拒绝的也有不少，我理解他们的心情，并不强求，好在我们采访的后备名单很长，来得及一次次刷新。最让我们感动的，是受访者们的真诚和认真。陈思和、李辉、张冠生他们不仅接受采访，还对我们的策划和采访题目提出新的思路和建议；刘苏里、陈子善、毛尖他们不是回答完一通就不再理会此事了，而是一遍遍斟酌他们提供的书目，修订记忆的疏漏，调整对版本的选择，书都要进印厂了还改个没完；江晓原教授担心电话里说不清楚，记者记不准确，干脆自己动笔，苦战一两天，写来万字长文；杨争光一听我们有此策划，赞赏之余，奋勇加入，终于赶上了"末班车"。止庵就更认真了：出书前他先得意于自己说得精彩，再指点我们修改别人文中的疏忽；书出来后，他抱病通读一遍，一本新书让他改得处处增辉，然后将书快递寄回，供我们出修订版时参考。当然也有遗憾：我们本来也采访了梁小民和马家辉，因出版时间所限，没能"挤"入书中，只能留待"增订版"了。

问：书名取为 30 年的"私人阅读史"，这与通常认为的"阅读是很私人化的活动"观点相吻合。但你们认为，即使是私人阅读史，这本书也能折射出整个时代的文化轨迹吗？能反映中国出版的市场变化吗？下一步有什么打算，还要做这类图书吗？

答：阅读既是私人的，也是时代的，只是在不同的时代或不同的人之间，"私人""时代"的程度各不相同而已。比如 20 世纪 80 年代，阅读的"时代"特征就非常明显。那是中国阅读文化的一个突然复活、激情迸发、狂飙突进的年代。那时候，经常是许多人争读一种书、共读一类书，你所说的所谓"整个时代的文化轨迹"即由此显现。90 年代以后，阅读趋向渐渐分化，阅读的"私人"属性越来越强。即使如此，终还是有"轨迹"可徇。至于"反映中国出版的市场变化"，情况就复杂一些。读者与出版市场当然存在互动关系，但具体到单个的读书人，在不同的时代，情况就大不一样：有人跟着"变化"走，有人则离"市场"愈来愈远。其实，有更多的个体的理性读者在，才有真正的独特的私人阅读史。应该说，这30年间，阅读的私人化趋势是越来越强的。这是好事。私人阅读不必背负那么沉重的宏大使命，想读什么，去读就是了。关键是想读什么，应该在出版物市场上很容易就找得到。可以说，我们的阅读有多"私人"，既取决于读者个人的视野与境界，更取决于图书市场能提供多少选择。也可以这样说，私人阅读与"阅读无禁区"有关，与"读书自由"有关，与尊重个人"阅读权利"有关。

我在网上搜索了一下，以"私人阅读史"为书名的书籍非常之少，这起码说明关注大时代中的"私人阅读"是一个可以大做文章的领域。我们会继续关注这一领域，也已经有了相关创意，采编策划眼下正紧锣密鼓。既然是创意，我就不方便在这里透露了，大家等着看书吧。

三

答《外滩画报》韩见问

问："微书话"的想法从何而来？你的《微书话》一书，内容是微博摘录，还是有意写成微博的形式？（因为其中好些地方保留了"@"别人的标记）

答："微书话"的想法当然是因微博而来，算是一个新名目、新说法，但也是"新瓶装旧酒"。我们这里传统并不久远的书话文体，短以至于"微"，这是个重要特征。但是短到每则都不超过140字，则是主动接受了微博的限制。书中有一小部分，直接从我的微博中来，所以保留一个"@"标记，类似于保留引文的出处。

问：有一则书话中写到，旧时买了书，会在扉页写下日期、地点和心情，但现在没有这样的心情了。还记得在某一本书上写下了什么心情吗?

答: 比如在《梁实秋·韩菁清情书选》扉页中, 我写道:"1992 年 3 月 22 日, 北京人大门外书摊。此书为晚饭后散步时购得。回宿舍见众人聚集, 议论纷纷。原来从刚才的电视实况转播中得知, 澳星发射失败。火箭没有腾飞, 只是冒了一股黑烟。而随后的《新闻联播》对此一字不提, 亦为怪事。"

问: 另一则写到你喜欢搜寻"小历史", 用 140 字分享一则吧。

答:"小历史"未必是真小, 用 140 字分享, 难免"削足适履"。说历史之"小", 是区别于我们习见的"大历史"。那种历史大而不当, 又不准, 又无趣, 漏了太多的东西, 不过是一堆"历史著作", 并算不得历史。我越来越觉得在现成史书中寻找真相是不靠谱的事情, 所以对"小历史"的喜欢之心近来也淡了。

————

问：书中提到次数较多的人有董桥、钟叔河、扬之水等，能否选其中一个讲讲你是怎样认识他们的人和书的？

答：20 世纪 90 年代初，我先是在《书摘》上读到董桥的《中年是下午茶》，然后跑到书店去买北京三联版《这一代的事》和《乡愁的理念》。两本小册子我读了好几遍，真是喜欢。喜欢他的见识、他的字法句法章法，还喜欢他比喻新奇而又能"撒野"，笔墨可自由游刃于古今中外之间。后来读其书想见其人，交往就多起来。

问：最喜欢逛的书店是哪一家？

答：所谓"最喜欢逛的书店"，会随着年龄、心境和读藏需求而一变再变。小时候最喜欢借辆自行车跑到离家七八公里外的新华书店看看。在衡水那几年，还是天天往新华书店跑，因为没有其他书店可逛。在北京上学，喜欢跑琉璃厂。到了深圳，最喜欢那家古籍书店，可惜现在没了。如今最喜欢逛香港的二楼书店。

问：印象最深的一次"淘书记"是怎样的？

答："最深"不好说，说一次失败经历。三四年前，有机会去瑞士巴塞尔的伊拉斯谟古书店，看中了两种法国名家装订的书：封面用荷兰小牛皮，烫绚丽的金色花饰，内用日本纸精印，20世纪初的东西。要价近三万人民币，可是当场折腾半天也刷不成信用卡，只好作罢。后来董桥先生说："太贵了，没买成就对了。"

问：碰到喜欢的作者，你会将他们的作品甚至版本集齐，包括钱锺书、周作人、贡布里希等，目前集得最齐的是谁的作品？共有多少本？

答：目前集得最齐的当然是董桥。编《董桥七十》时我数了数，各种版本已有170多册。连他几种很不好找的翻译作品我也找得差不多了。多年前偶在孔夫子旧书网上见有人在拍卖董桥翻译的《再见，延安》，于是加入混战。此时一书友留言说：这位是"董桥迷"，大家别抢了，就让给他吧。呵呵，真得谢谢他们。

问：短小的"微书话"很适合分享，读来也有趣，不过读书其实更有艰深的、花力气的部分，相信"微书话"的背后也有。对于阅读的全面微博化，你有顾虑吗？

答：我不觉得现在的阅读有什么"全面微博化"，所以没有顾虑。我读书过杂，缺少"艰深的、花力气的部分"，需要恶补。这是真话。到了现在才发现，书海茫茫，真正值得一读再读的书并不多。我以后会将时间更多地分配给自己选定的经典。写"微书话"是一时兴起，尝试一下滋味而已，准备"洗手不干"了。

问：你很喜爱董桥先生，也编过他的文集，设想他也写微博，模仿他的口气，会怎么写呢？

答：谁能模仿得了董桥？干脆抄一段他最新一篇随笔中的几句话："魏碑昔日我也练过……看了冯文凤一手曹全碑隶书腕力那么沉着，我再也不敢效颦了。溥心畬、俞平伯、张充和三位名家的小工楷我从来倾倒，见一幅爱上一幅，闲时偷偷苦练练不成。周作人的写经体娴雅简澹我也敬慕得不得了，那股晋魏风度更难学。"

四

答云南《都市时报》问

《微书话》

问：用"微博体"来写与书有关的点滴，这似乎迎合了微博时代的阅读趣味，看起来更方便、有趣。您自己怎么看待这种方式？

答：我算是第一批新浪的微博用户。当时一位朋友对我说，"你的《书情书色》大都短小，可以选一些发在微博上"。编发旧作没什么意思，我于是生造了"微书话"一词，陆续写了几则新的。越写越发现140字的短章很不容易写，所以接受挑战，起了写本书的念头，想看看140字究竟能承载多少信息。书话脱胎于中国传统的序跋文体，本来就讲究短小。所以《微书话》不过是"新瓶装旧酒"。

问：介绍下您的阅读生活吧。阅读的乐趣如何？您不喜欢看电子书吧？

答：想看的书越来越多，而读书的时间越来越少，如今我的阅读乐趣差不多只剩下买书的乐趣了。我自己并不把上网、玩微博看作是读书，也不喜欢电子书，所以逼着自己每天起码阅读纸质书至少一小时。另一种阅读的乐趣，是"渴望阅读"的乐趣——总设想着有朝一日能够闲下来，天天读书玩儿。所以现在特别渴望退休。

问：深圳城市新，旧书少。您有搜寻旧书的习惯吗？搜旧书、看旧书，实在是一桩有闲、有趣的事情，但如今越来越多的旧书市场被"扫荡"掉了。

答：爱书人爱到最后差不多都喜欢旧书，喜欢罕见的、美丽的或重要的旧书。我常说"藏书如藏己""万卷如海一身藏"，这其中的滋味冷暖自知。虽然深圳旧书少一些，虽然各地的旧书店也越来越少，但是如今搜访旧书也有比先前方便的地方，那就是上网。有一阵我几乎天天泡在孔夫子旧书网上。在网上买旧书虽然方便，但所谓"访书"的乐趣流失不少。有什么办法呢？时代变了。当然，只要可能，我还是愿意去逛实体的旧书店。前几天去北京，特地到琉璃厂的旧书店转了一圈儿，算是重温一种心情。

问：实体书店问题也引起政府和两会代表、委员的关注。您怎么看待实体书店的生存困境？

答：因为有了网络与网购，实体书店的生存确实面临种种困境。这是没有办法的事。我曾预测，以后的书店格局是一大一小。大的是像当当网这样的超大型网络书店，小的是实体的有特色的独立书店。今年在北京参加一个论坛时我重申了独立书店的"空间魅力"概念，包括"独舞姿态""独家内容""独特服务"。"独舞姿态"是指独立的立场和修养，有自己独立的志向和追求，而且有合适的载体呈现你的姿态，如特色活动之类；"独家内容"指的是书店的专业化，比如专卖精装本、签名本、插图本，或专卖某一领域的书，如电影、女权主义、拉美文学、画册等等，用独特且精深的内容和品位与网络书商竞争；"独特服务"不是一味靠降价来苦苦支撑，而是要千方百计提供与书有关的增值服务。读者为什么舍弃网购的快捷、便利与廉价，而非要跑到实体书店买书？你总得给他一个理由。

问：通过阅读，哪些作家（作品）对您有较大影响？

答：有影响的作家很多，如曹雪芹、鲁迅、周作人、钱锺书、董桥等等。

问：您创办的"深圳读书月年度十大好书评选活动"，对深圳市民影响如何？

答：因为没有严谨的调查数据，影响如何实在也说不好。至少是扩大了入选好书的知名度，给市民买书提供了一个可以参考的书目。与其说是好书"评选"，不如说是好书的"发现"。我们通过专家的眼睛，帮助市民发现一些被各类畅销书遮蔽或被读书界忽视的有价值的书。据说，每年的评选结果公布后，许多市民是十本好书一起买的。

《对照记@1963》

问：2012 年，您、马家辉、杨照出版了新书《对照记@1963》。这个设想、创作的过程是怎样的？

答：当初在《晶报》开设"对照记@1963"专栏时，我曾写过几句话："很偶然地，台北的杨照、香港的马家辉、深圳的胡洪侠相互认识了，而且很凑巧，他们都生于 1963年。三个老男人于是开始谋划：既然三个人来自三地，成长环境、教育背景大为不同，如果选择一些共同的日常词语或话题，三个人各写一篇文章，一定很有意思。单独看某一个人的文章可能觉不出什么，但如果三篇对照起来看，可能意义就不一样了。三个人一拍即合，都表示说到做到。他们年年都说到，但都没做到。就这样，一说七八年。就这样，辛卯兔年来了。他们想：本命年驾到，再光说不练实在说不过去了。好吧，开始！"设想、创作的过程大抵如此。

问：在写作中，有哪些具体难题要对付？毕竟你们的文字风格、经历也很不相同。

答：因为文字风格和个人经历大不相同，"对照"才有意义。因为是"同题作文"，最大的难题是确定每一期的主题词。不是随随便便一个主题词都适合"对照"，必须选择那些能够体现"同中求异"原则的才行。

问：对于这本书，您曾提出"没有对照就没有未来"。您如何看待三个城市的这种"对照"，它的作用或者说意义在哪？

答：《对照记 @1963》可以说是一个创意写作计划，当初三人都觉得会很好玩儿，所以就写了起来，至于"作用""意义"之类，没想那么多。书出来后，销路不错，简体中文版初印三万册，现在已经要加印一万册了，繁体中文版也都卖得很好，这大大出乎我的预料。我希望读过这本书的读者会体会到，海峡两岸及香港的文化差异其实比我们想象的要大得多。交流的前提是要深知"差异"在何处，不然，对话常常就成了"自说自话"或"鸡同鸭讲"。

问：您如何评价同龄的港台"60后"作家？在与港台作家的交流、碰撞中，您感受到了哪些差异？

答：这个题目太大，一两句话说不清楚，况且，我对港台作家的了解也还不足以把这样的问题讲清楚。

问：《对照记@1963》的出版似乎开始让人看好华文共同体的成长。这一共同体是在成长，还是根本没有，您如何解读？

答：应该说，已经开始成长，但远远不够，路还很长。

《董桥七十》

问：您写到董桥的次数很多，也为他主编过书籍。您是如何认识他和他的作品的？

答：我先是20世纪90年代初读了他在北京三联书店出版的两本书，感觉非常独特。那样的文字风格前所未见。来深圳后，因地缘之利，又加上1997年香港回归，去香港成了一件简单的事情，于是和董先生交往起来。我有个体会，许多名人是不能见的，因为见了你会失望。但董先生不一样，他给你如沐春风的感觉。有的作家"大于"他的文字，有的则"小于"他的文字。董先生属于前者。

问：近二十来年，董桥被内地读者熟悉。但给人的感觉和木心一样，虽有古风，又深入人心，但似乎没有流行起来。有人说，这是时代的失落。作家冯唐则认为董桥太过精致、甜腻，建议少读。您如何看？

答：萝卜白菜，各有所爱。你喜欢一个作家的作品，自己读就是了，不用管别人说什么，也不必在乎是否流行。其实内地一直有一批人喜欢读董桥，"董粉"正稳定增长中，他的内地版作品集卖得也很好。他比许多内地作家流行多了。

问：董桥的文字是极具魅力的"美丽的汉语"。在您眼中，汉语具有怎样的气息、气质？其中哪一些最不该被忽略？

答：我还在细细体会什么样的汉语是"美丽的汉语"，所以这个问题目前我还答不上来。多读几遍《红楼梦》，也许会有所领悟。"美丽"的前提是"纯正"。现在不中不西、装腔作势、枯燥无味的文字垃圾太多了，"'文革'体""翻译体""学术八股体""公文体""口水体"等等，这些对纯正的中文都是伤害。能避免这些毛病，大概离"美丽的汉语"就不远了。董桥认为晚明小品最耐读，周作人、沈从文、杨绛的文章最难学。我们可以从读这些书开始"美丽的汉语"之旅。

问：您是一个古派人吗？"大侠"名头从何而来？

答：我倒是想做一个"古派人"，可惜不是。大概是我的名字中有一个"侠"字，大家就"大侠大侠"地乱叫起来。这也可以说是武侠小说、电影的流行给我带来的"荣誉"。其实我的名字原来叫"胡洪霞"，上初中时我嫌这

"霞"太女里女气，又难写，就改成了"侠"。如果不改，"霞"到今天，估计也就没人叫我"大侠"了。不过我很喜欢别人叫我"大侠"，这会给我一种"江湖提醒"——做人要有情有义，敢作敢当。

守书人丛书

图书在版编目（CIP）数据

夜书房. 三集 / 胡洪侠著 . —杭州：浙江大学出版社，
2021.12
（守书人）
ISBN 978-7-308-21981-5

Ⅰ.①夜… Ⅱ.①胡… Ⅲ.①散文集–中国–当代
Ⅳ.①I267

中国版本图书馆 CIP 数据核字（2021）第 231642 号

夜书房　三集
胡洪侠　著

责任编辑	周红聪
文字编辑	黄国弋
责任校对	黄梦瑶
装帧设计	周伟伟
封面题字	董　桥
出版发行	浙江大学出版社
	（杭州天目山路148号 邮政编码310007）
	（网址：http://www.zjupress.com）
排　　版	北京楠竹文化发展有限公司
印　　刷	北京中科印刷有限公司
开　　本	787mm×1092m 1/32
印　　张	13.5
字　　数	182千
版印次	2021年12月第1版　2021年12月第1次印刷
书　　号	ISBN 978-7-308-21981-5
定　　价	69.00元